A Tale of Two Cities

푸른숲
징검다리
클래식
016

두 도시 이야기

A Tale of Two Cities

찰스 디킨스 지음

이인규 옮김

푸른숲주니어

'푸른숲 징검다리 클래식'을 펴내며

어린 시절, 할머니께서 조근조근 들려주시던 옛날이야기는 새로운 세상과 통하는 작은 창이었다. 상상의 날개를 달고 떠나는 창 너머 세상으로의 여행은 들어도 들어도 질리지 않는 재미와 마음속 깊은 곳을 울리는 감동을 선사해 주곤 했다. 그뿐 아니라 우리의 삶을 어떻게 꾸려 가야 하는지 곰곰이 생각해 보게 하는 지혜를 가르쳐 주었다. 말하자면 우리는 그 이야기들을 통해 '삶'을 배운 셈이다.

우리가 문학 작품을 읽어야 하는 까닭 또한 '삶을 배운다'는 점에서 크게 다르지 않다. 우리는 한 편 한 편의 문학 작품을 만나 사랑을 배우고, 우정을 배우고, 진실을 배우고, 지혜를 배운다.

그런 점에서 '푸른숲 징검다리 클래식'은 참 의미가 깊다. 오랜 세월을 거치며 각 나라의 문학사에 확고히 자리매김한 작품들을 한데 모았기 때문이다. 문학을 사랑하는 사람들이 즐겨 읽어 세계적인 명저로 일컬어지는 작품들……. 이를테면 우리 부모 세대, 아니 그 이전 세대부터 즐겨 읽었던 작품들로 많은 이들에게 삶의 의미와 가치를 일러주고, 또 '인생'이란 망망대해에서 등대 역할을 담당했던 것들이다.

세월이 흘러 사람들이 사는 모습도 달라지고 생각도 달라졌다. 그러나 시대와 장소를 뛰어넘어 변하지 않는 것이 있다. 바로 '삶'이다. 사람이 있는 곳이라면 어디든지 존재하는 삶은 항상 저마다의 무게를 떠안고 있다. 그 무게는 진실이라는 옷을 입고 문학 작품 속에 영원한 생명을 불어넣는다. 우리는 그것을 '고전'이라 부른다.

그러나 제아무리 훌륭한 고전이라 해도 독자가 읽고 소화할 수 없다면 아무런 소용이 없다. 지나치게 방대한 분량과 길고 어려운 문장은 책을 읽으려는 청소년들의 의지를 꺾을 뿐 아니라 좌절감마저 불러일으킨다.

'푸른숲 징검다리 클래식'은 바로 그러한 점을 염두에 두고 기획된 세계 명작 시리즈이다. 작품이 본디 지닌 맛과 재미를 고스란히 살리면서 우리 청소년들이 읽고 소화하기 쉽게 글을 다듬었다.

그리고 본문 뒤에는 현직 국어 교사들이 직접 쓴 해설을 붙였다. 작가나 작품에 대한 풍부한 설명은 물론, 그 작품들이 지니고 있는 현재적 의미까지 상세하게 짚어 보이고 있다. 아울러 해설 곳곳에 관련 정보를 담은 팁과 시각 자료를 배치해, 읽는 재미를 넘어 보는 재미까지 만끽할 수 있도록 했다.

아무쪼록 '푸른숲 징검다리 클래식'을 통해 우리 청소년들의 삶이 더욱더 깊고 풍성해지기를…….

2006년 4월
기획위원 강혜원·계득성·문재용·전종옥

| 차례 |

제 1 장
빛과 어둠

최고의 시대이자 최악의 시대였다. 무엇이든 가능해 보였지만 정말로 가능한 것은 아무것도 없었다. 혼란과 무질서, 빛과 어둠이 공존하는 시대였다.

영국은 턱이 커다란 왕과 얼굴이 못생긴 왕비가 다스리고 있었다. 프랑스를 다스리는 왕 역시 턱이 컸지만, 왕비는 매우 아름다웠다.

두 나라 왕들은 호화로운 궁전 안에 머무르며 마냥 행복하게 지냈다. 이들은 자기 나라의 백성들이 어떻게 살고 있는지 조금도 관심이 없었다. 단지 왕이기 때문에 백성들은 무조건 자신들을 사랑해 주어야 한다고 생각했고, 당연히 그럴 거라고 믿었다.

또한 자신들의 권력과 지위가 언제까지고 안전하리라 여겼다. 자신들이 누리고 있는 모든 것이 백성들이 있기에 가능하다는 생각은 조금도 하지 못했다.

때는 1775년. 영국의 지배를 받고 있던 미국이 더 이상 견디지 못하고 독립을 요구하기 시작할 무렵이었다. 영국의 왕과 정부는 이 요구를 그다지 심각하게 받아들이지 않았다. 이들은 자신들에게 유리한 지금의 상황이 영원할 것이라 생각했다. 거대한 변화의 소용돌이가 닥쳐오고 있다는 사실을 전혀 알아차리지 못했다.

프랑스 역시 영국과 별반 다르지 않았다. 프랑스를 다스리는 왕은 현실을 제대로 알지 못한 채, 필요 이상으로 큰 권력을 교회에 주었다. 교회는 그 권력을 함부로 휘둘렀고, 그 때문에 어처구니없는 사건이 일어나기도 했다.

어느 날 수도사들이 거리를 지나다가, 자신들을 보고도 무릎을 꿇지 않았다는 이유로 한 청년을 붙잡아 처형해 버렸다. 거리가 멀어서 수도사들을 미처 알아보지 못했을 수도 있는데, 그들의 심판은 이유와 상관없이 그저 냉혹하기만 했다. 교회의 막대한 권력은 이 힘없고 가난한 청년에게, 어이없는 처사에 분노할 자격조차 주지 않았다. 가차 없는 처단은 그를 영원히 침묵하게 만들었을 뿐이었다. 왕은 이 사건에 대해 한 마디도 하지 않았다.

하지만 이 청년의 죽음은 그동안 프랑스 민중들의 마음속에서 조금씩 타오르고 있던 불길에 기름을 끼얹었다. 나무를 베어서 팔거나 농사를 지어서 간신히 입에 풀칠을 하며 살아온 대다수의 민중들은 오랫동안 가난에 허덕이며 마음속에 분노를 키워 왔다.

한편, 그 무렵 영국의 민중들은 두려움에 떨고 있었다. 무시무시한 강도질이 나라 곳곳에서 벌어지고 있었기 때문이다. 강도들은 때와 장소를 가리지 않고 출몰했다. 런던 시내에서도 무장한 강도들이 활개를 치며 집을 털었다. 사람들이 다니는 길에도 강도들이 시도 때도 없이 나타났다. 그 어느 곳도, 그 누구도 더이상 안전하지 않았다. 강도들 앞에서는 법도 아무런 힘을 갖지 못했다.

영국 정부는 도적들을 소탕하려고 필사적으로 노력했다. 그과정에서 수십 명의 사람들이 사형에 처해졌다. 하지만 그중 상당수는 아무런 죄가 없는 사람들이었다. 왕이 범죄를 소탕하라는 명령을 내렸기 때문에 누군가는 처벌을 받아야만 했다. 그바람에 사형 집행인은 눈코 뜰 새 없이 바빴다. 오늘은 극악무도한 살인자를 처형하고, 다음 날은 좀도둑을 처형하는 식이었다. 범죄의 종류와 상관없이, 그저 누군가를 처형대에 오르게 하는 것이 그들의 직무였다.

세상은 이렇게 돌아가고 있었다. 민중들은 죽어라 하고 일을 하는데도 보수는 점점 줄어들어, 갈수록 형편이 어려워졌다. 마침내 그들은 들고일어날 준비를 하기 시작했다. 하지만 통치자인 왕은 여전히 아무것도 모른 채, 아니 알 필요도 없다는 듯 태평하게 살아가고 있었다. 역사의 한 페이지를 새로이 장식할 엄청난 일이 일어나려 한다는 사실을 꿈에도 깨닫지 못한 채⋯⋯.

제 2 장
새로운 사실

11월 하순의 어느 금요일 밤, 자비스 로리는 런던에서 도버로 향하고 있었다. 출발 전에 도버까지의 역마차 삯을 모두 치렀기 때문에 마차 안에 편히 앉아 있어야 바람직했지만, 그는 역마차보다 몇 걸음 앞선 채 터벅터벅 걸어가는 중이었다. 그 말고도 두 명의 승객이 더 불만에 찬 얼굴로 걸음을 옮기고 있었다. 언덕이 너무나 가파른 탓에 승객들을 태운 채로는 말들이 마차를 끌고 올라가기가 버거웠던 것이다. 결국 모두 내려서 걸을 수밖에 없었다. 제대로 삯을 치른 승객들은 언짢은 기색이 역력했다. 길은 질퍽거리는 진흙탕인 데다가, 밤 열한 시가 넘은 시각이라 주위는 온통 칠흑같이 깜깜했다.

그들이 올라가고 있는 언덕은 사람들에게 '총잡이들의 언덕'이라 불렸다. 권총을 든 노상강도가 자주 출몰해서 그런 이름이 붙은 것이었다. 이런 사실을 잘 알고 있는 자비스와 두 승객은 두려움에 벌벌 떨면서 언덕을 걸어 올라갔다.

차가운 안개가 어둠 속에 스며들어 길 위의 모든 사물을 뒤덮었다. 달빛은 안개에 완전히 가려졌고, 마차에 달린 등불만이 뿌옇게 길을 비추고 있었다.

마차를 지키기 위해 호위병이 총을 들고 마부 옆에 앉아 있긴 했지만, 마부나 승객들의 불안한 마음을 가라앉혀 주지는 못했다. 무장한 노상강도 두세 명이 한꺼번에 달려들기라도 한다면, 호위병이 총을 제대로 겨누기도 전에 제압당할 것이 불을 보듯 뻔했기 때문이다. 그러니 제아무리 총을 갖고 있다 한들 무슨 소용이 있겠는가?

1775년, 그 무렵에는 처음 만난 사람들끼리 서로를 신뢰하는 일은 거의 없었다. 호위병은 승객들을 의심했고, 승객들은 다른 승객들과 호위병을 의심했으며, 마부는 모든 사람을 의심했다.

세 명의 승객들은 가능한 한 마차에 바짝 붙어서 걸어갔다. 덤불 속에서 바스락거리는 소리가 들리기만 해도, 노상강도가 튀어나와 자신들을 덮치는 게 아닌가 싶어서 소스라치게 놀라곤 했다.

드디어 마차가 언덕배기에 도착하자 승객들은 기다렸다는 듯 앞다투어 마차에 기어 올라갔다. 그때였다. 뒤에서 갑자기 말발굽 소리가 들려오기 시작했다. 승객들은 일제히 불안감에 사로잡혔다.

호위병은 들고 있던 장총의 방아쇠에 손가락을 걸었다. 조금이라도 이상한 조짐이 보이면 즉시 발포할 태세였다. 승객들은 혹시라도 호위병이 자기들을 노상강도의 공범으로 오해할지도 모른다는 생각에, 모두 제자리에서 숨을 죽인 채 꼼짝하지 않았다. 세 사람의 심장 박동 소리가 어찌나 큰지, 행여 다른 사람에게 들리지 않을까 염려될 정도였다. 말발굽 소리가 점점 가까워지자, 호위병이 그쪽에 대고 소리를 질렀다.

"거기, 누구냐? 멈춰라! 멈추지 않으면 쏜다!"

그러자 말발굽 소리가 뚝 그치더니, 차가운 느낌의 굵은 목소리가 안개를 뚫고 들려왔다.

"도버로 가는 역마차가 맞소?"

"무슨 상관이오? 대체 당신은 누구요?"

호위병이 퉁명스럽게 대꾸했다.

"도버행 역마차가 맞소? 나는 승객 한 사람을 찾고 있소."

"누굴 찾는 거요?"

"자비스 씨를 찾고 있소."

호위병은 승객들을 둘러보았다. 자비스는 이내 손을 높이 들어 자신이 바로 그 사람임을 알렸다. 그러자 나머지 사람들이 자비스를 의심스러운 눈초리로 쳐다보았다.

"더 이상 다가오지 말고 거기 그대로 있으시오."

호위병이 말을 타고 온 사람에게 말했다. 자비스는 안개가 살짝 걷히는 틈을 타 그 사람의 얼굴을 유심히 살피고는 조심스레 입을 열었다.

"자네……, 혹시 제리 크런처 아닌가?"

"네, 맞습니다, 자비스 씨."

대답을 들은 자비스는 안도의 한숨을 내쉬며 물었다.

"자네가 여기까지 무슨 일로 왔는가?"

"텔슨 은행의 지시로, 편지를 전해 드리러 왔습니다."

자비스가 호위병을 향해 말했다.

"이 사람은 내가 아는 사람이오. 나에게 편지를 전달할 수 있게 가까이 다가오도록 해 주시오."

"말에서 내리시오. 그리고 두 손을 높이 치켜들어 무기가 없다는 걸 보이시오."

호위병은 여전히 경계를 늦추지 않은 채 제리에게 큰 소리로 명령했다. 제리는 시키는 대로 두 손을 번쩍 치켜든 채 천천히 다가와 자비스에게 쪽지 한 장을 건넸다. 자비스는 쪽지를 건네받으며 호위병에게 설명했다.

"이건 내가 근무하는 런던의 텔슨 은행에서 온 전갈이오. 난 지금 파리로 출장을 가는 길인데, 영국을 떠나기 전에 꼭 알아야 할 일이 있어서, 은행 측에서 급히 사람을 시켜 이 쪽지를 보낸 것이오."

호위병은 빨리 일을 끝내라고 퉁명스럽게 말했다. 자비스는 쪽지를 펴서 읽었다. 쪽지에는 단 한 문장이 적혀 있었다.

도버에서 아가씨를 기다리시오.

자비스는 빙그레 미소를 짓더니 제리에게 말했다.

"고맙네. 은행으로 돌아가서 내가 '되살아났음'이라고 대답하더라고 전하게. 그러면 내가 이 편지를 직접 받았다는 사실을 증명할 수 있을 걸세. 그럼, 제리, 조심해서 돌아가게."

말을 마치자 제리는 곧 그곳을 떠났다. 그사이 다른 두 승객은 시계와 지갑 등 자신들의 귀중품을 구두 속에다 부랴부랴 감춰 놓았다. 한밤중에 말을 타고 나타난 사내한테서 쪽지를 건네받고는 뜻 모를 대답을 하는 이 낯선 사람을 믿을 수 없었던 것이다. 그들은 이 수상쩍은 사람이 혹시나 말이라도 걸까 봐 내심 불안해 하면서 짐짓 자는 척을 했다.

이내 마차는 가던 길을 재촉했다. 런던에서 점점 멀어지자 호위병은 장총을 잡은 손에 힘을 풀었다. 그러고는 이제 허리띠에 찬 권총 두 개만으로도 안전하다는 듯이 굴었다.

"톰."

호위병이 가라앉은 목소리로 마부를 불렀다.

"왜 그러나?"

"자네도 아까 그 전달 내용을 들었나?"

"응, 들었네."

"그게 무슨 뜻이라고 생각하는가?"

"글쎄, 전혀 모르겠는데."

"나도 모르겠다네."

사실은 마부와 호위병뿐만 아니라 다른 두 승객도 자신들이 들은 모호한 표현, 즉 '되살아났음'이라는 말의 뜻을 생각하느라 좀처럼 잠을 이루지 못했다.

어둠 속에서 홀로 말을 타고 런던으로 돌아가는 제리 역시 똑같은 생각에 사로잡혀 있었다. 제리는 역마차를 쫓아갈 때보다 말을 훨씬 천천히 몰았다. 선술집이 나타나면 으레 가던 길을 멈추고 갈증을 풀었다. 하지만 모자를 눈썹 아래까지 푹 눌러쓴 채 구석 자리에 앉아 어느 누구와도 말을 섞지 않고 술만 마셨다.

제리는 까만 눈동자인 데다 두 눈이 맞닿을 정도로 미간이 좁아서 다소 정직하지 못한 인상을 풍겼다. 머리는 거의 벗어져 대머리가 되기 직전이었다. 철사줄같이 빳빳하고 시커먼 머리카락 몇 가닥만이 머리 위로 곧게 솟아나 있었다.

그는 두꺼운 목수건으로 얼굴을 가리고 있었는데, 술을 마실 때만 그것을 살짝 잡아당겨 내린 뒤 한 모금 들이키고는 곧바로 위로 올려 얼굴을 가렸다.

술을 마시는 내내 그는 '되살아났음'이라는 말을 몇 번이고 중얼거렸다. 그 뜻을 헤아려 보려고 애썼지만 도저히 알 길이 없었다.

마침내 마지막 선술집까지 들른 제리는 다시 말에 오른 뒤 텔슨 은행을 향해 빠른 속도로 달려갔다. 은행에 도착하는 대로 그는 자비스의 전갈을 야간 경비원에게 전달할 것이고, 그러면 경비원은 곧 은행 건물 안에 있는 이름 모를 고위직 간부에게 전할 예정이었다.

제리가 타고 가는 말 역시 밤이 무서웠는지, 어둠 속에서 정체를 알 수 없는 그림자들이 어렴풋이 스칠 때마다 놀라서 뒷걸음질을 치곤 했다. 그럴 때마다 제리는 말을 부드럽게 쓰다듬으며 달래 주었다.

그렇게 제리가 런던으로 가는 동안, 자비스가 탄 도버행 역마차 역시 울퉁불퉁한 길을 계속해서 나아가고 있었다.

마차 안에 탄 세 명의 승객은 각자 가슴속에 깊이 간직한 자신만의 비밀을 생각하다가 잠이 들었다. 자비스는 몽롱하게 잠에 취한 채 텔슨 은행 지하에 있는 묘지 사이를 헤매고 있는 자신을 상상했다. 그는 누군가를 무덤에서 꺼내 주러 가고 있었다.

자비스가 구하려는 사람은 나이가 마흔다섯 살가량이었는데, 특이하게도 머리카락이 온통 하얗게 세어 있었다. 그의 표정은 자비스의 상상 속에서 끊임없이 바뀌었다. 겁에 질린 얼굴이었다가 강한 자존심이 엿보이는 얼굴이 되었다가 했다. 그러다 어느 순간 순종적인 얼굴로 바뀌기도 하고, 완고한 표정으로 변하기도 했다. 여러 가지 표정을 짓는 그 사람의 모습이 자비스의 머릿속에 떠올랐다 사라지기를 여러 차례 반복했다.

　그의 낯빛은 차마 마주하기 힘들 정도였다. 움푹 꺼져서 홀쭉하게 야윈 두 뺨과 핏기 하나 없이 질린 얼굴은 반쯤 얼이 빠져 있는 듯 보였다. 몸은 바싹 말라비틀어져, 한마디로 초췌하고 쇠약하기 이를 데 없었다.

　자비스는 지금, 바로 그 사람을 구하러 가고 있었다. 두 사람은 자비스의 상상 속에서 대화를 나누었다.

　"얼마나 오래 묻혀 있었소?"

　"십팔 년 가까이 되었소."

　"다시 살아나리라는 희망은 완전히 포기하고 있었지요?"

　"그렇소, 아주 오래전에."

　마차가 세게 덜컹거리는 바람에 자비스는 화들짝 놀라 잠에서 깨어났다. 그는 마차의 창문을 내렸다. 막 떠오르는 태양이 어둠을 서서히 몰아내고 있었다. 어둠 속에서 어른거리던 그림자는 모두 사라지고 없었다. 아직 대지의 기운은 싸늘했지만 하늘은 맑게 개었다. 어느새 밝은 태양이 떠올라 대지를 아름답게 비추고 있었다.

"십팔 년 동안이나 산 채로 묻혀 있었다니!"

자비스는 눈부신 태양을 쳐다보며 중얼거렸다.

"세상에, 어떻게 그럴 수가……. 십팔 년 동안이나 말이야!"

얼마 후 마차가 도버에 도착했을 때, 마차에 남아 있는 승객은 자비스뿐이었다. 밀짚이 깔린 마차 바닥은 축축하고 더러운 데다 악취까지 심하게 나서, 신사가 타고 가는 마차라기보다는 차라리 개집에 가까웠다. 이윽고 마차에서 내려 호텔에서 안락한 휴식을 취할 수 있게 되자, 자비스는 정말이지 말할 수 없을 만큼 기뻤다.

그는 몇 군데 문의를 한 끝에, 프랑스 칼레로 가는 여객선이 다음 날 오후 두 시에 출발한다는 사실을 알아냈다. 그리고 호텔 종업원에게 그날 묵을 방을 준비해 달라고 요청한 뒤, 면도를 할 수 있게 이발사를 불러 달라고 했다. 호텔 종업원은 난롯불이 잘 타고 있는 방으로 그를 안내하고는, 가능한 한 빨리 이발사를 보내 주겠다고 말한 뒤 물러갔다.

잠시 후 자비스는 긴 시간 동안 마차를 타고 오느라 쌓인 여독을 말끔히 걷어 낸 모습으로 호텔 방을 나섰다. 호리호리한 체격에 양복을 잘 차려입은 그는 실제 나이인 예순 살보다 한결

젊어 보였다. 꼼꼼히 매만진 가발이 머리에 씌워져 있었고, 눈빛은 온화하면서도 밝게 빛났다.

그는 아침 식사를 하면서 호텔 종업원에게 젊은 아가씨가 그날 중으로 호텔에 도착할 예정이니 방을 준비해 놓으라고 일렀다. 그리고 그 아가씨가 도착하면 곧바로 자기에게 귀띔해 달라고 부탁했다.

식사를 마치자, 그는 해변을 따라 산책을 했다. 그 당시에는 도버의 바닷물이 질병에 효험이 있다고 알려져 많은 사람들이 몸을 씻으러 모여들었다. 또한 밀수업자들이 즐겨 찾는 소굴이기도 했다. 자비스는 하루 종일 해변에 머무르면서 오가는 사람들을 구경했다.

해가 저물자 그는 호텔 방으로 돌아와 한참 동안 난롯불을 응시하며 앉아 있었다. 그는 금세 무덤을 파는 생각에 사로잡혔다. 머릿속에서 무덤을 파고, 또 파고, 끝도 없이 팠다.

마차 한 대가 바퀴를 덜컹거리며 호텔 마당으로 들어오는 소리가 들렸다. 그리고 몇 분 후, 런던에서 온 루시 마네트가 자비스를 만나고 싶어 한다는 전갈이 왔다. 늙은 은행원 자비스는 수심이 가득한 얼굴로 일어나 루시를 만나러 갔다.

루시는 열일곱 살가량 된 아름다운 금발의 아가씨로, 체구가 작고 가날팠다. 그녀의 파란 눈에는 순수한 호기심이 잔뜩 어려 있었다. 자비스는 그 눈빛과 얼굴에서, 십수 년 전 영국 해협을 건너는 기나긴 여행길에 자신이 두 팔로 안고 있었던 어린아이의 얼굴을 엿볼 수 있었다.

"은행에서 보낸 편지를 받았습니다."

그녀가 먼저 말을 꺼냈다.

"돌아가신 저의 아버지가 남긴 재산과 관련해서 새로운 사실이 발견되었다는 내용이었습니다. 은행 직원 한 분이 파리로 가고 있다고 적혀 있더군요. 그분이 선생님이신가요?"

"그렇습니다, 아가씨."

"저도 함께 가고 싶은데, 괜찮을까요? 은행에서 선생님께 미리 전갈을 보내 주겠다고 했습니다. 선생님한테서 좀 더 자세한 내용을 들을 수 있을 거라고 하면서요."

"은행에서 보낸 전갈을 받았습니다. 아가씨를 모시고 가게 되어 매우 기쁘게 생각합니다."

자비스가 대답했다.

"자세한 내용을 말씀드리자면, 음……, 이야기를 시작하기가 쉽지 않습니다만……."

그가 난처한 듯 머뭇거리며 말을 이어 가려는데, 루시가 말을 가로채며 물었다.

"죄송합니다만, 혹시 선생님과 제가 전에 만난 적이 있지 않은 가요?"

자비스는 그녀의 질문에 곧바로 대답을 하지 않고 하려던 말을 계속했다.

"아가씨께 들려 드릴 이야기가 하나 있습니다. 제 고객 가운데 한 분에 관한 것인데, 프랑스 사람으로 의사이자 과학자였고 보베에 살았습니다."

"저의 아버지와 비슷하군요."

"그렇습니다. 아가씨의 아버지와 매우 비슷한 분입니다. 마네트 박사님처럼 이 신사도 파리에서 잘 알려진 사람이었습니다. 그때 저는 파리에서 이십 년가량 살고 있었고요."

"언제 적 이야기인가요?"

"약 이십 년 전의 이야기입니다, 아가씨. 이 신사가 영국 부인과 결혼했을 때……."

"바로 제 아버지 이야기예요!"

루시는 다시 자비스의 말을 막으며 말했다.

"그러고 보니, 선생님은 제가 고아가 되었을 때 저를 영국으로 데리고 온 바로 그분이지요? 그렇죠, 선생님이 틀림없죠?"

자비스는 고개를 끄덕였다. 그리고 그동안 텔슨 은행이 그녀를 후견해 왔다는 사실을 짐짓 쾌활한 어조로 설명해 주었다. 사실 루시의 아버지 마네트 박사는 그가 일하는 은행의 주요 고객이었다. 자비스와 마네트 박사는 사무적인 관계였지만, 시간이 지나면서 서로에게 비밀이 없을 정도로 절친하게 지냈다.

자비스는 친구의 자식이나 다름없는 루시를 좀 더 잘 보살피지 못한 데 대한 자책감으로 마음 한구석이 쓰라렸다.

"아가씨가 알아차리셨듯이, 아가씨 아버지의 이야기가 맞긴 합니다. 하지만 지금까지 알고 있었던 것과는 다른 내용입니다. 만약 아가씨의 아버지가 돌아가신 것이 아니라면……."

자비스는 잠시 말을 멈췄다. 루시가 깜짝 놀라면서 두 손으로 그의 팔목을 붙잡았기 때문이다. 자비스는 흠칫 놀랐으나 말을 계속 이었다.

"말씀드린 것처럼 아가씨의 아버지가 돌아가신 것이 아니라면, 즉 그가 누군가에게 납치되어 감금된 것이라면, 하지만 그가 어디로 붙잡혀 갔는지 아무도 알 수 없었다면, 게다가 그의 아내가 죽기 직전까지 왕과 왕비, 법정, 교회 등에 끊임없이 청원과 호소를 했지만 아무런 소용이 없었다면, 아가씨의 아버지 이야기는 새로 시작되어야 할 것입니다."

그는 인내심을 갖고 들어야 할 만큼 느릿느릿 자세하게 설명을 해 나갔다. 사건이 일어날 당시 마네트 박사의 아내는 임신 중이었다. 그녀는 그때 굳게 다짐한 것이 있었다. 남편이 사라짐으로써 자신이 겪은 고통을 아기한테는 조금도 내색하지 않고, 그저 아버지가 돌아가신 걸로 알고 살아가게 하기로 말이다. 마네트 박사가 종적도 없이 사라지고 나서 몇 달 후 그녀는 딸을 낳았다. 그 아기가 바로 루시였다.

"아가씨의 어머니는 남편을 찾는 일을 결코 포기하지 않으셨습니다. 아가씨의 어머니가 돌아가실 때, 아가씨는 겨우 두 살이 었지요. 어머니는 아가씨가 아버지의 불확실한 운명에 대해서는 전혀 모른 채 오직 행복하게 자라기만을 원하셨습니다."

자비스는 잠시 멈추었다가 다시 부드러운 어조로 말을 이어 나갔다.

"아가씨에게 저는 재산을 찾았다고 말씀드렸지만 그건 사실이 아닙니다. 저희가 찾아낸 것은 바로 아가씨의 아버지랍니다! 아가씨의 아버지는 살아 계십니다. 지금 어떤 상황에 놓여 있고 또 건강 상태가 어떤지는 확인하지 못했지만 살아 계신 것만은 확실합니다. 그는 지금 파리에 있는 옛 하인의 집에 머물러 계십니다. 아가씨와 저는 그곳으로 갈 예정이고요. 그분이 아가씨의 아버지가 맞는지 확인한 뒤 영국으로 모셔 오기 위해서 말입니다."

자비스가 말을 하는 동안 루시는 잠자코 듣고만 있었다. 자비스는 하루라도 빨리 그녀의 아버지를 찾아내서 영국으로 모셔 와야 한다고 말했다. 그리고 프랑스는 지금 혼란에 휩싸여 있어서 무엇을 묻거나 알아볼 수 없는 상황이며, 혹시라도 누가 무슨 일로 파리에 왔는지 묻는다면 은행 일 때문이라고 말해야 한다고 일러 주었다.

여기까지 이야기를 들은 루시는 그만 정신을 잃고 쓰러지고 말았다. 그 순간, 어디서 나타났는지 덩치가 크고 우락부락하게 생긴 여자가 황급히 달려왔다. 발그레한 피부와 빨간색 머리카락이 인상적인 여자였다. 프로스라는 이름의 이 여자는 루시의 유모였다. 지금은 헌신적인 친구로서 루시를 돌봐 주고 있었다. 그녀는 달려오자마자 루시를 들여다보고 있는 자비스를 거침없이 밀쳐 냈다. 너무나 세차게 밀치는 바람에, 허깨비처럼 비쩍 마른 자비스는 날아가듯 뒤로 나동그라져서 벽에 부딪히고 말았다.

그녀는 사뭇 경멸 어린 낯빛으로 자비스를 바라보았다. 자비스는 머쓱한 표정을 지으며, 그녀에게 루시와 함께 프랑스에 갈 것인지 물어보았다. 그녀는 퉁명스럽게 대답했다.

"그걸 몰라서 물어보시는 거예요?"

그녀는 콧방귀를 뀌며 덧붙였다.

"바다를 건너는 일은 죽어도 할 수 없어요. 그럴 바엔 이 나라에 태어나지도 않았을 거예요. 생각만 해도 끔찍해요!"

딱히 뭐라 대꾸할 말을 찾지 못한 자비스는 미안하다고 우물거리듯 말하고는 재빨리 그 자리를 떴다.

제 3 장
18년 만의 재회

프랑스 파리의 빈민가 생탕투안 거리. 달려오던 마차에서 커다란 포도주 통 하나가 떨어지더니 데굴데굴 굴러가다가 길모퉁이에 부딪혀 박살이 나 버렸다. 그러자 통에 담겨 있던 붉은 포도주가 사방으로 튀며 돌로 포장된 길바닥 위로 콸콸 흘렀다.

이것을 본 사람들은 하던 일을 멈추고 벌 떼처럼 달려들었다. 그러고는 반질반질하게 닳은 길바닥의 돌 틈이나 움푹 파인 곳에 머리를 대고 정신없이 포도주를 핥아먹기 시작했다. 비쩍 말라비틀어진 사람들은 포도주가 고여 있는 곳이란 곳은 어디든 가리지 않고 달려들어 서로 먹으려고 밀쳐 대며 아우성이었다. 어느새 조그만 컵을 들고 와서 떠먹는 사람이 있는가 하면,

두 손으로 급하게 떠서는 귀중한 술이 한 방울이라도 새어 나갈세라 손바닥을 잔뜩 오무린 채 입술로 가져가 숨도 안 쉬고 마셔 대는 작자도 있었다. 또 머리를 싸매고 있던 넝마 조각을 풀거나 걸치고 있던 셔츠를 벗어 포도주에 적신 다음 짜서 마시는 사람도 있었다.

그리고 이보다 훨씬 많은 사람들이 여기저기 술 웅덩이에 떠다니는 박살난 나무통 조각을 들고 쪽쪽 빨아 대느라 여념이 없었다. 넝마 쪼가리와 술통 조각들은 순식간에 물기 하나 없이 깨끗해졌다. 포도주, 진흙, 먼지 할 것 없이 웅덩이에서 묻어 나온 온갖 것들이 싹싹 핥아져 없어졌다. 길거리는 이내 술기운이 얼얼하게 오른 사람들이 웃어 젖히는 소리로 가득 찼다.

마지막 한 방울의 포도주까지 다 핥아먹은 사람들은 곧 원래의 자리로 돌아갔다. 뼈만 앙상한 아기들, 맨발의 아이들, 누더기를 걸친 사내들, 바싹 야윈 여인네들……. 그들 모두 잠시 내팽개쳤던 각자의 일상을 다시 시작했다. 포도주로 빨갛게 물든 그들의 손과 얼굴과 옷은 흡사 피가 밴 것처럼 보였다.

꿈같았던 짧은 순간의 흥분이 가시자 눈앞에는 비참한 현실이 놓여 있었다. 잠깐 동안 축제와 같은 행복에 취해 잊고 있었던 추위와 질병과 굶주림, 그러니까 온몸을 짓누르며 뼛속까지 퍼지는 현실의 고통이 되살아난 것이었다.

빵 가게의 진열대에는 딱딱하게 굳은 빵 몇 덩어리만이 썩은 채 썰렁하게 놓여 있었으며, 정육점에서 파는 것 역시 개나 쥐, 혹은 다른 길짐승의 시체를 잘게 다져 만든 말라비틀어진 소시지뿐이었다.

포도주를 파는 술집은 생탕투안 거리의 한 모퉁이에 있었다. 술집 주인인 드파르주는 가게 문밖에 서서, 거리에서 벌어진 포도주 축제를 물끄러미 바라보고 있었다.

그는 포도주 통이 떨어져 깨진 일을 별로 개의치 않았다. 그가 손해를 입을 염려는 없었다. 통을 떨어뜨린 마부가 손실을 배상할 것이기 때문이었다. 그는 오히려 굶주린 사람들이 공짜로 뭐라도 먹을 수 있게 되어서 다행이라고 생각했다.

서른 살가량 된 드파르주는 험상궂은 얼굴에 굵고 짧은 목이 인상적인 사내였다. 검은 머리카락과 까만 눈동자가 다정해 보이기도 했지만, 유심히 살펴보면 웬만해선 자기 뜻을 꺾지 않을 듯한 고집이 담겨 있었다. 그는 일단 뜻을 세워 행동으로 옮기기 시작하면, 끝장을 볼 때까지 그 무엇에도 굴하지 않고 밀고 나가는 성격이었다.

가게의 계산대 뒤에는 그의 아내 드파르주 부인이 앉아 있었다. 그녀는 억세고 튼튼해 보였다. 다른 사람을 바라볼 때의 눈빛은 마치 상대의 속까지 꿰뚫는 듯 날카로웠다. 그녀가 미처 보지 못하고 그냥 지나치는 것은 아무것도 없었다.

뜨개질을 하던 드파르주 부인은 마침 뜨개질감을 잠시 무릎에 내려놓고 이쑤시개로 이를 쑤시려던 참이었다. 남편이 가게로 들어오자 그녀는 헛기침을 하며 한쪽 눈썹을 치켜올려 처음 보는 손님들이 와 있다는 사실을 알렸다.

드파르주는 중년 남자 한 명과 젊은 여자 한 명이 가게 한구석에 앉아 있는 것을 알아차렸다. 하지만 그는 그들을 못 본 척하고는 계산대 앞에 앉아 술을 마시고 있는 남자 세 명과 잡담을 나누기 시작했다.

드파르주와 이 세 명의 남자들이 주고받는 대화는 듣는 사람에게 적잖이 궁금증을 불러일으켰다. 이들이 서로를 모두 자크라고 부르고 있었기 때문이다.

"어떻게 됐어, 자크?"

사내 한 명이 드파르주에게 물었다.

"엎질러진 포도주는 다들 마셨나?"

"마지막 한 방울까지 남김없이 사라졌지."

"흔한 일이 아니야. 그 굶주린 사람들이 흑빵이나 죽음이 아닌 포도주 맛을 본다는 것은 천국을 맛보는 거나 다름없지."

또 다른 사내가 대답했다.

"맞는 말이야, 자크. 그건 그렇고, 자네들이 찾는 독신자 아파트 말야. 저 건너편 건물 오층이라네. 우리 집 창문 바로 옆이야. 자네들 중 한 명이 이미 그곳에 살고 있으니까 그가 안내를 해 줄 걸세."

드파르주의 말을 들은 자크 일당은 갑자기 벌떡 일어나더니 술값을 지불하고 가게에서 나갔다. 드파르주는 그들이 묵고 싶어 하는 방이 어디 있는지 알려 주기 위해서 문 앞까지 따라 나갔다.

그는 마당 건너편에 있는 좁은 출입구를 손으로 가리키며 그곳으로 들어가면 된다고 일러 준 뒤, 그들이 알아서 찾아가도록 내버려 둔 채 가게로 돌아왔다.

한편, 술집 구석 자리에 조용히 앉아 있던 중년 남자와 젊은 여자는 바로 자비스와 루시였다. 이들은 파리에 도착하자마자 곧장 생탕투안 거리에 있는 이 술집을 찾아왔다.

상황을 살피며 가만히 앉아 있던 자비스는 곧 자리에서 일어나 드파르주에게 다가간 뒤 무슨 말인가를 속삭였다. 드파르주는 그 말을 주의 깊게 듣고는 고개를 끄덕인 후 이내 밖으로 나갔다. 자비스는 루시를 손짓해 부른 뒤, 함께 술집을 나섰다.

그들은 마당을 건너 좁은 출입구 쪽으로 갔다. 드파르주가 그곳에서 기다리고 있었다. 그들이 다가가자 드파르주는 루시의 손을 잡더니 반갑게 입을 맞추고는 그녀를 옛 주인님의 딸이라고 부르면서 인사를 건넸다. 그리고 계단을 오르면서 자비스와 루시를 집 안으로 안내했다.

"그분은 아주 많이 변하셨지요?"

자비스가 작은 목소리로 물었다. 드파르주가 고개를 끄덕이자 자비스는 몸을 부르르 떨었다.

계단 꼭대기에 문이 하나 있었다. 조금 전 술집에 있던 자크 세 명이 문 앞에 붙어 서서 구멍으로 안을 들여다보고 있었다. 드파르주가 그들에게 비켜 달라고 말하자, 세 사람은 자비스 일행을 쳐다보지도 않은 채 잠자코 계단을 내려갔다.

"아니, 마네트 박사를 구경거리로 삼고 있는 거요?"

자비스가 드파르주에게 따지듯 물었다.

"그분을 보고 좋은 영향을 받을 만한 사람들 몇몇에게만 보여 주고 있어요. 그들이 그분께 해를 끼치는 일은 절대로 없을 겁니다."

드파르주는 이렇게 대답하고는 문을 세게 두드려 노크를 하더니, 자비스와 루시에게 물러서 있으라고 말했다. 그는 곧 자물쇠로 잠가 놓은 문을 열었다.

본래 창고로 쓴 듯한 그 방은 창이 하나뿐인 데다 크기가 너무 작아서 안이 어두컴컴했다. 이 어두운 방 안에 백발의 한 남자가 방문을 등진 채 나지막한 의자에 앉아 있었다. 그는 몸을 숙이고 뭔가에 몰두해 있었는데, 어깨 너머로 들여다보니 작업대에서 열심히 구두를 만들고 있었다.

"안녕하십니까?"

드파르주가 먼저 들어가 작업대 위로 고개를 숙인 백발의 남자에게 말을 걸었다.

"안녕하시오."

노인이 대답했다. 가냘프고 기운이 없는 목소리였다.

"여전히 열심히 일을 하고 계시는군요."

노인은 고개를 들어 쳐다보긴 했지만 누군지 전혀 알아보지 못하는 눈빛이었다.

"그렇소, 아직 일을 하고 있다오."

그는 다시 고개를 숙여 일을 계속했다. 자비스와 루시는 생기하나 없이 멍하고 퀭한 노인의 시선을 단박에 알아차렸다. 하지만 노인은 문간에 한참 동안이나 서 있는 그들의 존재를 알아보지 못했다.

그는 다른 사람은 절대 들어갈 수 없는 자신만의 세계에 갇혀 있는 것 같았다. 자비스와 루시는 소름 끼칠 정도로 가늘고 약한 그의 목소리에 충격을 금할 수가 없었다. 그것은 보통 사람이 내는 목소리라기보다는 어둠 속으로 깊숙이 꺼져 들어가는 음울한 메아리같이 느껴졌다. 죽음을 눈앞에 두고 있는 사람에게서나 들을 법한 그런 목소리였다.

노인의 무릎 위에는 아직 완성되지 않은 구두 한 짝이 놓여 있었다. 그리고 그 앞에 있는 작업대 위에는 간단한 연장과 가죽 조각들이 여기저기 널려 있었다.

그의 하얀 머리카락과 수염은 뒤엉킨 채 헝클어져 있었다. 마치 무딘 칼로 아무렇게나 다듬은 것 같아 보였다. 맥 없는 목소리와는 달리, 푹 꺼진 두 눈은 무서우리만치 형형한 빛을 뿜고 있었다. 마치 다른 사람들이 보지 못하는 것까지 꿰뚫어보는 듯했다. 그다지 큰 눈이 아닌데도 눈빛이 유독 강렬하게 느껴지는 것은 양 볼이 심하게 홀쭉한 탓이기도 했다.

그는 십팔 년 전에 유행했던 옷을 입고 있었다. 셔츠는 닳을 대로 닳아서 누런 넝마나 다름없었고, 목 부분은 심하게 늘어나 헤벌쭉하게 벌어져 있었다. 그 안의 몸은 비쩍 말라 몹시 쇠약해 보였다. 그가 입고 있는 옷은 감금되던 순간부터 그와 함께했기 때문에 심하게 빛이 바래고 또 해져 있었다. 사실은 그의 몸에서 어디가 옷이고 어디가 살갗인지 분간하기 어려울 정도였다. 둘 다 누런 양피지 색깔이어서 마치 하나처럼 보이곤 했다.

밝아진 빛에 눈이 익숙해지자 그는 다시 일에 몰두했다. 여전히 문간에 서 있는 두 사람을 알아차리지 못한 채였다. 드파르주가 들어오라고 손짓을 하자, 자비스는 조심스럽게 발걸음을 옮겼다.

그러고도 한참이 지나서야 구두 만드는 노인은 다른 사람이 들어와 있다는 사실을 알아차렸다. 그러나 그 사실에 놀라지도 않았을뿐더러 자비스가 누군지조차 알아보지 못하는 듯했다.

"손님이 왔습니다."

드파르주가 말했다.

"영국에서 오신 신사분이신데요. 주인님께서 구두 만드시는 걸 보고 싶어 합니다."

자비스는 구두를 들고 잠시 살펴보는 체하다가 짐짓 무심한 말투로 물었다.

"이런 구두는 대개 누가 신나요? 그리고 이걸 만드시는 선생님의 성함은 무엇이지요?"

"숙녀용 구두인데 최신 유행하는 거라오. 내 눈으로 직접 유행하는 걸 보진 못했지만. 누가 견본을 가져다주기에 그걸 보고 만들었지."

그는 처음으로 약간의 자부심 같은 것을 내비치며 가냘픈 목소리로 대답했다.

"그렇다면 이 구두를 만드신 선생님의 성함은요?"

자비스가 다시금 부드러운 어조로 물었다. 노인은 불안한 듯 잠시 표정이 흔들리더니 다 기어 들어가는 목소리로 대답했다.

"북쪽 탑 105호."

"그것뿐인가요?"

"그렇소, 북쪽 탑 105호가 내 이름이오."

노인은 고개를 돌려 다시 일거리를 손에 들었다. 마치 잠시 동안 나눈 대화로 몸 안의 힘이 다 빠져나가기라도 한 듯 그의 모습은 몹시 지쳐 보였다. 하지만 자비스는 개의치 않고 계속 물었다.

"구두 만드는 일이 선생님의 원래 직업은 아니지요?"

"그렇소, 이 기술은 나 혼자서 깨우쳤지. 기술을 익히게 해 달라고……."

그는 잠시 정신이 흐려지는 듯 말을 멈추더니 눈을 크게 뜨고 다시 얘기를 이어 나갔다.

"혼자서라도 기술을 익힐 수 있게 해 달라고 간청했소. 뭐라도 할 일이 있어야겠기에 말이오. 마침내 내 청이 받아들여졌고, 그 후로 나는 쭉 구두를 만들어 왔다오."

그는 무표정한 얼굴로 말하면서 손을 내밀어 자비스가 들고 있던 구두를 다시 받았다. 자비스는 그의 얼굴을 가까이 들여다보면서 말했다.

"마네트 박사님, 저를 모르시겠어요?"

순간, 노인이 들고 있던 구두가 바닥으로 떨어졌다.

"마네트 박사님!"

자비스는 다시 한 번 노인의 이름을 부르며 드파르주를 가리켰다.

"이 사람, 기억나지 않습니까? 이 사람과 저를 잘 보십시오! 우리가 누군지 모르겠습니까?"

구두 만드는 노인은 두 사람을 번갈아 가며 빤히 쳐다보았다. 뭔가 희미한 기억이 떠오르는 듯 보였지만, 이내 다시 흐릿한 표정으로 바뀌고 말았다. 마치 천천히 문을 닫고 자신의 세계로 다시 들어가 버리는 것처럼.

그사이 루시는 방 안으로 들어와 벽을 따라 조심조심 마네트 박사에게 다가갔다. 아버지의 얼굴을 제대로 보고 싶은 마음이 너무나 간절했다. 그녀는 지금까지 아버지가 돌아가신 줄로만 알고 있었다. 그런데 여기 이렇게 유령이나 다를 바 없는 모습일지라도 아버지가 살아 계신 것이다!

자비스와 드파르주는 한쪽 구석으로 자리를 옮겨 이야기를 나누었다.

"제대로 알아보시겠소?"

드파르주가 나직이 속삭였다.

"그렇소. 아주 조금이긴 하지만, 옛날의 그분 모습이 남아 있군요."

어느새 루시는 마네트 박사의 곁으로 다가와 있었다. 그녀는 마네트 박사의 발치에 무릎을 꿇고 앉아 그의 얼굴을 가만히 바라보았다.

잠시 후 마네트 박사는 뭔가 다른 연장이 필요한지 고개를 들고 사방을 이리저리 둘러보았다. 그러다 루시의 치맛자락을 발견하고는 흠칫 놀랐다. 루시의 치마는 이제껏 그가 보고 만져 온 거친 가죽과는 달리, 아주 부드럽고 고급스런 원단으로 만들어져 있었다.

그는 천천히 고개를 들어 루시의 얼굴을 똑바로 응시했다. 뭔가 두려워하는 표정이었다. 무슨 말인가 하려고 했지만 입에서는 아무 소리도 나오지 않았다. 숨이 막히기라도 한 듯 한참 애를 쓰던 그의 입에서 마침내 구슬픈 목소리가 흘러나왔다.

"이게 뭐지?"

그의 혼란스러운 마음 저 깊은 곳에서 어떤 형상 하나가 또렷하게 떠올랐다. 바로 그의 아내였다. 지금 자신의 눈앞에 아내와 꼭 닮은 여자가 앉아 있는 것이었다.

루시는 소리 없이 눈물을 흘리면서 아버지를 빤히 쳐다보았다. 그녀가 살며시 손을 잡자 아버지가 입을 열었다.

"당신은 간수의 딸이 아니지요?"

"네, 아니에요."

"그럼 누구시오?"

루시는 잡고 있던 손을 놓고 몸을 일으켰다. 그는 들고 있던 연장들을 내려놓았다. 그러고는 목에 걸고 있던 줄을 잡아당겨 넝마 쪼가리 같은 것을 품에서 꺼냈다. 그것을 천천히 펼치자, 기다란 금발 몇 가닥이 놓여 있었다. 그는 루시의 금빛 머리카락을 한 가닥 잡아 올리더니 넝마 속에서 꺼낸 머리카락을 가져가 나란히 대 보았다. 두 가닥의 머리카락은 한눈에 봐도 똑같았다. 그는 루시의 얼굴을 밝은 쪽으로 향하게 하고는 유심히 살펴보았다. 그리고 입을 열어 나지막이 중얼거리기 시작했다. 자신의 과거에 대해 처음으로 입을 연 것이었다.

"그날 저녁 그들의 부름을 받고 내가 집을 나서려 하자 아내는 날 꼭 껴안았지. 그녀는 나한테 무슨 일이 일어날까 봐 두려워했어. 어리석게도 난 그 어떤 두려움도 느끼지 못했지만 말이야. 북쪽 탑으로 끌려갔을 때, 내 옷소매에 이 머리카락들이 붙어 있었지. 그들이 떼어 버리려고 하기에, 내가 간직할 수 있게 해 달라고 부탁했어. 그때 내가 간수들에게 했던 말을 아직도 기억해. '제발 그 머리카락을 나한테 그냥 주십시오. 그것은 탈옥하는 데 전혀 도움이 되지 않을 겁니다. 그거라도 보면서 마음으로나마 이곳을 벗어날 수 있도록 해 주십시오.'라고."

루시가 무슨 말인가 하려고 입을 열었다. 하지만 그녀의 목소리를 듣는 순간, 마네트 박사는 마치 칼에 찔리기라도 한 것처럼 비명을 질렀다. 그는 머리카락을 넝마 조각에 다시 싸서 품속에 집어넣고는 고개를 돌려 외면했다.

"아가씨는 내 아내일 리 없어. 그러기엔 너무 어려. 아가씬 대체 누구요?"

루시는 부드럽게, 그러나 또렷한 목소리로 자기가 누구인지 설명했다. 그리고 그를 만나러 영국에서 달려왔으며, 이제는 그를 안전한 영국으로 데리고 가 함께 살고 싶다고 말했다.

마네트 박사는 이야기를 다 듣고 난 뒤 루시를 꼭 부둥켜안았다. 눈앞에 있는 이 아가씨는 꿈속에서 수없이 상상해 보았던, 그러나 실제로는 얼굴 한 번 본 적이 없는 자신의 딸이었던 것이다.

　자비스는 밖으로 나가, 날이 어두워지는 대로 그들이 그 감옥 같은 다락방을 떠날 수 있도록 마차를 예약해 두었다.

　떠날 시간이 되자, 마네트 박사는 방에서 나와 계단을 내려가다가 이상하다는 듯이 주위를 둘러보았다. 그에겐 북쪽 탑을 떠난 기억도, 이곳에 온 기억도 없었다. 그는 아직도 이곳이 북쪽 탑 105호 감방이라고 생각하고 있었다.

　마당으로 나오자 그는 갑자기 몸이 굳어지며 몹시 불안해 했다. 철창으로 된 감옥의 대문과 간수가 자신을 기다리고 있을 줄 알았던 것이다. 하지만 그런 것은 찾아볼 수 없었고, 마차 한 대만이 길가에 서 있을 뿐이었다.

　마차가 막 출발하려는 찰나, 마네트 박사는 갑자기 창문 밖으로 고개를 내밀더니 자신이 구두 만들 때 쓰던 연장들을 가져다 달라고 소리쳤다. 마침 문설주에 기댄 채 그들이 떠나는 모습을 바라보며 뜨개질을 하고 있던 드파르주 부인이 집 안으로 달려가 그것들을 가져다주었다. 그들이 떠나자 드파르주 부인은 다시 뜨개질감을 손에 들었다.

　마차는 가로등이 켜진 파리 시내를 덜컹거리며 달렸다. 환하게 불을 밝힌 상점들과 화려한 카페, 아름답게 차려입고 거리를 거니는 사람들, 떠들썩한 공연장 등을 빠르게 스쳐 지나 쉬지 않고 내달렸다.

　마침내 성문에 도착했다. 초소에서 병사 한 명이 나와 신분증과 서류를 보여 달라고 요구했다. 자비스가 서류를 건네주자, 병사는 서류를 확인하며 간단히 몇 가지 사항을 물어보았다. 그러고는 곧바로 마차를 통과시켰다.

제 4 장
재 판

그로부터 오 년이 흘렀다. 영국 런던의 템플바 거리에 있는 텔슨 은행은 그 시절에도 이미 구식 건물에 속했다. 겉모습도 흉물스럽기 짝이 없는 데다 시설까지 낡아서 아주 불편했다. 비좁고 답답한 사무실에는 나이 지긋한 직원들이 근엄한 표정으로 앉아서 일을 하고 있었다. 그들은 꽤 젊었을 때부터 같은 자리에 앉아 같은 일을 하고 있었다. 세월의 흐름이나 세상의 변화 따위와는 전혀 무관해 보였다.

텔슨 은행 건물의 문 앞에는 언제나 붙박이처럼 대기하고 있는 사람이 있었다. 그는 은행의 심부름꾼이자 잡역부인 제리 크런처였다. 오 년 전 도버로 향하는 역마차를 뒤쫓아 자비스에게 편지를 전해 준 바로 그 제리였다. 심부름 갈 때 말고 그가 은행 업무 시간 동안에 그 자리를 떠나는 일은 결코 없었다. 심부름을 갈 때도 그의 아들이 그를 대신해 자리를 지키곤 했다.

1780년 3월, 바람이 제법 부는 어느 날 아침이었다. 그때 제리는 런던에서 가장 초라한 동네 중 하나인 화이트 프라이어스에 살고 있었다. 그가 사는 집은 비좁고 답답했다. 그의 아내가 제아무리 깔끔하게 정돈을 한다 해도 좁고 답답한 건 어쩔 수 없었다.

그날 아침, 신앙심이 깊은 아내는 아침 식사를 식탁에 차려 놓고 기도를 올리고 있었다. 남편과 아들은 아직 잠에서 깨어나지 않은 때였다.

하지만 오래지 않아 제리가 눈을 떴다. 아내가 기도하는 소리를 듣고는 곧장 침대 밖으로 손을 뻗더니 장화 한 짝을 그녀에게로 냅다 집어던졌다. 그는 아내가 종교에 빠지는 걸 몹시 싫어했다. 그녀가 기도를 하면서 자신에게 해가 되는 일을 꾸민다고 생각했다.

그가 던진 장화에서 진흙이 떨어져, 깨끗했던 부엌 바닥이 진흙투성이가 되었다. 그때 막 잠에서 깨어난 아들은 그것을 보는 순간, 오래전부터 아버지의 장화에 품고 있던 의문이 불쑥 떠올랐다. 아버지의 장화는 출근할 때나 퇴근할 때나 한결같이 깨끗했는데, 밤이 지나고 다음 날 아침이면 온통 진흙투성이로 변해 있기 일쑤였다. 그 이유가 항상 궁금했다.

제리는 언제나 눈이 벌겋게 충혈되어 있었고 얼굴을 잔뜩 찡그리고 있었다. 밤새도록 잠 한숨 자지 못하고 어딘가를 돌아다니기라도 한 사람 같았다. 그는 흡사 굶주린 짐승처럼 게걸스레 아침을 먹어 치우면서, 가만히 앉아서 그의 눈치를 살피고 있는 아내에게 이따금 거친 욕설을 퍼부어 댔다.

그는 식사를 마친 후 머리를 빗고 근무복으로 갈아입은 다음, 아들과 함께 집을 나섰다. 아홉 시를 십오 분쯤 남기고 은행에 도착하자, 문밖에 있는 전용 의자에 자리를 잡고는 출근하는 직원들에게 일일이 인사를 건넸다.

은행 문이 열리자마자 제리는 심부름으로 자리를 떴다. 아들은 곧바로 아버지 대신 의자에 앉아 자리를 지켰다. 그는 아버지가 심심풀이로 손가락 사이에 끼고 만지작거리던 지푸라기를 집어 들었다. 거기에는 핏자국이 말라붙은 듯 적갈색 얼룩이 져 있었다.

"아버지의 손가락에는 늘 붉은 얼룩이 묻어 있단 말이야."

아들은 생각에 잠긴 채 조용히 중얼거렸다.

"이걸 대체 어디서 묻혀 오는 걸까? 여기서는 이런 얼룩이 묻을 일이 없는데⋯⋯."

제리가 맡은 심부름은 은행 직원에게 쪽지를 받아 자비스에게 전달하는 일이었다. 자비스는 런던에서 가장 유명한 형사법원인 올드 베일리 재판소에서 재판을 참관하고 있었다.

법정 복도에서 쪽지를 받아 든 자비스는 제리에게 시킬 일이 있으니 그때까지 남아 있으라고 말했다. 제리는 그에게 지금 어떤 재판이 열리는 중인지 물어보았다.

"반역죄 사건이라네."

자비스는 짤막하게 대답했다. 제리의 얼굴은 하얗게 질렸다. 반역죄 판결을 받은 사람은 능지처참, 즉 사지를 토막토막 절단해 최대한 고통스럽게 죽이는, 그야말로 야만적인 형벌에 처해진다는 사실을 잘 알고 있었기 때문이다.

제리는 궁금증을 참지 못한 나머지, 법정 안으로 들어가 보기로 마음먹었다. 그는 올드 베일리 재판소의 수없이 많은 출입구와 통로를 익히 알고 있던 터라, 별 어려움 없이 입구를 찾아냈다. 법정 안은 사람들로 가득 차 있었다. 흡사 런던 시민 전체가 그 재판을 보러 오기라도 한 것 같았다.

사람들을 헤치며 안으로 밀고 들어가자, 가발을 쓴 몇 명의 변호사들과 함께 앉아 있는 자비스가 보였다. 제리는 호기심에 찬 시선으로, 과연 그가 이 반역죄 사건에서 어떤 역할을 할 것인지 지켜보았다.

이윽고 죄수가 피고인석으로 불려 나왔다. 그러자 법정에 있는 사람들이 모두 으르렁거리는 거대한 짐승들처럼 동시에 숨을 몰아쉬기 시작했다. 사람들은 서로의 어깨를 짚고 고개를 쭉 빼며 죄수의 얼굴을 조금이라도 더 잘 보려고 애썼다.

찰스 다네라는 이름의 죄수는 스물다섯 살 정도로 보이는 청년이었다. 큰 키에 잘생긴 외모를 가지고 있었으며, 햇볕에 그을린 구릿빛 얼굴에 검은 눈동자가 빛나고 있었다. 수수한 옷차림을 한 그는 길게 자란 검은 머리카락을 한데 모아 뒤통수 쪽에 단정하게 묶고 있었다. 제리는 그가 입은 옷의 질감을 보고 이름 있는 가문의 사람이라는 사실을 단박에 알아차렸다.

혹시라도 그의 얼굴을 자세히 들여다본 사람이라면 그가 지금 얼마나 이 상황을 두려워하고 있는지 알아차릴 수도 있었겠지만 언뜻 봐서는 그런 기색을 전혀 찾아볼 수 없었다. 그는 두려움을 짐짓 감추고 있는 듯했다.

재판 전날, 피고 찰스는 자신에게 씌워진 혐의, 즉 영국과 전쟁 중인 프랑스를 도운 반역자라는 혐의에 대해 자신은 아무런 죄가 없음을 주장했다. 그런 그의 주장에도 불구하고 법정에 있는 사람들 가운데 그가 무죄라고 믿는 사람은 거의 없었다. 사람들의 마음속에서 그는 이미 사지가 찢겨 나가 죽은 사람이나 마찬가지였다.

하지만 아직 그에 대한 희망을 버리지 않은 사람들도 몇 명 있었다. 그의 변호를 맡은 스트라이버는 당연히 그러했다. 그는 올해 서른 살가량 되었지만, 땅딸막한 체구에 붉은 기운이 도는 얼굴 때문인지 제 나이보다 훨씬 늙어 보였다.

그리고 루시와 마네트 박사도 죄수를 동정하는 사람들 편에 속했다. 그들은 법정의 맨 앞 끝 쪽에 말없이 앉아 있었다.

루시와 자비스를 만나고 나서 오 년이라는 시간이 흐른 지금, 마네트 박사는 어느덧 풍채 좋고 유쾌한 중년 남자로 변해 있었다. 비록 아직도 이따금씩 어두운 감옥에 갇혀 구두를 만들던 시절의 우울함이 그의 얼굴을 스치곤 했지만 말이다.

제리는 옆에 앉은 사람에게 마네트 박사와 루시를 가리키며 저들이 누구냐고 물었다.

"증인들이라오."

"어느 쪽 증인인데요?"

제리가 다시 물었다.

"검찰 측이오."

배를 타고 정기적으로 프랑스와 영국을 오가는 찰스를 목격했다는 사람들이 있었다. 그들은 그가 비밀 문서 같은 것을 전달하는 모습도 자주 눈에 띄었다고 말했다.

찰스는 자신이 프랑스와 영국을 빈번하게 왕래한 사실을 부인하지는 않았다. 그러나 자신은 간첩이 아니라고 주장하면서도, 어떠한 일로 영국 해협을 그렇게 자주 오갔는지에 대해서는 사람들을 납득시킬 만한 어떤 해명도 하지 못했다.

검찰 측은 증인 두 명을 세웠다. 한 명은 찰스의 친구였던 사람으로, 그의 주장과 반대되는 의견을 제시할 것이라 했다. 그리고 두 번째 증인은 한때 찰스의 하인으로 일했던 사람이라고 했다.

검찰 측 변호사는 꽤 긴 시간에 걸쳐 이들 두 증인이 얼마나 정직하고 존경받아 마땅한 사람들인지를 한껏 강조했다. 상황은 점점 더 찰스에게 불리해지고 있었다.

첫 번째 증인, 존 바사드가 증인석에 올랐다. 법정은 마치 열병이라도 퍼진 것처럼 급속도로 달아오르고 있었다. 검찰 측 변호사가 그에게 몇 가지 질문을 했는데, 전부 그를 모범적인 시민으로 보이게 하려는 의도에서 나온 질문이었다.

하지만 변호사 스트라이버가 반대 심문을 하기 시작하자, 그는 아까보다는 신뢰하기 어려운 사람으로 보였다. 스트라이버는 이 증인이 검찰 측 앞잡이로, 돈을 받고 찰스에게 불리한 증언을 하는 것일 수도 있다고 말했다. 그러자 바사드는 흥분을 하면서 이를 강력히 부인했다. 그는 자신이 이렇게 나와서 증언을 하는 이유는 오직 나라를 걱정하는 마음 때문이라고 주장했다.

두 번째 증인은 로저 클라이라는 사내로, 사 년 동안 찰스 집안의 하인으로 일한 적이 있다고 했다. 그러나 나중에 알려진 바에 따르면, 찰스가 클라이를 고용한 것은 그가 제발 자신을 하인으로 써 달라고 사정했기 때문이었다.

스트라이버는 클라이가 바사드와 팔 년 동안이나 알고 지내

온 사이였다는 사실을 밝혀냈다. 클라이가 찰스의 하인으로 일한 기간의 두 배나 되는 긴 시간 동안 그들은 친분을 나누었던 셈이다. 클라이는 우연의 일치일 뿐이라고 항변하면서, 자신이 찰스를 비난하는 이유도 순전히 자신의 나라 영국을 진심으로 걱정하기 때문이라고 주장했다.

다음으로 증인석에 불려 나간 사람은 자비스였다. 그는 약 오년 전 칼레에서 출발한 여객선에서 찰스를 만난 적이 있느냐는 검찰 측의 질문에 그렇다고 대답했다. 당시 그는 마네트 박사 부녀와 함께 영국으로 돌아오는 길이었다. 그의 증언은 그게 전부였다.

이번에는 루시가 증인석으로 불려 나갔다. 그녀는 괴로워하는 기색이 역력했다.

"저 신사분이 배에 탔을 때……."

그녀는 진술을 시작했다.

"신사분이라니, 지금 피고를 말하는 것이오?"

판사가 따지듯 엄하게 물었다.

"그렇습니다, 판사님."

"그럼 피고라고 호칭하시오!"

"피고가 배에 탔을 때였습니다. 그는 제 아버지께서 몹시 편찮으시다는 사실을 알고는 비바람을 피해 안전하게 누우실 수 있도록 자리를 마련해 주었습니다. 그는 매우 친절했습니다."

"배에 탔을 때, 그는 혼자였소?"

"아닙니다. 두 명의 프랑스 사람과 함께 있었습니다."

"그 사람들이 뭔가 서류 같은 것을 주고받지는 않았소?"

"뭔가 서류 같은 것을 들고 있긴 했습니다만, 그것이 오가는 모습을 보지는 못했습니다."

"피고와는 어떤 이야기를 나누었소?"

"저분은 매우 친절했습니다. 그런데 오늘 제가 배은망덕하게도 저분에게 해가 되는 말을 하게 될까 봐 두렵습니다."

루시는 왈칵 눈물을 터트렸다.

"마네트 양, 아시다시피 당신은 진실만을 말하겠다는 선서를 했습니다. 저기 있는 피고는 물론이고, 이 법정에 있는 사람들 모두 당신이 피고에게 해를 입히려는 의도가 전혀 없다는 사실을 잘 알고 있습니다. 따라서 당신은 그 당시 피고와 나눈 이야기가 무엇이었는지 정확하게 진술하기만 하면 됩니다."

"저분이 저한테 말하기를, 자신이 어려운 일을 수행하고 있어서 그 일로 주위 사람들이 곤경에 빠질지도 모르기 때문에 진짜 이름을 감추고 가명을 사용한다고 했습니다."

그녀가 알고 있는 것은 그게 전부였다. 하지만 그녀가 생각하기에, 그것만으로도 피고는 충분히 올드 베일리 법정의 눈에 반역죄 판결을 받아 마땅한 사람이 되고도 남을 듯했다.

루시가 증언을 마치자마자, 검찰 측 변호사는 그녀가 마지못해 진술한 증언을 교묘하게 이용해 피고를 더욱더 파렴치한 인간으로 몰아가기 시작했다.

또 다른 증인이 불려 나왔는데, 그는 찰스가 유명한 간첩과 만나는 것을 본 적이 있다고 주장했다. 이번에도 스트라이버가 반대 심문을 했다. 하지만 증언을 뒤집을 만한 자료는 거의 없었다. 그런데 그때까지 재판에 아무 관심도 없는 듯이 멀거니 천장만 바라보며 앉아 있던 스트라이버의 보좌 변호사가 갑자기 자세를 똑바로 고쳐 앉았다.

시드니 카턴이라는 이름을 가진 그 사내는 급히 쪽지에다 무언가를 끄적이더니 그것을 스트라이버에게 건넸다. 그것을 읽고 난 스트라이버는 즉시 심문의 기조를 바꿔 이렇게 말했다.

"당신의 진술에 의하면, 당신이 그날 밤에 본 사람이 피고가 확실하다, 이거지요?"

"네, 틀림없습니다."

"하지만 잘못 본 것일 수도 있잖소?"

"절대로 그렇지 않습니다. 잘못 보았을 리 없습니다."

"그래요? 그렇다면 저쪽에 앉아 있는 내 보좌 변호사를 한번 보시오."

법정에 있는 사람들의 눈이 일제히 시드니에게 쏠렸다.

"여러분, 저 사람과 피고가 굉장히 비슷하게 생겼다고 생각하지 않소?"

법정은 일순간 침묵에 휩싸였다. 피고와 시드니가 놀라울 정도로 닮아 있었기 때문이다. 피고가 시드니보다 약간 점잖게 보인다는 점을 제외하고는 두 사람은 영락없이 생김새가 똑같았다. 증인 역시 이 사실을 마지못해 인정했다.

"자, 증인은 아직도, 그날 밤 보았던 사람이 피고 찰스 다네라고 자신있게 주장할 수 있습니까? 더구나 그토록 오래전의 일을 말이오. 증인이 본 사람이 피고와 비슷하게 생긴 다른 사람일 수도 있지 않겠소?"

증인은 자신이 착각했을 수도 있다는 사실을 인정하지 않을 수 없었다. 상황은 반전되기 시작했다.

스트라이버는 잠에서 깨어난 사자처럼 열변을 토하며 법정 분위기를 압도했다. 그는 앞에 나왔던 증인들을 재차 거론하면서, 검찰 측에 고용된 자들이 날조된 증거와 거짓말로 자신의 의뢰인을 함정에 빠뜨린 뒤 그에게 부당한 혐의를 뒤집어씌웠다고 신랄하게 주장했다.

그의 변론에 의하면, 찰스가 프랑스와 영국을 정기적으로 오간 것은 사실이었다. 그러나 그것은 그가 프랑스 혈통이기 때문에 가문의 이런 저런 일들을 처리하기 위해서이지, 다른 이유는 아무것도 없다고 주장했다.

그러자 검찰 측 변호사가 다시 나서서 스트라이버가 말한 모든 것을 반박했다. 그는 온갖 수단을 다해 찰스를 전보다 더 수상하고 파렴치한 간첩으로 몰고 가는 한편, 증인인 클라이와 바사드를 아무 죄 없이 모욕을 당한 훌륭한 애국자로 치켜세웠다. 이 모든 상황을 방청석에서 지켜보고 있던 제리는 시간이 흐를수록 점점 더 혼란스러워졌다.

그러는 동안 보좌 변호사인 시드니는 다시금 천장만 물끄러미 올려다보며 앉아 있었다. 하지만 루시가 피고에 대한 걱정에 짓눌린 나머지 갑자기 정신을 잃고 쓰러졌을 때 이를 제일 먼저 발견한 사람은 바로 시드니였다. 그는 루시가 고개를 축 늘어뜨린 채 몸을 옆으로 기우뚱 기울이는 것을 그녀의 아버지보다 먼저 알아차렸다. 그리고 그 즉시 가까이에 있던 관리인을 불러 그녀를 부축해 법정 밖으로 데리고 나가도록 지시했다.

마네트 박사 역시 재판 때문에 매우 심란하고 고통스러웠다. 예전에 감옥에서 보냈던 시간이 생각났기 때문이다. 그러나 그는 배심원의 평결을 듣기 위해 결연한 태도로 자리를 지키고 있었다. 배심원의 평결이 나오기까지는 꽤 긴 시간을 기다려야 했다. 배심원들이 법정에서 일단 퇴장해 사건에 대해 토론할 시간이 필요하다고 했기 때문이다. 사람들이 거의 다 법정 밖으로 나갔을 때 자비스는 제리를 손짓으로 불렀다.

"가서 요기라도 하고 오게. 하지만 멀리 가진 말게. 배심원의 평결이 나오자마자 곧바로 은행에 전달해야 하니까 말이야."

얼마간 여유가 주어진 제리는 근처에 있는 선술집을 찾아 나섰다.

그때 시드니는 찰스와 이야기를 나누고 있었다.

"다네 씨, 배심원의 평결이 어떻게 나올 것 같습니까?"

시드니가 물었다.

"유죄 판결을 각오하고 있습니다."

찰스는 이미 체념한 듯 대답했다.

"최악을 각오하는 것은 지혜로운 자세이지요. 하지만 전 그들이 잠시 퇴정한 것이 좋은 징조라고 생각합니다."

시드니는 곧 몸을 홱 돌려서는 법정 밖으로 뚜벅뚜벅 걸어 나갔다.

한 시간 반쯤 지나, 제리는 올드 베일리 재판소로 다시 돌아왔다. 그때 자비스는 주위를 두리번거리며 그를 열심히 찾고 있는 중이었다.

"제리! 여기야, 여기. 빨리 오게!"

자비스가 건네준 쪽지에는 다음과 같은 말이 적혀 있었다.

찰스 다네, 무죄 방면

제 5 장
사자와 자칼

방청객들이 모두 법정을 떠난 뒤 마네트 박사와 루시, 자비스, 스트라이버는 찰스 주변에 모여 그에게 축하의 말을 건넸다.

이번 재판의 결과가 무척이나 만족스러운 스트라이버는 기쁨을 감추지 못하고 연방 자기 자랑을 늘어놓았다. 반면에 마네트 박사는 굉장히 피곤하고 불안한 표정이었다. 자비스와 루시는 어서 빨리 마네트 박사를 데리고 법정을 벗어나고 싶은 마음이 간절했다.

무슨 까닭에서인지는 모르지만, 마네트 박사는 찰스를 보며 심리적인 동요를 겪는 듯했다. 마치 찰스의 얼굴을 바라보고 있으면서도 다른 누군가의 얼굴을 떠올리는 것 같았다.

잠시 후 자비스는 마차를 잡아 마네트 박사와 루시를 태워 보냈다. 그들이 떠나자마자 어둠 속에서 한 사내가 걸어 나왔다. 시드니 카턴이었다.

　찰스의 석방에 기여한 시드니의 역할을 인정해 준 사람은 아무도 없었다. 스트라이버는 모든 것을 자신의 공로로 돌리느라 여념이 없었다. 찰스의 생명을 구하는 데 시드니가 결정적인 역할을 했다는 사실을 기억하고 있는 자비스는, 쉴 새 없이 자기 자랑만 늘어놓는 스트라이버가 조금 얄미웠다.

　짧고 딱딱한 대화를 잠시 나눈 뒤, 자비스는 인사를 하고 은행으로 돌아갔다. 마침내 시드니와 찰스만이 올드 베일리 재판소 문밖에 남았다. 초면이나 다름없었지만 기분 나쁠 정도로 비슷하게 생긴 외모 때문에 묘한 인연이 된 두 사람이었다.

　시드니는 줄곧 술을 마셔 댄 모양이었다. 그는 찰스에게 식사를 할 수 있도록 근처의 선술집으로 안내해 주겠다고 제안했다. 찰스가 식사를 하는 동안, 시드니는 거푸 술을 마시면서 찰스를 빤히 응시했다. 그러더니 갑자기 술잔을 높이 들고 말했다.

"자, 다네 씨, 여기 당신을 위한 포도주가 있소. 건배합시다."

"뭐라고 건배를 할까요?"

"생각나는 대로 아무거나 하시오."

"그렇다면 마네트 양을 위해 건배하지요."

"좋소. 마네트 양을 위해, 건배!"

시드니는 술에 취한 목소리로 외쳤다. 그는 단숨에 술을 들이키더니 찰스의 얼굴에서 눈을 떼지 않은 채 술잔을 벽에다 던졌다. 술잔은 날카로운 소리를 내며 산산조각이 났다.

"다네 씨, 그렇게 아름다운 아가씨가 당신을 위해 눈물을 흘리는 모습을 보니 기분이 어떻습디까?"

찰스는 대꾸할 말이 딱히 떠오르지 않아서 가만히 있었다. 시드니가 다시 물었다.

"당신이 생각하기에 내가 당신을 좋아하는 것 같습니까?"

"그런 것 같지는 않군요."

찰스가 대답했다.

"내 생각도 그렇소."

시드니는 생각에 잠긴 채 중얼거렸다. 그 모습을 바라보던 찰스가 말했다.

"하지만 당신 덕분에 내가 생명을 건진 것은 분명합니다. 그러니 이 술값은 내가 치르고 싶습니다."

"당신이 전부 내겠다는 말이오?"

시드니가 물었다.

"그렇습니다."

"그럼 난 포도주를 한 잔 더 마시겠소."

찰스가 자리에서 일어나 나가려 하자, 시드니가 목소리를 높여 소리치듯 말했다.

"당신은 나를 한심한 술주정뱅이쯤으로 알고 경멸하겠지. 하지만 내가 왜 술을 마셔 대는지 알고 있소? 따분한 일밖에 없는 이런 인생이 지긋지긋하기 때문이오. 난 이 세상 그 누구에게도 관심이 없소. 물론 나한테 관심이 있는 사람도 없지만 말이오."

찰스가 술집을 떠난 후, 시드니는 술집의 유리창에 어린 자신의 모습을 향해 물었다.

"생김새가 똑같다고 해서 좋아할 이유가 대체 어디 있단 말이냐? 만약 법정에서 나와 그자의 처지가 바뀌었다면, 그래서 내가 그자의 자리에 앉아 있었다면 그녀는 그 파란 눈으로 나를 바라보았겠지. 하지만 그자와 난 바뀔 수 없는 운명이야. 난 그자가 정말 밉단 말이야!"

포도주병을 다 비운 시드니는 술집 종업원에게 열 시에 깨워 달라고 말하고는 그대로 푹 고꾸라지듯 탁자 위에 쓰러졌다. 머리를 고이고 있는 두 팔 위로 뜨거운 촛농이 뚝뚝 떨어졌지만 그는 아랑곳하지 않고 곧 잠에 빠져 들었다.

그 당시에는 남자들 대부분이 술을 심하게 마셔 댔다. 스트라이버와 시드니도 예외가 아니었다. 하지만 그들은 술을 마시는 만큼 일도 열심히 했다.

스트라이버는 올드 베일리 재판소에서 인기가 높은 변호사였다. 그는 많은 사건을 맡았고 대부분 승리로 이끌었다. 스트라이버는 법조계의 거물로 통했다. 그런데 한 가지 특이한 점은 그가 어떤 사건을 변호하든 간에, 그의 곁에는 항상 시드니가 있다는 사실이었다. 하지만 재판에서 결정적인 순간에 항상 시드니가 활약한다는 사실을 알아채는 사람은 그다지 많지 않았다.

시간이 지나면서 사람들 사이에서는, 시드니가 비록 스트라이버 같은 거물은 아니지만 놀라울 정도로 능력이 뛰어난 변호사라는 소문이 퍼지기 시작했다. 스트라이버가 사자라면 시드니는 그 앞잡이라고 할 수 있는 자칼이었다. 울음소리가 작고 몸집도 크지 않지만, 먹이를 채는 발톱만큼은 사자 못지않게 날카로운 사냥꾼 자칼.

찰스의 재판이 있던 날 밤, 시드니는 열 시쯤 스트라이버의 사무실에 나타났다. 바닥에 서류가 어지럽게 널려 있고, 벽면의 책장에는 법률 서적들이 아무렇게나 꽂혀 있는 지저분한 사무실이었다.

그곳에서 두 사람은 몇 시간 동안 일에 열중했다. 사건을 분석하고 변호할 내용을 만들어 내는 일은 대부분 시드니가 했다. 서류가 완성되면 스트라이버는 그것을 건네받아 요점을 간추려 표시했다.

일을 마치자 두 사람은 그날 있었던 재판에 대해 이야기를 나눴다. 스트라이버는 자신의 앞잡이인 자칼 시드니가 그날 재판에서 결정적인 역할을 했다며 높이 치하했다. 하지만 시드니는 무슨 까닭에서인지 표정이 딱딱하게 굳어 있었다.

"예전 법학도 시절의 시드니 카턴 모습이 또 나오는군. 기분이 좋았다가도 금세 우울한 표정이 되는 그 얼굴 말이야. 저녁에 무슨 일 있었나?"

스트라이버가 물었다.

"예전 법학도 시절의 모습이라고? 그래, 이미 그때부터 나는 친구들의 숙제를 대신 해 주곤 했지. 내 숙제는 내팽개쳐 둔 채 말이야."

"그 이유가 뭔가? 정말이지 궁금하다네."

"나도 잘 모르겠어. 아마 하느님만이 아시지 않을까? 내가 사는 방식이 그런 걸 뭐 어쩌겠나."

"글쎄, 내가 보기에 자네가 사는 방식은 좀 비정상적이야. 옛날에도 그랬지만 지금도 여전히 자네에겐 삶에 대한 의욕이나 목적이 전혀 없어. 왜 좀 더 노력하며 살아가지 않는 건가? 자네가 갖고 있는 능력 정도라면 변호사로 충분히 성공하고도 남을 텐데 말이야. 나를 좀 보게! 자네와 난 함께 변호사 일을 시작했지. 그런데 나는 분발해서 계속 발전해 나가고 있지만, 자넨 자신의 능력을 감춘 채 움츠리고만 있지 않나?"

"자네는 자네의 자리를 찾은 것이고, 난 내 자리를 찾은 것뿐일세."

시드니는 말을 이었다.

"파리에서 함께 공부하던 시절에 자넨 두각을 나타내며 잘나갔지만 난 늘 곤경에 빠져 있지 않았던가?"

"지금은 서로 축하해 주며 즐거워해야 할 순간인데, 자넨 왜 그리 우울한 표정을 짓고 있나? 뭔가 즐거운 생각을 좀 해 보게. 가령……, 오늘 증인으로 나왔던 그 아리따운 아가씨에 대한 생각은 어떤가?"

"아리따운 아가씨라니, 누구 말인가?"

시드니는 별 관심 없다는 듯이 되물었는데, 어쩐지 그 말투가 듣기에 좀 지나치다 싶을 정도로 신경질적이었다.

"그야 물론 그 의사의 딸 말고 누가 있겠나!"

"자넨 그 아가씨가 아름답다고 생각하는가?"

"그럼 자넨 아니라고 생각한단 말인가?"

"그렇다네. 특별할 게 하나도 없는, 그저 금발 인형 같은 여자를 가지고 뭘 그러나?"

"어허, 자네는 그것도 눈이라고 달고 다니는가! 오늘 법정에서 그녀의 미모를 알아보지 못한 사람은 아마 자네밖에 없을 걸세! 참, 그런데 아까 그 아가씨가 정신을 잃고 쓰러졌을 때 제일 먼저 알아차린 사람은 바로 자네가 아니었던가?"

"눈먼 장님이라도 그렇게 가까이 앉아 있던 여자가 정신을 잃고 쓰러지면 금방 알아차릴 걸세! 어쨌든 이제 다 끝난 일이니 오늘 재판에 대한 이야기는 이쯤에서 그만하세. 난 지금 몹시

피곤한 데다가 술 때문에 머리가 띵하다네. 그만 잠이나 자러
가야겠어."

말을 마치자마자 시드니는 사무실에서 나와 자신의 침실이
있는 위층으로 올라갔다. 그런데 침실로 들어가는 순간, 시드니
의 표정과 태도는 스트라이버와 함께 있었을 때와는 딴판으로
바뀌었다. 모든 일이 어떻게 되든 자신과는 상관없다는 듯 거만
하게 굴던 이 사내가, 막상 혼자 있게 되자 침대에 몸을 획 던지
더니 그대로 쓰러져 밤새도록 소리 없이 눈물을 흘렸다.

제 6 장
오래된 지하 감옥

마네트 박사 부녀가 사는 집은 런던 소호 지역의 조용한 거리에 있었다. 재판이 있은 지 너 달이 지난 어느 화창한 일요일 오후였다. 자비스는 오후 만찬을 함께 하기 위해 마네트 박사의 집으로 가고 있었다.

그 당시 런던은 오늘날의 모습과 많이 달랐다. 집들의 수는 훨씬 적었고 대신 나무들이 많았다. 마네트 박사의 집 역시 짙푸른 잎들이 우거진 커다란 플라타너스 나무 그늘에 덮여 있었다.

자비스가 도착했을 때는 프로스 혼자 집을 지키고 있었다. 오래전부터 루시를 돌봐 주던 그녀는 이제 이 집안의 살림을 도맡아 하고 있었다. 프로스는 식사 준비를 하고 있었으므로, 자비스는 집 안을 여기저기 둘러보면서 마네트 박사와 루시가 돌아오기를 기다렸다. 매우 따뜻하고 쾌청한 날인지라, 바람이 잘 통하도록 방마다 방문과 창문을 활짝 열어 놓고 있었다.

덕분에 자비스는 처음으로 마네트 박사의 방 안을 들여다볼 수 있었다. 무심코 방 안을 들여다보던 자비스는 박사의 침대 옆에 놓여 있는 구두 만드는 작업대와 연장들을 발견하고 깜짝 놀랐다.

자비스가 뜻밖의 물건들을 보고 놀라서 입을 다물지 못하고 있을 때 마침 프로스가 나타났다. 그녀는 뭔가 못마땅한 듯 불만이 가득한 표정이었다. 그녀의 말을 빌리자면, 요즘 루시를 만나러 '수많은 남자들'이 찾아오는 통에 자신이 엄청난 스트레스를 받고 있다는 것이었다.

집으로 찾아오는 사람들이 정말 그렇게 많냐고 묻자, 그녀는 정말로 그렇게 많다고 단호한 말투로 대답했다. 하지만 자비스는 그녀가 진정 질투하고 있는 사람은 단 한 사람, 바로 찰스뿐일 거라는 생각이 들었다. 찰스가 정기적으로 이 집을 방문하고 있었기 때문이다.

프로스는 자신의 남동생인 솔로몬에 대해 이야기하기 시작했다. 그녀는 솔로몬이 인생에서 단 한 가지 실수만 범하지 않았다면 참으로 훌륭한 사람이 되었을 거라는 둥, 그렇게 되었더라면 루시 아가씨의 짝으로 제격이었을 거라는 둥, 이런 저런 얘기를 늘어놓았다.

자비스는 그녀의 남동생이 범한 그 '실수'가, 누나인 프로스가 모아 놓은 돈을 모두 훔쳐서 노름하는 데 탕진해 그녀를 가난에 빠뜨린 것이라는 사실을 잘 알고 있었다. 그런데도 프로스는 여전히 남동생을 그리워했다. 그녀는 단지 그가 자신의 남동생이라는 이유 하나만으로 자신에게 행한 못된 짓들을 모두 용서해 주었다.

한동안 예의 바르게 앉아서 프로스의 이야기에 귀를 기울이던 자비스는, 그녀의 말이 끝나자마자 아까부터 몹시 묻고 싶었던 질문을 던졌다.

"혹시 마네트 박사가 오래전 구두 만들던 시절에 대한 이야기를 한 적이 있나요?"

"아뇨, 한 번도 없습니다."

"그런데 침대 옆에는 아직도 구두 만드는 연장과 작업대가 놓여 있더군요."

"말씀을 하신 적이 한 번도 없다고 했지, 제가 언제 생각까지 전혀 안 하신다고 말했습니까? 제가 보기에 박사님께서는 그 시절에 대한 생각을 아주 많이 하시는 게 틀림없어요."

"당신은 마네트 박사가 자신을 감옥에 가둔 사람의 이름을 기억해 낼 수 있다고 생각합니까?"

"제 생각을 솔직히 말씀드리자면……."

프로스는 천천히 대답했다.

"박사님께서는 그 문제를 두려워하시는 것 같습니다. 당신께서 그 문제를 군이 들추거나 하진 않으시지만, 밤이면 방 안을 왔다 갔다 하시는 소리가 자주 들리거든요. 마치 감옥에 갇혀 계시던 시절로 다시 돌아간 것처럼 말이에요. 그럴 때면 루시 아가씨께서 일어나 위로를 해 드리려고 박사님께 가 보곤 하시지만, 박사님이 그에 관해 말씀을 하시는 것은 아닙니다. 그저 루시 아가씨와 함께 아침이 될 때까지 방 안을 계속 걸어 다니시다가 지쳐서 잠자리에 드시는 게 고작이지요."

그때 루시와 마네트 박사가 집으로 돌아오는 소리가 들렸다. 집 안으로 들어온 마네트 박사는 아주 기분이 좋아 보였다. 그 덕분에 자비스는 구두 만드는 연장들 때문에 생긴 걱정을 떨쳐 버리고 즐거운 마음으로 그들과 함께 식사를 했다.

식사를 마치고 모두들 밖으로 나가 플라타너스 나무 아래에 앉아 휴식을 취했다. 그런데 프로스의 심기를 불편하게 만드는 일이 생겼다. 때마침 찰스가 찾아와 그들과 자리를 함께한 것이었다. 그는 재판이 있기 전, 런던 탑에 죄수로 갇혀 있을 때 들은 이야기를 그들에게 들려주었다.

"일꾼들이 일하다가 오래된 지하 감옥 하나를 발견했답니다. 벽돌로 만든 그 감옥은 오랫동안 방치돼 있었는데, 안쪽 벽은 온통 죄수들이 새겨 놓은 글씨로 뒤덮여 있었지요. 그 내용은 대개 날짜나 이름, 기도, 불만, 하소연 같은 것들이었습니다. 그런데 그중 어느 벽돌의 한 귀퉁이에 세 개의 글자가 새겨져 있었는데, 그것은 'D', 'I', 그리고 'C' 같기도 하고 'G'자 같기도 했습니다. 그곳에 수감되었던 죄수들 중에서 그 글자와 머리글자가 같은 성이나 이름을 가진 죄수는 아무도 없었기에, 그 글자를 쓴 죄수가 누군지 짐작하기는 어려웠지요. 그러다 누군가가 추측하기를, 그 글자들이 성이나 이름의 머리글자가 아니라 혹시 'DIG', 즉 그곳을 '파 보라'는 의미를 나타내는 단어가 아니냐고 했습니다.

그래서 사람들은 그 글자가 적힌 자리의 아래쪽을 파 보았답니다. 정말로 그곳에서 조그만 주머니가 하나 나오더랍니다. 그 주머니 안에는 죄수가 쓴 편지로 보이는 것이 들어 있었는데, 안타깝게도 주머니와 편지지 모두 너무나 오래되어서 먼지처럼 바스러진 상태였지요. 그래서 결국 어느 이름 모를 죄수가 거기에 과연 무슨 말을 써 놓았는지는 세상에 알려질 수 없게 되었다고 해요. 하지만 분명한 것은 그 죄수가 뭔가를 적어서 간수의 눈에 띄지 않게 감춰 놓았다는 사실입니다."

그때 루시가 갑자기 소리쳤다.

"아버지!"

찰스의 이야기가 막 끝나 갈 무렵, 마네트 박사가 돌연 자리에서 벌떡 일어나더니 고통스러운 듯이 두 손으로 머리를 움켜쥐었다.

"아버지, 어디 편찮으세요?"

루시가 외치는 소리에 마네트 박사는 곧 제정신으로 돌아왔다. 하지만 어딘가 다른 세계에 빠졌다가 문득 정신을 차린 것 같은 표정이었다.

"괜찮다, 애야."

그가 대답했다.

"난 아프지 않단다. 그저……, 떨어지는 빗방울을 하나 맞아서 좀 놀란 것뿐이란다. 비가 오기 시작하는구나. 자, 안으로 들어가 비를 피하자꾸나."

마네트 박사는 이 일에 대해 더 이상 이야기하기를 꺼렸다. 자리에 있던 사람들은 모두 서둘러 집 안으로 들어갔다.

그러고 나서 얼마 지나지 않아, 시드니가 찾아왔다. 프로스는 더욱 안절부절못했다. 자비스는 그 모습을 내심 재미있다는 듯이 바라보았다. 짐작건대 프로스가 말했던 그 '수많은 남자들'이란, 결국 찰스와 시드니 두 사람을 가리키는 것 같았다.

잠시 후, 천둥과 번개가 치면서 거센 폭우가 쏟아지기 시작했다. 폭풍우 치는 소리가 너무 요란해서, 서로가 말하는 소리를 전혀 알아들을 수 없었다. 그래서 모두들 아무 말 없이 자리에 앉아, 창밖으로 번개가 하늘을 찢으며 내리치는 광경을 망연히 바라보기만 했다.

새벽 한 시가 되어서야 겨우 날이 개었다. 자비스는 만에 하나 강도나 치한의 습격이 있을 것에 대비해 제리의 수행을 받으며 집으로 돌아갔다.

"정말 무서운 밤이군, 제리! 이런 밤이면 왠지 꼭 죽은 사람들과 마주칠 것만 같단 말이야."

"그런 일이 제발 제게는 일어나지 않았으면 좋겠습니다,"

제리가 뚱한 목소리로 대답했다.

제 7 장
후작의 최후

프랑스 왕궁에서 권세를 휘두르던 어느 귀족은 파리에 있는 자신의 대저택에서 보름에 한 번씩 접견식을 열었다. 그때마다 자신들의 문제를 해결하는 데 조금이나마 도움을 받으려는 사람들이 그의 저택으로 대거 모여들었다.

이 훌륭하신 귀족 나리는 오늘날의 사람들은 상상조차 할 수 없을 만큼 엄청난 사치를 누렸다. 그런 사치는 그 시대의 부유한 프랑스 귀족 양반들에게는 아주 당연한 일로 여겨졌다.

가령 그가 뜨거운 코코아 한 잔을 마시려고 하면, 이를 위해 요리사는 물론이고 네 명이나 되는 하인이 더 필요했다. 초콜릿을 저어 거품을 낼 사람, 차 주전자를 방으로 들고 갈 사람, 귀족 나리께 냅킨을 건네줄 사람, 그리고 마지막으로 코코아를 따라 줄 사람, 그렇게 네 사람이 귀족 나리 옆에서 시중을 들었다. 그토록 고귀하신 귀족 신분이신데, 본인 스스로 코코아를 목구멍으로 넘기는 천한 행위는 어떻게 몸소 하시는지 도무지 알 수 없는 일이었다.

이 귀족 나리는 가난한 사람들에게는 물론이고, 자기와 같은 계급인 귀족들한테서조차 미움을 받았다. 물론 귀족들이 그를 미워한 이유는 그의 지위와 권력을 뺏고 싶은 마음에서였지만.

귀족 나리는 최고위층 사람들과 어울리면서 거의 날마다 화려한 파티를 열었고, 그렇지 않은 날엔 오페라나 연극을 관람하면서 시간을 보냈다. 거리에서 가난한 사람들이 굶주림에 지쳐 숱하게 죽어 가는 그 순간에도, 귀족 나리는 여유롭게 산해진미를 즐기며 "이 땅과 그 땅에 가득 차 있는 것은 모두 다 내 것이니라."라고 떠들곤 했다.

보름에 한 번씩 열리는 이 귀족 나리의 접견식에 오는 사람들은 대부분 실망감을 안고 돌아갔다. 그날도 예외가 아니었다. 참석한 사람들의 절반도 채 만나 보기 전에 나리께서 따분함을 이기지 못하시고, 저녁 약속을 위해 옷을 갈아입어야 한다며 접견식을 끝내 버린 것이었다. 자신의 차례가 오기만을 목이 빠져라 기다리고 있던 사람들은 하는 수 없이 하나 둘 자리를 떴다.

마지막까지 남아 있던 사람은 예순 살가량 되어 보이는 남자였는데, 아주 거만한 인상을 풍기고 있었다. 그는 자신의 마차로 걸어가면서 접견식을 도중에 취소해 버린 귀족에게 마음속으로 저주를 퍼부었다. 그는 그날 급히 처리해야 할 집안 문제에 도움을 받고 싶어서 특별히 왕실에 영향력 있는 귀족 나리를 만나러 왔던 것이다. 훌륭한 옷차림을 한 그 남자 역시 후작이었기 때문에 귀족 신분이기는 마찬가지였다. 그것은 그의 마차 문에 그려진 가문의 문장(紋章, 국가나 단체 또는 집안 따위를 나타내는 상징적인 표지―옮긴이)에도 잘 드러나 있었다.

그의 얼굴은 평소에는 가면처럼 아무 감정도 드러나지 않다가 흥분하면 아주 잔인한 표정으로 돌변하곤 했다. 게다가 눈빛이 어찌나 날카로운지, 마치 그 가면 같은 얼굴에 뚫린 좁은 구멍 안에서 쏘아보고 있는 듯했다.

귀족 나리를 만나기 위해 기다리고 있는 동안, 그는 일부러 다른 방문객들과 거리를 약간 두고 서 있었다. 물론 귀족 나리보다 지위가 낮긴 했지만 같은 귀족 신분이기 때문에, 방 안에 대기 중인 사람들보다는 자신이 훨씬 더 고귀하고 훌륭한 사람이라고 믿었다.

마차를 타면 그는 더욱 거만해졌다. 마차가 빠른 속도로 거리에 들어설 때마다 사람들이 말들을 피해 달아나는 모습을 보며 굉장히 흡족했다. 사람들은 거침없이 달려오는 마차에 치이지 않으려 이리저리 피하느라 정신이 없었다.

그 무렵 빠른 마차를 소유한 사람은 극히 적었기 때문에, 마차가 갑자기 나타나 무서운 속력으로 길거리를 요란하게 내달리면 사람들은 순식간에 공포에 사로잡히곤 했다.

그날도 역시 후작의 마차는 거칠고 요란한 바퀴 소리를 내면서 거리를 질주했다. 달려오는 마차 앞에서 사람들은 남녀노소할 것 없이 비명을 질러 댔고, 부모들은 어린아이들을 황급히 잡아끌었다.

분수 옆 모퉁이로 휘몰아치듯 달려가던 마차가 갑자기 괴상한 소리를 내면서 크게 덜컹대더니, 달리던 말들이 앞다리를 치켜들고 펄쩍 뛰었다가 멈추었다. 그와 동시에 찢어질 듯한 비명이 들려왔다.

"무슨 일인가?"

후작은 무표정한 얼굴을 창밖으로 내밀면서 물었다.

"용서하십시오, 후작 나리. 아이가 치였습니다."

하인이 대답했다.

"그런데 저자는 왜 저리 소란스럽게 비명을 질러 대고 있는가? 저자의 아이가 치였는가?"

"그렇습니다, 나리."

키가 큰 사내가 의식을 잃은 어린아이를 안고서 몸을 굽힌 채앉아 있었다. 사내는 갑자기 몸을 벌떡 일으키더니 마차를 향해달려들었다.

"죽었어! 내 아이가 죽었단 말이야!"

그가 울부짖자 사람들의 시선이 모두 후작을 향했다. 하지만 분노를 담은 눈빛을 드러내 보일 수는 없었다. 후작의 하인들이 무장을 하고 있다는 사실을 잘 알고 있었기 때문이다.

사람들의 시선을 마주 바라보는 후작의 눈에는 짜증이 잔뜩 서려 있었다.

"네놈들은 어찌하여 자식들 간수 하나 제대로 하지 못하느냐? 정말 모를 일이구나. 꼭 한두 녀석은 내 마차가 가는 길을 막으니……. 내 비싼 말들이 다치지나 않았는지 모르겠군! 자, 이거나 받아라."

후작은 죽은 아이의 아버지에게 금화 한 닢을 던져 주었다. 그 말투와 행동은 마치 하잘것없는 물건 하나를 어쩌다 실수로 깨뜨렸으니 보상해 주면 그만 아니겠냐는 투였다. 그때 사내 한 명이 그 자리에 나타났다. 그러자 죽은 아이의 아버지가 그의 어깨에 얼굴을 묻은 채 서럽게 흐느끼며 눈물을 흘렸다.

"여보게, 절망하지 말게."

사내가 깊은 한숨이 섞인 목소리로 말했다.

"가시밭길 같기만 한 인생, 차라리 일찍 떠나는 게 복이라고 생각하게. 자네 아인 지금 행복한 세상에 가 있을 걸세. 이 세상에 오래 머물러 봤자 무슨 좋은 꼴을 볼 수 있겠나?"

후작은 입가에 미소를 띠며 새로 나타난 사내에게 말했다.

"오호라, 철학자 한 분 나셨군! 그래, 자네는 이름이 뭔가?"

"드파르주입니다."

"자, 이거나 받아 두게, 철학자 드파르주 양반."

후작은 또 다른 금화 한 닢을 창문 밖으로 던지며 말했다. 후작의 마차는 다시 앞으로 나아가기 시작했다. 그 순간 갑자기 금화가 마차의 창문 안으로 날아들어 후작의 머리를 아슬아슬하게 스치고는 마차 벽에 부딪혀 떨어졌다. 후작은 격분하며 하인들에게 소리쳐 마차를 멈추게 했다.

"어느 놈이 던진 거냐?"

후작이 성난 목소리로 물었다. 그러나 드파르주는 이미 사라지고 없었고, 죽은 아이의 아버지는 땅바닥에 앉아 통곡만 하고 있었다. 그 옆에는 억세고 다부져 보이는 여자 하나가 후작을 노려보면서 뜨개질을 하고 있을 뿐이었다. 후작은 그 자리에 있는 사람들에게 욕설을 한바탕 퍼붓고는 하인들에게 다시 출발하라고 명령했다.

마침내 마차는 가던 길로 떠났고 사람들은 다시 하던 일을 손에 잡았다. 거리의 분수는 여전히 물을 뿜어 댔고, 다부진 여자의 뜨개질도 멈추지 않고 계속되었다. 모든 것이 아무 일도 없었던 듯 제자리로 돌아가 다시 움직이기 시작했다.

얼마 후 후작의 마차는 풍광이 아름다운 시골 마을로 들어섰다. 하지만 들판은 황량하기 짝이 없었다. 경작되고 있는 작물은 얼마 되지 않았고, 나무에 달려 있는 열매도 부실해 보였다.

이 땅에서 농사를 지어 먹고 사는 사람들 역시 비쩍 말라 야윈 모습이었다. 그렇지만 후작은 그런 것들에는 전혀 관심을 두지 않았다. 땅의 주인으로서 당연히 마을과 마을 사람들을 돌볼 책임이 있었지만, 그는 오직 사람들이 꼬박꼬박 소작료를 바치는지에 대해서만 신경을 쓸 따름이었다.

마차가 천천히 달리고 있을 때, 파란 모자를 쓴 채 길가에 서 있는 사내가 후작의 눈에 들어왔다. 그는 도로를 보수하는 인부였다. 후작은 그를 벌써 두 번이나 보았다는 사실을 깨달았다. 뭔가 수상쩍은 생각이 들어서, 하인을 시켜 그자를 자기 앞으로 데려오도록 했다.

"네 이놈! 벌써 두 번씩이나 내 눈에 띄다니, 어찌 된 일이냐? 어찌하여 네놈은 내 마차를 유심히 노려보고 있는 거지?"

"용서하십쇼, 나리. 하지만 전 나리를 쳐다보았던 게 아니라 마차 밑에 있던 사람을 보고 있었습니다."

"뭐, 누굴 봤다고? 그게 무슨 말이냐?"

"나리의 마차 밑에 사람이 매달려 있었습니다. 흡사 바람에 흔들리는 유령 같았습니다."

"어떻게 생긴 놈이었느냐?"

"키가 큰 사내였는데, 먼지를 온통 새하얗게 뒤집어쓰고 있었습니다. 정말이지 유령처럼 새하얀 모습이었습니다."

후작의 하인들은 마차를 샅샅이 살펴보았다. 하지만 사람은 커녕 그림자도 발견하지 못했다.

"이런, 망할 놈 같으니라고!"

후작은 발끈하며 소리쳤다.

"내 마차에 달라붙은 도둑놈을 보고도 가만히 있다가 이제야 말하다니……. 어서 가서 그 도둑놈을 잡아 오지 않으면 네놈도 무사하지 못할 줄 알거라."

태양이 언덕 너머로 기울고 있었다. 후작의 마차가 가파른 언덕배기에 도착했을 때 자그마한 공동묘지가 눈앞에 나타났다. 땅 위로 볼록 솟아오른 봉분들이 여기저기 있었지만 무덤의 주인을 알 수 있는 표지는 아무것도 없었다.

젊은 여인이 묘지 한쪽에 무릎을 꿇고 앉아 있었다. 그녀는 마차 소리를 듣고 벌떡 일어나더니, 마차의 창문 쪽으로 바짝 다가왔다.

"나리, 부탁이오니 제발 제 사연을 들어 주십시오!"

"이번에는 또 뭐야? 아니, 너희는 웬 하소연이 그리도 많은 거냐?"

"나리, 죄송하오나 제 남편이……."

"뭐라고? 네 남편이 큰 빚이라도 졌단 말이냐?"

"아닙니다. 제 남편은 이제 빚을 질 수조차 없습니다. 그이는 죽었으니까요. 먹을 게 없어서 굶어 죽었지요."

"그래서 나보고 어쩌란 말이냐?"

"제발, 나리. 부탁하옵건대, 제가 남편의 무덤에 작은 십자가 하나만 세울 수 있도록 해 주십시오. 그저 작은 돌로 이것이 남편의 무덤이라고 표시만 하면 됩니다. 그거라도 하지 않으면 제가 죽었을 때, 제 남편의 무덤을 찾지 못해 아무도 저를 그 곁에 묻어 줄 수 없을 것입니다."

그러나 그녀의 마지막 말은 후작의 귀에 채 닿지도 못했다. 그녀가 미처 말을 다 마치기도 전에 후작의 시중꾼이 그녀를 밀쳐 내고 마차를 출발시킨 것이었다. 마차는 그녀의 비명을 뒤로한 채 쏜살같이 달려가 버렸다.

후작이 자신의 대저택에 도착했을 때 하늘은 이미 어두워져 있었다. 저택은 크고 웅장했다. 높은 지붕의 주위를 키가 큰 나무들이 둘러싸고 있었다. 특히 돌로 지은 본체는 육중함을 한껏 자아냈다. 건물 앞쪽에는 넓은 마당이 있었는데, 마당에서 층계를 두 단 올라가면 매우 위압적인 인상을 주는 베란다와 엄청나게 큰 출입문이 나타났다.

건물에 딸린 것들은 모두 돌로 되어 있었다. 층계의 난간, 묵직해 보이는 항아리, 건물 정면의 장식물 모두 돌로 만들어진 것들이었다. 그 외에도 돌로 조각한 꽃과 사자 머리상, 인물상 등이 여기저기 놓여 있었다. 마치 신화에 나오는 고르곤이 그 저택을 쳐다보는 바람에, 저택에 속한 모든 것이 차갑고 단단한 돌덩어리로 변해 버린 것 같았다.

"내 조카 샤를이 영국에서 도착했느냐?"

후작은 집 안으로 들어가면서 물었다.

"아직 도착하지 않았습니다, 나리."

하인의 대답을 들으면서 후작은 계단을 성큼성큼 올라가 문을 열고 널찍한 현관으로 들어섰다. 현관 옆 벽면에는 멧돼지 사냥용 창과 칼, 단검, 굵은 승마용 채찍 들이 무시무시한 분위기를 풍기며 진열되어 있었다. 채찍들 가운데 어떤 것은 소작료를 내지 못한 소작인들을 끔찍하게 벌하는 데 쓰였다.

후작은 자기 방으로 들어갔다. 거기에는 두 사람분의 저녁 식사가 식탁에 차려져 있었다.

"조카가 올 때까지 기다릴 수 없다."

그는 하인들에게 지시를 내렸다.

"그 아이가 도착하든, 도착하지 않든 십오 분 내로 식사를 할수 있도록 준비해라."

잠시 후 후작은 하인들의 시중을 받으면서 식탁 앞에 혼자 앉아 식사를 하였다. 그런데 창문 쪽에서 이상한 소리가 들렸다.

"이게 무슨 소리지? 창문을 열고 살펴보아라."

그러나 창문 밖에는 아무것도 없었다.

후작이 식사를 절반 정도 마쳤을 때 밖에서 마차가 도착하는 소리가 들려왔다. 그리고 몇 분 후 그의 조카가 방으로 들어왔다. 그는 영국에서 찰스 다네라는 이름으로 알려진 바로 그 젊은 신사였다.

후작은 격식을 차려 찰스를 정중하게 맞아 주었다. 하지만 두 사람은 악수는 하지 않았다.

"오는 데 꽤 오래 걸렸구나."

"그렇지 않습니다. 런던에서 곧장 달려오는 길입니다."

찰스가 대답했다.

"내 말은 이번 여행길이 오래 걸렸다는 것이 아니라 집에 오랜만에 왔다는 소리였다."

"여러 가지 일이 있어서 그렇게 되었습니다."

하인들이 자리를 지키고 있는 동안, 그들이 나눈 대화는 이것이 전부였다. 두 사람은 말없이 식사를 마쳤다. 잠시 후, 자리를 옮겨 차를 마시면서 찰스는 비로소 입을 열었다.

"숙부님께서도 알고 계시겠지만, 이번에 돌아온 것은 제가 프랑스를 떠날 때 계획했던 바로 그 일 때문입니다."

"나도 알고 있다."

"아시다시피 저의 여행은 때때로 아주 위험한 지경에 이르곤 했지요. 숙부님께서 제 일을 방해하시는 바람에 더욱 그러했다고 생각합니다."

"설마 그럴 리야 있겠느냐?"

후작은 미소를 지으며 말했다.

"숙부님께서 무슨 수를 써서라도 제가 하려는 일을 막으려 하시는 것을 잘 알고 있습니다. 제가 아직 감옥에 갇히지 않은 것은, 제가 운이 좋아서라기보다는 숙부님께서 운이 없는 탓일 것입니다. 숙부님께서 궁중의 불신을 받고 있는 것이 저로서는 너무나 다행스러운 일이지요."

후작은 아무런 대꾸 없이 미소만 짓고 있었다. 찰스는 말을 이었다.

"보아하니, 이번 궁중 접견식에서도 숙부님의 뜻이 받아들여지지 않은 것 같군요. 저에게는 그야말로 행운이지요."

후작의 얼굴에서 미소가 가셨다. 그가 대답했다.

"그게 과연 행운일까? 아무래도 넌 얼마간 감옥에 갇혀 지낼 필요가 있어 보이는구나. 그래야 네 처지와 본분을 확실하게 깨달을 수 있겠지. 어떻게 너는 우리 가문이 수백 년 동안 누려 온 지위와 명예에 감히 먹칠을 할 수 있단 말이냐? 네 행동이 고귀한 우리 에브레몽드 가문을 웃음거리로 만들고 있다는 사실을 진정 모르느냐? 그동안 세상이 너무나 많이 바뀌어서 우리는 이미 특권을 잃을 만큼 잃은 상태다. 그러니 혈육인 너까지 나서서 세상의 질서를 바꾸려고 할 필요는 없지 않느냐?"

"숙부님께서도 방금 말씀하셨듯이, 우리는 수백 년 동안 소위 그 '특권'이란 것을 누리며 살아왔습니다. 그것도 너무나 지나치게 누려서, 우리 가문은 프랑스의 다른 어떤 가문보다도 더 큰 미움을 사고 있지요."

찰스는 침울한 얼굴로 말했다.

"앞으로도 계속 그러기를 바라자꾸나. 미움을 산다는 것은 우리가 권력과 지위를 여전히 소유하고 있다는 것을 의미하니까 말이다."

"이곳 사람들이 우리를 바라보는 시선에는 오직 증오와 두려움밖에 없습니다."

"그건 곧 우리가 기뻐해야 할 일이지!"

후작은 쩌렁쩌렁 울리는 목소리로 말했다.

"농노(중세 시대 봉건 사회에서 영주에게 속해 농사를 짓고 세금을 바치는 사람들을 이른다.—옮긴이)들을 억압하는 것은 바로 우리 같은 귀족이 취할 수 있는, 사리에 맞는 정당한 권리야. 내 유일한 혈육인 네가 아무리 방해한다고 해도 난 기필코 우리 가문의 고귀한 지위를 지켜 낼 것이다."

"하지만 우리는 이미 많은 악행을 저질렀습니다. 지금 그 악행의 대가를 치르고 있는 것입니다."

"'우리'라니? 내가 기억하는 한 나는 너와 함께 그 어떤 일도 한 적이 없다."

"물론 제가 직접 한 것은 아니죠. 하지만 제 아버지는 바로 숙부님과 쌍둥이 형제가 아닙니까? 그런데 어떻게 아버지가 저지른 악행과 제가 아무 상관이 없다고 할 수 있겠습니까? 더구나 어머니는 아버지가 저지른 악행을 반드시 바로잡으라는 간청을 저에게 유언으로 남기셨습니다."

"네가 아무리 떠들어 봐야 나한텐 아무 소용이 없다. 나는 내가 누리며 살아온 이 제도를 끝까지 지키다가 죽을 작정이다. 너의 그 가소롭기 짝이 없는 급진적인 생각들로 나를 바꾸려고 애쓰지 마라. 다 부질없는 일이니까. 물론 언젠가 이 모든 것은 네가 물려받게 될 것이다."

후작은 집 전체를 손가락으로 가리키면서 웃음 섞인 목소리로 말했다. 하지만 찰스는 이미 오래전부터 그 집이 은행에 저당잡혀 있다는 사실을 알고 있었다.

"난 네가 가능한 한 최대한 늦게 상속을 받도록 오래오래 살 작정이다."

"설령 숙부님께서 내일 당장 돌아가신다 해도 저는 이 집을 물려받지 않을 겁니다. 땅과 재산이 저에게 남겨진다면 기꺼이 그것을 농민들에게 넘겨주겠습니다. 그들이야말로 이 땅과 재산의 정당한 소유자이니까요. 우리 가문의 사람들은 살아 있는 내내 이곳 사람들에게 저주받을 존재일 뿐입니다."

"그렇다면 영국 사람들은 이토록 사악한 가문 출신의 사람이 자신들과 함께 사는 것을 별로 싫어하지 않는단 말이냐?"

"그곳에서 저는 더 이상 우리 가문의 이름을 사용하지 않습니다. 물론 사용하고 싶은 생각도 없고요. 영국에서 저는 다른 이름을 쓰고 있습니다. 제가 스스로 지은 이름이지요."

"내가 듣기로는 프랑스 사람들이 꽤 많이 영국으로 망명해 살고 있다던데, 혹시 딸아이와 살고 있는 프랑스 인 의사를 알고 있느냐?"

"압니다."

"음, 그래? 그것 참 얄궂은 일이로군."

후작은 중얼거리듯 말했다. 그러더니 찰스에게 잘 자라는 말을 남기고는 방에서 나갔다.

다음 날, 이른 아침부터 사람들이 수군대는 소리로 마을이 술렁거렸다. 후작의 저택에 돌로 만든 것 같은 얼굴 조각상이 하나 더 늘어났다는 이야기가 사람들의 입을 타고 퍼져 나갔다.

그 얼굴은 후작의 베개 위에 놓여 있었다. 침대에 누워 있는 후작의 냉혹한 심장에는 칼이 깊숙이 꽂혀 있었다. 칼자루에는 쪽지가 한 장 붙어 있었는데, 거기에는 이렇게 씌어 있었다.

이자를 어서 무덤으로 실어 가라.

—자크

제 8 장
두 가지 고백

그로부터 일 년이 지났다. 찰스는 영국에서 프랑스 어를 가르치고 번역 일을 하면서 어느 정도 자리를 잡았다. 그는 열심히 일한 대가로 많지는 않지만 어느 정도 돈을 벌었고 좋은 평판도 얻었다. 그리고 케임브리지 대학에서 강의를 하고, 남는 시간은 런던에서 지냈다.

그는 자신의 프랑스 이름과 대저택 등 가문과 관련된 모든 것들을 잊어버리려고 무진장 애를 썼다. 하지만 그것은 생각만큼 쉬운 일이 아니었다. 그는 루시를 생각하면서 하루하루를 힘겹게 보냈다. 찰스는 재판을 받던 날부터 루시를 사랑하게 되었다. 하지만 그는 아직 자신의 마음을 그녀에게 고백하지 않았다. 그저 그녀와 가깝게 지내는 것으로 만족하려 했다.

어느 날 그는 루시와 프로스가 외출했다는 사실을 알면서도 마네트 박사를 찾아갔다.

"어서 오게, 찰스. 한동안 자네가 오지 않아서 혹시 무슨 일이 있는지 걱정하고 있었다네."

마네트 박사가 말했다.

"시드니와 스트라이버 둘 다 찾아왔는데……."

박사의 말에 찰스는 움찔했다.

"우린 자네가 언제쯤 런던에 올까, 하고 궁금해 했지."

"마네트 박사님, 루시에 관해 드릴 말씀이 있습니다."

박사는 빙그레 웃었다.

"자네, 내 딸을 사랑하는가?"

"그렇습니다. 박사님께서 믿기 힘드실 만큼 따님을 깊이 사랑합니다."

"그 애에게 사랑을 고백했는가?"

"아직 하지 않았습니다. 먼저 박사님께 드릴 말씀이 있어서요. 박사님처럼 저도 자진해서 프랑스에서 망명한 사람입니다. 박사님이 그러셨듯이, 저 역시 압제와 구속을 견디지 못해 프랑스를 스스로 등지고 말았지요. 하지만 박사님과는 달리 저는 아무리 뉘우친다 해도 사람들의 증오와 저주를 받을 수밖에 없는, 참으로 부끄러운 가문의 출신입니다. 저는 박사님께 어떤 것도 감추고 싶지 않습니다. 박사님이 알고 계시는 이름은 제 본명이 아닙니다. 저는 제 자신에 대한 진실을 말씀드리고……."

"그만, 그만하게!"

박사가 소리쳤다.

"아직은 말하지 말게. 그럴 필요 없네. 난 알고 싶지 않아. 만약 루시가 자네 청혼을 받아들인다면, 결혼식 날 아침에나 다시 이야기하게. 그 전에는 말하지 말고. 약속해 주겠나?"

"네, 그렇게 하겠습니다."

"좋아. 이제 그만 가 보게. 루시가 곧 돌아올 거야. 그 애가 우리 둘이서 자기에 대해 이야기했다는 사실을 모르는 게 좋을 테니까 말이야."

집으로 돌아가는 길에, 찰스는 그 어느 때보다도 행복했다. 반면에 박사는 그 어느 때보다도 불행한 심정에 사로잡혔다.

집으로 돌아온 루시는 거실에 아무도 없는 것을 보고 이상한 기분이 들었다. 아버지가 어디 있는지 불러 보았지만 아무 대답도 들리지 않았다. 그녀는 방마다 아버지를 찾아다녔다. 아버지의 침실 쪽으로 다가갔을 때, 방 안에서 나지막한 망치질 소리가 들려왔다. 그녀는 온몸의 피가 얼어붙는 듯했지만 정신을 가다듬고 용기를 내어 방문을 열었다. 그러고는 부드러운 목소리로 말했다.

"아버지, 밤이 늦었어요. 나머지 일은 내일 하시고, 이제 그만

주무세요."

하지만 박사는 아무런 대꾸도 하지 않았다. 결국 두 사람은 마네트 박사가 지쳐서 잠자리에 들 때까지 아무 말 없이 방 안을 왔다 갔다 했다.

다음 날 아침, 구두 만드는 작업대와 연장들은 원래 있던 자리에 가지런히 놓여 있었다. 그리고 그것에 대해 말을 꺼내는 사람은 아무도 없었다.

그날 새벽, 스트라이버와 시드니는 사무실에서 일에 열중하고 있었다.

"여보게, 시드니, 할 말이 있네. 자네에겐 충격적으로 들릴지도 몰라."

스트라이버가 서류를 들여다보다 말고 갑자기 입을 열었다.

"내 기질에 전혀 맞지 않긴 하지만……, 난 결혼을 하기로 마음먹었다네."

"그게 정말인가? 상대가 누군가?"

"한번 맞혀 보게."

"내가 아는 여자인가?"

"글쎄, 맞혀 보라니까 그러네!"

"여보게, 지금은 새벽 다섯 시야. 게다가 밤새도록 포도주가 섞인 펀치를 마셔 대며 일하고 있는 중이고. 맞히긴 뭘 맞혀 봐?

관두세!"

"자넨 이럴 때 정말 구제 불능이야. 어찌 그리 감정이 메말라 있단 말인가?"

"그렇다면 자네는 낭만적인 시인의 영혼을 지닌 사람이라고 해 두지."

시드니는 비꼬는 투로 맞받았다.

"내가 낭만적인 사람이라고 주장하지는 않겠네. 하지만 적어도 여자한테 상냥하게 대하는 법은 알고 있지. 그런데 자넨 나와 똑같은 조건을 갖고 있는데도 어찌 그리 사교적인 재능이 조금도 없단 말인가? 마네트 박사의 집에서 보인 자네의 그 침울한 태도는 정말이지 내가 다 민망할 정도였다네. 마네트 양 앞에서 어떻게 그런 식으로 행동할 수 있단 말인가?"

시드니는 포도주 펀치가 담긴 큰 대접 쪽으로 다가갔다. 그러고는 한 잔 가득 따라 두세 모금 만에 다 들이키고 나더니 너털웃음을 터뜨렸다. 실제로는 전혀 웃을 기분이 아니었지만 말이다.

"내 이야기는 그만하고 자네의 그 결혼 계획이나 다시 말해 보게. 상대는 대체 누구인가?"

"글쎄, 자네한테 말하기가 좀 꺼려지는군. 일전에 자네가 그 여자에 대해 별 볼일 없는 '금발 인형' 같다고 한 적이 있어서 말이야. 그러니까 마네트 양과 결혼하고 싶다는 말일세."

순간 시드니는 멈칫했다.

"자네, 놀랐나?"

스트라이버의 물음에 시드니는 짐짓 아무렇지도 않은 듯 헛기침을 하며 펀치를 또 한 잔 가득 채웠다.

"내가 놀랄 게 뭐 있겠는가?"

"그럼 자네는 내 결혼을 말리지 않는다는 말이지?"

"내가 말릴 이유가 어디 있겠는가?"

시드니는 펀치를 들이켠 뒤 다시 잔에 가득 채우면서 말했다.

"마네트 양에게 청혼은 했나?"

"아직 하진 않았네. 내가 늘 결혼은 나랑 어울리지 않는다고 말했잖나? 마네트 양에게 재산이 많은 것도 아니고. 하지만 그녀는 굉장히 아름다운 여인이니, 나처럼 조건 좋은 남자와 결혼한다면 더없이 좋은 일이 아니겠나? 사실 나는 결혼에 대한 생각이 완전히 바뀌었다네. 그리고 말이야, 시드니. 내가 자네에 대해서도 생각을 좀 해 봤지. 자네는 너무 방탕한 생활을 하고 있어. 이제는 자네도 정착을 해야 하지 않겠나? 재산도 어느 정도 있고, 자넬 보살펴 줄 수 있는 괜찮은 규수를 찾아서 어서 결혼을 하게."

"생각해 보지."

시드니는 성의 없이 대꾸하면서 남아 있는 펀치를 대접째 들고 방에서 나갔다.

루시에게 결혼이라는 친절을 베풀기로 마음먹은 스트라이버는 그녀에게 이 행운을 어서 빨리 알려 주고 싶었다. 게다가 여름휴가를 보내러 곧 런던을 떠날 예정이었으므로 그 전에 이 일을 매듭짓고 싶기도 했다.

다음 날 루시의 집이 있는 소호 쪽으로 걸어가던 그는, 마침 텔슨 은행 앞을 지나다가 이 좋은 소식을 자비스에게 먼저 전해 주고 싶다는 생각이 들었다. 스트라이버의 특징 가운데 하나는 어떤 상황에서든 항상 자신을 굉장히 높게 평가한다는 점이었다. 텔슨 은행의 비좁은 사무실에 들어섰을 때에도 그는 자신이 참으로 대단한 존재라고 생각했다.

자비스는 스트라이버의 갑작스러운 방문에 내심 놀랐지만, 겉으로는 태연한 표정으로 인사를 하며 그를 맞았다. 그러나 스트라이버가 자신을 찾아온 이유를 말하자 곧 얼굴을 찌푸리며 자기도 모르게 외쳤다.

"저런, 안 돼!"

그는 루시가 그토록 심하게 자기만족에 빠져 있는 사람과 결혼해서 행복하게 살 수 있으리라고는 도저히 상상할 수 없었다. 자비스의 그러한 반응에 기분이 상한 스트라이버는 그게 무슨 뜻이냐고 따져 물었다.

"그러니까……, 그게 말입니다. 좋은 생각 같지가 않아서요. 잘되리라는 보장도 없이 그런 말을 꺼내는 게 말입니다."

자비스는 결국 자기 생각을 말하지 않을 수 없었다. 스트라이버는 더욱 불쾌해졌다.

"아니, 잘되지 못할 까닭이 대체 어디 있단 말이오? 마네트 양이 바보가 아닌 이상 나 같은 사람을 거절할 리 있겠소?"

"물론 마네트 양은 바보가 아니지요. 그런데 말이죠, 마네트 양에 대해 좋지 않게 말하는 사람이라면 누구를 막론하고 저는 상대하고 싶지 않습니다!"

자비스는 이내 목소리를 가다듬고는 말을 이었다.

"제 말뜻은 선생과 마네트 양, 두 분 모두 이제까지 서로에 대해 진지하게 생각해 본 적이 없었다는 겁니다. 따라서 저는 마네트 양이 선생에게 특별한 감정을 느낀다고 확신하기가 어렵습니다. 괜찮으시다면 제가 마네트 양에게 살짝 이야기를 꺼내 의향을 알아봐 드릴까요?"

스트라이버는 그의 제안이 마뜩지 않았으나 딱히 거절할 이유를 찾지 못해 동의를 하였다. 하지만 그는 이미 자신감을 상당히 잃은 상태였다.

"마침 오늘 저녁 마네트 박사 부녀에게 저녁 식사 초대를 받았습니다."

자비스는 계속해서 말했다.

"그러니 괜찮으시다면 식사 후에 선생 댁으로 찾아가서 결과를 알려 드리겠습니다."

"좋소."

스트라이버는 대답했다. 그러고는 마음에도 없이 고맙다는 말을 던지고 휙 돌아서서 그 자리를 떴다.

집으로 돌아가는 내내, 스트라이버는 루시가 자신에게 별 감정이 없는 것 같다는 자비스의 말이 뇌리에서 떠나질 않았다. 그래서 결국 이제는 어떤 여자한테도 친절한 마음을 베풀지 않겠노라고 다짐을 하였다.

그날 저녁 늦게 스트라이버의 집에 찾아온 자비스는 몹시 미안해 하며 루시에게 청혼을 하지 않는 게 좋겠다는 의견을 전했다. 스트라이버는 짐짓 낮에 그와 나눈 대화를 다 잊어버린 듯이 굴었다.

"고맙소, 자비스 씨. 대단히 감사하오. 솔직히 나도 당신이 말한 대로 청혼하지 않는 것이 훨씬 나으리라는 생각을 했소. 따지고 보면, 나 정도의 위치에 있는 사람은 결혼해 봤자 좋을 것이 별로 없지요. 나는 그저 마네트 양에게 도움이 되지 않을까 하는 생각으로 그랬던 것뿐이니, 더 이상 신경 쓰지 마시오."

그는 이렇게 말하면서 어리둥절해 하는 자비스를 문간까지 배웅해 주었다.

자비스가 나가자 스트라이버는 소파에 벌렁 드러누웠다. 그러고는 마치 눈에 뭐라도 들어간 것처럼 계속해서 깜빡거리며 천장을 멍하니 쳐다보았다.

시드니 카턴이 사람들의 관심을 끄는 경우는 별로 없었다. 다른 곳에서는 어떤지 몰라도 마네트 박사의 집에서만큼은 틀림없이 그러했다. 그는 마음만 내키면 재미있는 이야기를 끊임없이 할 수 있었다. 그렇지만 그런 경우는 흔치 않았고, 대개 침묵을 지키고 있는 탓에 무례한 사람으로 곧잘 오해를 받곤 했다.

그러나 그의 무뚝뚝한 태도 뒤에는 예민한 영혼이 숨어 있었다. 불면증 때문에 잠을 잘 이루지 못하는 그가, 깊은 밤이면 마네트 박사의 집 근처를 서성이는 모습이 사람들 눈에 자주 띄었다.

어느 날 스트라이버는 시드니에게, 자신이 얘기했던 그 결혼에 대한 생각이 바뀌었다고 말하고는 여름휴가를 보내러 남서부에 있는 데번 지역으로 훌쩍 떠나 버렸다.

당분간 할 일이 없어진 시드니는, 별 생각 없이 걷다가 문득 자신이 소호 거리에 있는 마네트 박사의 집 앞에 와 있다는 사실을 깨달았다. 때마침 집에는 루시 혼자 있었다. 시드니를 본 그녀는 처음에 좀 당황했다. 평소 그가 그녀를 불편하게 만들곤 했기 때문이다. 하지만 루시는 시드니의 얼굴이 무척이나 수척하다는 사실을 알아채고는 걱정스러운 마음이 들었다.

"카턴 씨, 어디 아프세요?"

루시가 물었다.

"아니오. 하지만 제 생활은 엉망진창이랍니다."

"그럼 생활을 바꾸시면 되잖아요. 왜 그렇게 살고 계세요?"

시드니는 눈물을 머금은 목소리로 대답했다.

"그러기엔 이미 너무 늦었답니다. 용서하십시오, 마네트 양. 당신을 불편하게 만들 생각은 조금도 없습니다. 하지만 꼭 하고 싶은 말이 있습니다."

시드니는 루시에게 어렵게 이야기를 꺼냈다. 그는 그녀를 사랑한다고 고백했다. 물론 그녀가 그를 사랑하지 않으며, 앞으로도 그럴 가능성이 없다는 사실을 그는 잘 알고 있었다. 그렇지만 그는 자신이 그녀 앞에서 항상 침울한 표정을 짓는 이유를 그녀가 알아주길 바란다고 말했다. 자신은 감정을 그런 식으로 표현할 수밖에 없기 때문이라는 것이다.

시드니가 전하는 진심 어린 말을 들은 루시는 마음이 몹시 아팠다. 그녀는 방법이 있다면 시드니를 도와주고 싶다고 말했다. 그러나 시드니는 루시의 제안을 정중히 거절했다.

"아무런 방법이 없습니다. 대신 조금만 더 내 얘기를 들어 주길 바랍니다. 당신은 내게 살아갈 의지를 주었습니다. 마네트 박사님을 사랑으로 보살피고 행복한 가정을 꾸리는 당신의 모습에서, 내게 이미 사라졌다고 믿었던 무언가가 가슴속에서 되살아나는 것을 느꼈습니다. 게으르고 방탕한 생활 방식을 버리고 새로 태어나고 싶은 욕망이 솟아올랐지만, 이것 또한 모두 부질없는 꿈이겠지요. 저는 이렇게 약한 인간이랍니다."

자신의 애정이 곧 루시에게 베푸는 친절이라고 확신했던 스트라이버와는 달리, 시드니는 자신의 사랑에 대해 루시에게 아무것도 기대하지 않았다. 그저 자신의 감정을 그녀가 알아주기만을, 그리고 그녀가 어느 누구에게도 이 사실을 말하지 않기만을 바랐다. 루시는 그런 시드니가 가여워 눈물을 흘렸다.

"카턴 씨, 당신은 꼭 훌륭한 일을 할 수 있을 거예요. 반드시 그럴 거라 믿어요."

"마네트 양, 눈물을 거두십시오. 저는 당신이 울어 줄 만큼 가치 있는 인간이 아닙니다. 괜히 당신을 혼란스럽게 만들었군요. 단언하건대 이런 이야기로 당신을 당황스럽게 하는 일은 이번이 처음이자 마지막일 것입니다."

그는 끝으로 이렇게 덧붙였다.

"당신에게 내 마음을 전한 이 시간을 나는 인생의 마지막 순간까지 행복하게 기억할 것입니다. 오늘 이렇게 무례하게 얘기를 꺼낸 이유는 오직 그것 때문입니다. 당신을 위해서라면, 그리고 당신이 사랑하는 사람을 위해서라면, 저는 어떤 일도 마다하지 않을 것입니다. 그것만큼은 알아주셨으면 합니다. 내가 바라는 것은 오직 당신이 이따금이라도 나를 호의적으로 생각해 주는 것, 그리고 당신을 위해 기꺼이 목숨을 바치려 하는 사람이 이 세상에 존재하고 있다는 것을 기억해 주는 것, 그것뿐입니다."

그러고 나서 시드니는 루시에게 작별 인사를 건네고 집을 나선 뒤 빠른 걸음으로 멀어져 갔다.

제 9 장

한밤중의 외출

제리는 텔슨 은행의 문 앞에 무료한 얼굴로 앉아 있었다. 그때 멀리서 떠들썩한 소리가 들렸다. 그 소리는 점점 가까워졌다. 눈을 가늘게 뜨고 소리가 들려오는 쪽을 바라보던 제리는 곁에 있던 아들에게 소리쳤다.

"저것 좀 봐라! 장례 행렬이구나."

장례 행렬은 단출했다. 장례업자 두어 명과 상주 한 사람이 마차 안에 타고 있었고, 마차 뒤쪽에는 관이 실려 있었다. 그런데 그 뒤로 수많은 사람들이 무리를 지어 따라오면서 조롱과 야유를 한껏 퍼부어 대고 있었다. 그들이 "첩자다!" 하고 크게 외치는 소리가 거리 전체에 울려 퍼졌다.

장례 행렬에 유독 관심이 많은 제리는 아들에게 자리를 맡기고는 곧바로 달려 나가 군중들 사이에 끼어들었다.

"무슨 일입니까?"

그가 사람들에게 물었지만 그들은 계속해서 "첩자다!" 하고 소리를 질러 댈 뿐이었다. 어리둥절해 하는 제리를 보다 못한 누군가가, 지금 지나가고 있는 것은 나라의 첩자인 로저 클라이의 장례 행렬이라고 일러 주었다.

제리는 전에 올드 베일리 법정에서 보았던 재판 장면을 기억해 냈다.

"그자를 한 번 본 적이 있는데……. 그자가 죽었단 말이오?"

"죽어 마땅한 작자라오."

아까 그 사람이 다시 대답해 주었다. 주변에 있던 사람들은 모두 한목소리로 그렇다고 동조했다. 군중들 가운데 흥분한 몇 사람이 관과 상주를 장례 마차에서 끌어내자고 제안했다. 그의 말이 끝나기가 무섭게 마차를 끄는 말들이 강제로 멈춰졌고, 사람들이 달려들어 마차의 문을 거세게 잡아당겼다.

혼자 있던 상주는 위험하다는 생각에 즉시 자리를 박차고 뛰어내렸다. 그는 사람들의 손길을 뿌리치느라 옷가지를 마구 찢긴 채 간신히 군중들을 헤치고 달아났다. 근처에 있던 가게 주인들은 재빨리 점포 문을 닫아걸었다. 당시 군중들은 힘을 합칠 일이 생겨 한자리에 모이기만 하면 순식간에 폭도로 변해 날뛰어 대곤 했다.

　장례 마차에서 관을 끌어내리는 것은 생각만큼 쉽지 않았다. 그러자 누군가 관을 끌어내리지 말고 마차에 그대로 실은 채 묘지까지 끌고 가자고 제안했다. 장례 마차에는 눈 깜짝할 사이에 낯선 상주들이 수십 명이나 따라붙어 묘지에 다다를 때까지 긴 행렬을 이루었다.

　당시 런던 거리에서는 곰을 끌고 다니며 재주를 부리는 사람을 흔히 볼 수 있었다. 마침 그날도 곰 주인과 곰 한 마리가 돈벌이를 하러 거리로 나왔다가 안타깝게도 이 장례 행렬에 휩쓸려 들어가고 말았다. 그 바람에 장례 행렬을 둘러싼 거리는 마치 축제라도 벌어진 양 어수선한 분위기가 되었다.

　제리는 군중들과 멀찌감치 떨어진 채 행렬을 따라갔다. 장례업자의 마차는 오래된 성 판크라스 교회 앞에서 멈췄고, 그곳에서 사람들은 관을 마차에서 끌어내려 교회 묘지에 묻었다. 제리는 이 모든 과정을 주의 깊게 지켜보았다.

　폭도들은 이미 통제할 수 없을 만큼 난폭해져 있었다. 그들은 닥치는 대로 창문을 때려 부수고, 선술집과 가게를 약탈했으며, 무고한 행인들을 폭행했다. 하지만 제리는 개의치 않고 장례업자들과 잡담을 나누며 계속 서 있었다.

　은행으로 돌아오는 길에 제리는 어느 유명한 외과 의사의 집에 잠시 들렀다. 딱히 어디가 아픈 것도 아니거니와, 아프다고 하더라도 치료를 받을 만한 경제적 여유가 있지도 않았다. 그야 말로 제리에게는 아주 뜻밖의 일이었다. 어쨌든 그는 외과 의사의 집에 한참 동안 머물렀다가 자신의 직장인 텔슨 은행으로 돌아갔다.

그날 저녁, 제리는 기도하는 아내를 또 타박했다.

"잘 들어, 당신. 만약 오늘 밤에 내가 하는 일이 잘못된다면 그 건 바로 당신이 나에 대해 나쁜 기도를 했기 때문이라고 생각할 거야. 만약 그랬다간 결딴날 줄 알아."

그는 아내를 위협했다.

"오늘 밤에 또 나가실 건가요?"

제리의 아내는 겁먹은 얼굴로 물었다.

"그래, 낚시하러 간다."

그때 옆에 있던 아들이 끼어들었다.

"저도 같이 가면 안 돼요?"

"안 돼. 그리고 당신, 똑똑히 들어."

그는 아내를 향해 다시 말을 이었다.

"오늘 밤에 기도나 불평 따위를 절대로 해서는 안 된다는 걸 명심해. 그리고 내가 아침거리로 고깃덩어리랑 생선 꾸러미를 가지고 왔는데 전처럼 또 싫다고만 해 봐. 그땐 정말 가만두지 않을 거야."

그런 뒤 제리는 묵묵히 저녁 식사를 했다. 그리고 이따금씩 아내를 무섭게 노려보았다.

그날 밤 늦은 시각, 부인과 아들이 잠자리에 든 지 한참이 지나고 나서 제리는 조용히 자리에서 일어났다. 그는 자물쇠로 잠가 놓았던 벽장 문을 열고 자루 하나와 쇠지레, 밧줄, 긴 쇠사슬을 꺼냈다. 그러고는 그것들을 챙겨 곧바로 집을 나섰다.

몇 초 후 아들이 살며시 집에서 나오더니 아버지의 뒤를 밟기 시작했다. 아버지는 곧 두 명의 사내를 만나 함께 걸어갔다. 한참 걸어가던 그들은 어느 높은 담장 아래에서 멈춰 섰다. 그러고는 소리 없이 잽싸게 담장을 기어올랐다. 제리의 아들은 뒤따라 올라가고 싶었지만, 자칫 소리라도 나서 들키게 될까 봐 담장을 따라 돌아 출입문 쪽으로 갔다. 그곳에 쪼그리고 앉자 쇠창살 사이로 아버지와 다른 두 사내가 살금살금 기어가는 모습이 보였다. 담장 안은 바로 교회 묘지였다.

이어서 일어난 일은 낚시와 전혀 상관없는 일이었다. 제리와 그의 일행은 새로 생긴 무덤을 파헤치기 시작했다. 제리의 아들은 겁에 질려 숨을 죽인 채 그들이 관을 땅 위로 조금씩 끌어 올리는 것을 지켜보았다.

이윽고 제리가 관 뚜껑을 쇠지레로 비틀어 열었다. 그의 아들은 관 속의 시체를 보게 될까 봐 무서운 나머지, 자리에서 벌떡 일어나 걸음아 날 살려라 하고 집으로 줄행랑을 쳤다.

집까지 달려가는 내내, 관에서 나온 끔찍한 시체가 어둠을 뚫고 자신의 뒤를 바짝 뒤쫓아오는 환상에 시달렸다. 그 상상 속 시체는 어느 집 앞의 으슥한 현관에 웅크리고 있다가 그를 향해 와락 뛰쳐나오기도 했고, 그의 다리를 걸어 넘어뜨리기도 했다.

그는 혼비백산한 상태로 간신히 집 앞에 이르렀다. 그러고는 숨 한 번 쉬지 않고 한달음에 계단을 뛰어 올라가 방 안의 침대 속으로 잽싸게 기어 들어갔다. 그리고 얼마 후 완전히 기진맥진한 채로 깊은 잠에 빠져 들었다.

다음 날 아침, 제리의 아들은 격하게 싸우는 소리에 잠이 깼다. 눈을 떠 보니 아버지가 어머니의 머리채를 잡고 벽에다 마구 짓찧어 대며 소리를 지르고 있었다.

"이년아, 넌 도대체 왜 사사건건 내 일을 방해하는 거야?"

"난 당신한테 좋은 아내가 되려고 노력할 뿐이에요."

제리의 아내는 울면서 말했다.

"뭐, 그럼 남편이 하는 일을 방해하는 게 좋은 아내가 할 짓이란 말이야?"

"우리가 결혼할 무렵에 당신은 그런 끔찍한 일을 하지 않았잖아요."

"진정 남편이 잘되길 바라는 아내라면, 남편이 무슨 일을 하든 믿고 도와야 하는 거야. 그런데 넌 돕기는커녕 내 일을 망치게 하려는 기도만 나불대고 있으니, 절대 용서할 수 없어. 당신이

기도한 탓에 어제는 허탕을 쳤다고!"

제리는 두어 차례 더 아내를 두들겨 팼다. 그러고는 아침 식사를 차려 오라고 윽박지르며 등을 떠밀었다.

아침 식탁에는 고깃점이나 생선은 고사하고 새로운 음식이라 곤 아무것도 올라와 있지 않았다. 제리는 굉장히 화가 난 듯 식사를 하는 내내 한 마디도 하지 않았다. 하지만 출근할 시간이 되자, 여느 때처럼 의자를 손에 든 아들을 데리고 집을 나섰다.

"아버지, 한밤중에 사람들이 모여서 왜 남의 무덤을 파헤치는 거예요?"

제리의 아들이 불쑥 이렇게 물었다. 제리는 걸음을 멈추더니, 잠깐 망설이다가 이렇게 대답했다.

"그걸 내가 어떻게 알아, 이놈아."

"아버진 뭐든지 다 아는 줄 알았지요, 뭐."

"흠, 그래? 그러니까 말이다, 밤중에 남의 무덤을 파헤치는 사람들은…… 일종의 상인이라 보면 돼. 과학자나 외과 의사들이 편안히 연구를 할 수 있도록 도움을 주고 그 보답을 받는 사람들이지."

"그러니까 죽은 시체를 공급해 주는 사람인가요?"

"그렇다고 할 수 있지."

"그럼, 아버지. 전 나중에 커서 어른이 되면 시체를 공급하는 사람이 될래요."

제리는 가만히 미소를 지었다. 텔슨 은행 앞에 도착한 그는 의자를 놓고 앉으면서 혼자 중얼거렸다.

"마누라 때문에 사서 하는 고생을 나중에 저 녀석이 보상해 줄지도 모르겠군."

제 10 장
뜨개질

드파르주가 경영하는 술집에서는 여느 때보다 일찍 술판이 벌어졌다. 그러나 술자리의 분위기는 전체적으로 가라앉아 있었다.

드파르주는 외출 중이었고, 대신 그의 아내가 카운터 뒤에 앉아서 뜨개질을 하는 틈틈이 손님들의 시중을 들고 있었다. 정오가 되자 남편이 돌아왔다. 그는 사내 한 명을 데리고 나타났는데, 파란 모자를 쓴 도로 보수 인부였다.

"안녕들 하시오?"

드파르주가 손님들에게 인사했다.

"날씨가 나쁘군요."

그가 말을 덧붙이자마자 손님들 가운데 한 사람이 자리에서 일어나 밖으로 나갔다. 그러자 드파르주는 아내에게 고개를 돌려 말을 건넸다.

"이 사람의 이름은 자크라고 하는데, 길에서 우연히 만나 먼 길을 함께 걸어왔다오. 내가 술 한잔 같이 하자고 초대했소."

드파르주 부인이 포도주를 따라 주는 동안, 남자 손님 두 명이 말없이 자리에서 일어나더니 술집에서 나갔다.

잠시 후 드파르주는 함께 온 자크에게, 오면서 자기가 이야기했던 그 방을 보여 주겠다고 했다. 그들은 함께 밖으로 나갔다. 두 사람은 술집의 앞마당을 가로질러 예전에 마네트 박사가 머물던 방으로 올라갔다. 그 방에는 아까 술집을 나갔던 세 명의 사내들이 그들을 기다리고 있었다.

드파르주는 문을 닫고 나서, 낮은 목소리로 세 남자에게 새로운 자크를 소개했다.

"자크 1, 자크 2, 자크 3, 여기 이 사람이 바로 내가 이야기했던 증인이오. 자, 자크 5, 말해 보시오."

그러자 도로 보수 인부가 이야기를 시작했다. 그는 작년에 하얀 먼지를 뒤집어쓴 키 큰 사내가 후작의 마차 밑에 매달려 있는 것을 목격한 일에 대해 상세하게 설명했다. 그리고 후작이 그것 때문에 분노했던 일과 자기에게 퍼부은 폭언도 함께 이야기했다.

그의 이야기를 듣고 난 자크들은, 자크 5가 후작에게 가스파르의 모습을 너무 정확히 말해 주었다며 화를 냈다. 하지만 드파르주가, 그 당시 자크 5는 그들의 비밀 단체에 대해서는 물론이고, 가스파르의 아이가 후작의 마차에 치여 죽었다는 사실조차 전혀 몰랐다는 것을 설명했다. 그러자 이내 잠잠해졌다.

"호위병들이 그 키 큰 사내를 붙잡으려고 거의 일 년 동안이나 애썼지만 아무 성과도 없었지요."

도로 보수 인부는 말을 계속했다.

"그렇지만 애석하게도 그는 결국 붙잡히고 말았지."

드파르주가 덧붙여 말했다. 도로 보수 인부는 호위병들이 가스파르를 잡아가던 광경을 묘사했다. 그들은 가스파르를 포승으로 꽁꽁 묶고 입에다 재갈을 물린 채 총의 개머리판으로 마구 두들겨 패면서 끌고 갔다.

"그들은 그 사람을 끌고 마을을 지나 감옥으로 데리고 갔습니다. 마을 전체가 이런 저런 이야기로 술렁였지요. 사람들은 그가 사형을 당하지는 않을 것이라고 말했습니다. 국왕께 청원서가 올라갔기 때문이라나요. 그게 사실인지는 잘 모르겠습니다만."

"그건 사실이었소."

자크 1이 말했다.

"여기 계신 드파르주 씨가 직접, 마차를 타고 가는 국왕과 왕비 앞에 나가 청원서를 내밀었소. 그들은 그냥 마차로 드파르주

씨를 짓밟고 지나가려고 했지만, 드파르주 씨는 용케 그것을 피하고는 손에 든 청원서를 계속 내밀었소. 그러자 왕의 호위병들이 그를 무자비하게 두들겨 팼다오."

도로 보수 인부는 말을 이어 갔다. 그에 따르면, 감옥에 갇힌 키 큰 사내는 결국 어느 날 마을로 끌려 나와 사람들이 보는 앞에서 혹독한 고문을 당한 뒤 분수대 위에서 교수형에 처해졌다. 처형당한 사람의 시체가 분수대 위에 계속 매달려 있었으며, 그 때문에 분수의 물이 오염되어 마실 수 없게 되었는데도 사람들은 호위병들한테 잡혀 죽을까 봐 그 시체를 감히 끌어내리지 못했다.

"마을은 이제 더 이상 사람이 살 수 있는 곳이 아닙니다."

그는 끝으로 덧붙였다.

"그래서 저는 곧 마을을 떠났는데, 얼마 후 지시를 받고 이분을 만나 이렇게 여러분에게 인사를 하고 이야기를 전해 드리게 된 것입니다."

드파르주는 자크 5에게 잠깐 문밖에 나가 기다려 달라고 했다. 그가 나가자 자크 1이 물었다.

"어떻게들 생각하시오? 장부에 기록해 둘 만한가요?"

"그 가문을 몰살 대상으로 기록해야 할 것이오."

드파르주가 대답했다.

"가문 전체를 기록합시다."

다른 자크가 덧붙여 말했고 모두 이에 동의했다.

"그런데 우리의 장부가 발각될 염려는 정말 없는 것이오?"

자크 2가 물었다.

"그렇소, 염려 마시오."

드파르주가 대답했다.

"장부는 바로 우리 마누라의 뜨개질로 기록되어 있소. 한 코, 한 코, 그녀만 아는 암호와 상징으로 짜여 있지. 따라서 그녀 말고는 아무도 그것을 해독할 수 없소. 그리고 거기에 이름이 오른 사람은 어느 누구도 지울 수가 없소."

"저 도로 보수 인부는 어떻게 할 거요?"

"내가 알아서 처리하겠소. 그는 하루나 이틀쯤 이 도시에 머무르면서 국왕과 왕비를 구경하고 싶어 하오. 그러니 그렇게 하도록 한 뒤 돌려보낼 것이오."

드파르주의 말에 자크들은 눈을 휘둥그렇게 뜨고 그를 바라보았다.

"아니, 국왕과 왕비 따위를 구경하고 싶어 하는 자를 우리 단체에 끌어들였단 말이오? 이건 위험한 짓 아니오?"

"그는 아무것도 모르고 있소. 설령 알고 있다고 해도, 그걸 알고 있다는 사실이 오히려 그 자신에게 더 위험하오. 아는 것을 떠벌리고 다녀 봤자 교수대로 끌려갈 일밖에 없을 것이오. 걱정할 것 없소. 그자는 그저 순진한 시골내기일 뿐이오."

"하지만 국왕과 왕비를 구경하고 싶어 하는 자가 아니오?"

"자크."

드파르주가 냉정한 어조로 말했다.

"개한테 사냥감을 물어 오도록 시키려면 먼저 사냥감을 보여 줘야 하는 법이오."

일요일에 자크 5, 즉 도로 보수 인부는 드파르주 부부와 함께 베르사유로 향했다. 그는 드파르주 부인을 좀 무서워하는 듯했다. 마차를 타고 가는 내내 그녀는 뜨개질을 멈추지 않았다.

"뜨개질을 열심히 하고 계시는군요, 부인."

도로 보수 인부가 말을 걸었다.

"네, 짤 것이 많아서요."

"뭘 짜고 계시는데요?"

"뭐, 여러 가지인데……. 예를 들자면, 죽은 사람에게 입히는 수의 같은 것도 짠답니다."

드파르주 부인이 대답했다.

베르사유에서 국왕과 왕비가 마차를 타고 나타났을 때, 군중들은 함성을 지르며 박수갈채를 보냈다. 그런 화려한 광경을 난생 처음 보는 도로 보수 인부는 더욱 요란하게 박수를 치며 누구보다도 열렬히 환호했다.

마차가 사라지고 사람들의 환호가 잦아들자 드파르주 부인이 그에게 물었다.

"멋진 옷을 입고 아름다운 마차를 탄 국왕과 왕비의 모습이 정말 장관이라는 생각이 들지 않나요?"

"그렇습니다. 정말 훌륭했습니다, 부인."

"그런 부귀를 당신도 누려 보고 싶지요? 그것을 위해서 한번 싸워 보지 않겠습니까?"

"그야 여부가 있겠습니까?"

"그래요, 곧 그럴 때가 올 것입니다. 그러니 이제 고향으로 돌아가서 기다리고 계세요."

드파르주 부부는 생탕투안으로 돌아갔고, 도로 보수 인부는 자기 고향으로 떠났다. 드파르주 부부가 탄 마차가 시내로 들어가는 성문에 도착했을 때, 여느 때처럼 호위병들이 마차를 세웠다.

드파르주는 호위병들은 물론이고, 그 지역을 관리하는 경찰관도 잘 알고 있었다. 그래서 마차에서 내려 한동안 그들과 이야기를 나눴다.

나중에 드파르주 부인이 남편에게 물었다.

"경찰 자크가 무슨 이야기를 하던가요?"

"생탕투안에 첩자가 또 한 사람 배치되었다는군. 영국인인데 이름은 존 바사드라오. 나이는 마흔 살 정도이고, 키는 백칠십오 센티미터이며, 까만 머리카락에 눈동자도 까맣고 피부색도 검은 작자라고 했소. 참, 그리고 콧대가 왼쪽으로 약간 휘었다고 하더군."

드파르주 부인은 소리 내어 웃으면서 말했다.

"더할 수 없이 완벽한 묘사로군요! 내일 당장 장부에 기록해 놓도록 하지요."

술집으로 돌아온 드파르주 부인은 그날 번 돈이 얼마인지 계산했다. 하지만 드파르주는 파이프 담배를 입에 문 채 가게 안을 한참 동안 왔다 갔다 하기만 했다. 왠지 그는 좀 흥분해 있었다. 그는 갑자기 가게에서 퀴퀴하고 고약한 냄새가 난다고 투덜거렸다.

"늘 이랬어요."

그의 아내가 차분한 어조로 대답했다.

"다만 당신이 좀 피곤해서 그런 것뿐이에요."

"사실 좀 그렇소."

"그리고 약간 기가 꺾여 있기도 하지요."

그녀가 덧붙였다. 그러더니 갑작스레 격정에 사로잡혀 목소리를 높였다.

"당신네 남자들이란, 정말!"

"하지만 여보……."

드파르주는 뭐라고 변명을 하려다 말았다.

"솔직히 말해 봐요. 당신은 두려운 거죠?"

"글쎄, 뭐……, 너무 오랫동안 기다리는 것 같아서 그런 것뿐이오."

"이런 일엔 당연히 시간이 걸리는 법이에요! 이 세상에서 복수가 단번에 이루어진 적은 한 번도 없었어요. 시간이 오래 걸리는 것처럼 보일지 모르지만, 분명코 복수의 순간은 시시각각으로 다가오고 있어요. 주변을 둘러보세요. 그리고 날마다 우리 자크 당의 귀에 끊임없이 들려오는 끔찍한 이야기들을 생각해 보라고요. 우리가 기다리는 때는 반드시 오고 말 거예요."

"하지만 여보, 그 승리의 순간이 우리가 죽은 뒤에 올 수도 있잖소?"

드파르주가 우울한 목소리로 말했다.

"그럴지도 모르지요. 하지만 그렇다 해도 우리는 그 승리에 기여한 것이 되잖아요. 그리고 난 승리의 순간이 당신이 생각하는 것만큼 멀리 있다고 생각하지 않아요. 그 순간은 훨씬 가까이 다가와 있어요. 그 순간을 위해 당신네 남자들이 두려움이나 불평 따위를 늘어놓고 있는 동안, 우리 여자들은 불굴의 의지로 만반의 준비를 해 나갈 거예요!"

"나 역시 그 어떤 것에도 굴하지 않을 것이오!"

드파르주는 마치 겁쟁이라고 비난이라도 받은 양 얼굴이 벌겋게 달아올라서는 큰 소리로 말했다.

"물론 난 당신이 그러리라고 믿어요, 여보."

드파르주 부인은 아이를 달래듯 남편을 바라보며 다시 한 번 말했다.

"그래요, 난 당신을 믿어요."

다음 날, 드파르주 부인은 여전히 카운터 뒤에 앉아 뜨개질에 열중하고 있었다. 그녀 옆에는 장미 한 송이가 놓여 있었다.

그때 낯선 남자가 술집으로 들어왔다. 드파르주 부인은 뜨개질을 멈추고 장미를 집어 들더니 핀에 꽂아 모자에 달았다. 그러고는 인사를 하며 그를 반갑게 맞았다. 평소와는 사뭇 다른 모습이었다. 그런데 그녀가 장미를 모자에 달자마자 술집 안에 있던 손님들이 너도나도 슬금슬금 자리를 뜨기 시작했다.

"안녕하십니까, 부인?"

낯선 남자가 말했다. 드파르주 부인은 미소를 띤 채 인사를 받고는 곧바로 뜨개질을 계속했다. 낯선 남자의 외모는 남편 드파르주가 말했던 새 첩자의 인상착의와 정확히 일치했다. 그가 코냑과 물을 한 잔씩 주문하자, 부인은 곧 그것을 가져다주었다. 그러자 그가 부인에게 슬쩍 말을 걸어 왔다.

"부인, 뜨개질을 아주 잘 하시는군요. 무늬도 예쁘고요."

"그렇게 생각하세요?"

드파르주 부인이 물었다. 그 말에 기분이 아주 좋은 듯이 얼굴

가득 미소를 지었다.

드파르주 부인이 모자에 단 장미는 생탕투안 거리의 주민들에게 묘한 영향을 끼쳤다. 몇몇 남자들은 술집으로 다가와 창밖에서 안을 들여다보더니 들어오지 않고 그냥 가 버렸다. 첩자의 얼굴에 당황스런 표정이 역력히 드러났다. 그는 카운터 뒤에 앉아 있는 여주인과 문밖에 있던 사내들 사이에 오가는 신호를 알아내려고 애썼다. 하지만 아무것도 알아낼 수가 없었다.

'존.'

드파르주 부인은 부지런하게 손을 놀리면서 마음속으로 생각했다.

'그래, 조금만 더 앉아 있어라. 그럼 네 녀석이 여길 나가기 전에 바사드까지 다 짜 넣을 수 있을 테니까 말이야.'

"장사가 잘 안 되는 것 같군요."

그가 다시 말을 꺼냈다.

"그렇답니다. 사람들이 너무나 가난해서요."

"아, 그래요? 말씀하셨듯이 사람들은 폭정에 시달려 정말 불행하게 살고 있죠."

"전 그렇게 말하지는 않았는데요."

드파르주 부인은 그가 자신의 말을 부풀려 받아들인다고 지적했다.

"하지만 결국 그렇게 생각하시는 것 아닌가요?"

"저희는 이 술집을 꾸려 나가는 것만도 벅차서 생각 같은 건할 겨를이 없답니다."

"음, 그렇군요. 그런데 말입니다, 이번에 가스파르를 처형한 일은 정말 너무하지 않습니까?"

첩자는 한숨을 쉬며 말했다.

"자신의 행동이 어떠한 대가를 불러올지 본인은 알고 있었겠지요."

드파르주 부인은 냉정하게 말했다.

"아, 제 남편이 돌아왔군요."

드파르주가 술집으로 들어오자, 첩자는 반색을 하며 한껏 힘찬 어조로 인사를 했다.

"안녕하시오, 자크!"

드파르주는 어리둥절한 표정을 지으며 대답했다.

"선생님, 죄송합니다만 제 이름은 에르네스트인데요."

그러자 첩자는 불안한 듯 표정이 굳어졌다.

"아, 죄송합니다. 저어……, 그러니까 말입니다. 댁의 부인께도 방금 말했는데, 저는 불쌍한 가스파르의 일이 몹시 가슴 아픕니다. 이곳 생탕투안 주민들의 감정도 틀림없이 격렬하게 끓어오르고 있겠죠?"

"그 문제로 아무하고도 이야기해 본 적이 없어서 잘 모르겠습니다."

드파르주가 대답했다. 첩자는 단념하지 않고 말을 돌려 다시 드파르주를 떠보았다.

"제가 듣기로 댁은 마네트 박사를 잘 아신다면서요?"

"네, 그렇습니다만."

"그럼 영국에 계신 그분과 그분의 따님한테서 정기적으로 소식을 받아 보시겠군요?"

"아뇨."

드파르주 부인이 대답했다.

"처음에 두어 번 편지를 받았습니다만, 그 이후로는 소식이 끊어지고 말았답니다."

"그럼 그분의 따님이 곧 결혼을 한다는 사실도 모르고 계시겠군요?"

"따님이 결혼을 한다고요?"

드파르주 부인이 코웃음을 치며 말했다.

"하긴 뭐, 진작 결혼하고도 남았을 만큼 예쁜 아가씨였으니까. 당신네 영국인들은 정말 사람 볼 줄 모르는 것 같아요."

"오, 이런. 내가 영국인이라는 걸 알고 계시는군요?"

그는 놀랍다는 듯이 말했다.

"댁의 억양을 들으면 금방 알 수 있지요."

"아, 그런가요? 어쨌든 마네트 양은 곧 결혼할 예정이랍니다. 남자는 프랑스 사람이고요. 그런데 말입니다, 정말 기이하게도 그녀가 결혼할 사람이 바로 불쌍한 가스파르가 죽인 그 후작의 조카라는군요. 물론 그는 영국에서 자기 본명을 쓰지 않고 찰스 다네라는 이름을 사용하고 있지요."

드파르주 부인은 단 한 순간도 흔들림 없이 계속해서 뜨개바늘을 움직였다. 하지만 파이프에 담배를 채우고 있던 드파르주의 손은 순간적으로 살짝 떨렸다. 첩자는 이것을 놓치지 않았다. 이런 미세한 사항까지 포착하는 게 그의 직업이었으니 말이다. 그러나 그가 그날 드파르주의 술집에서 건진 것은 고작 그것이 전부였다.

"당신은 그자의 말이 사실이라고 생각하오?"

첩자가 떠나자마자, 드파르주가 아내에게 물었다.

"사실일지도 모르죠."

"하지만 만약 그게……."

"'만약 그게……'라니, 무슨 뜻이죠?"

드파르주 부인은 자못 공격적인 어조로 물었다. 드파르주는 머뭇거리며 말했다.

"만약 그게 사실이라면, 마네트 양을 위해서라도 그녀의 남편이 프랑스로 돌아오는 그런 불행한 일이 일어나지 않기만을 바라오."

"그거야 운명에 정해진 대로 되겠지요."

드파르주 부인은 뜨개질하던 것을 둘둘 말면서 심드렁히 대꾸했다. 그러고 나서 모자에 꽂았던 장미를 떼어냈다. 그러자 술집은 금세 사람들로 가득 찼다.

그날 밤 생탕투안에서는 한 무리의 여자들이 한자리에 모여 뜨개질을 했다. 드파르주 부인은 여자들 한 사람 한 사람과 간단한 대화를 나누었다. 그녀의 남편은 술집 문간에 서서 그녀의 모습을 보고 있었다.

"강한 여자야, 정말 대단한 여자야."

그는 담배 파이프를 세게 빨아 연기를 깊이 들이마시면서 혼자 중얼거렸다.

제 11 장
아흐레 동안

어느 아름다운 여름날 저녁, 태양이 소호 거리 위의 하늘에 장엄한 노을을 펼치며 저물고 있었다. 마네트 박사와 루시는 행복에 겨운 표정으로 정원에 나와 나란히 앉아 있었다. 루시는 바로 다음 날 아침 결혼식을 올릴 예정이었다.

"오늘 저녁, 정말 행복해요."

그녀는 아버지에게 말했다.

"그래."

마네트 박사가 대답했다.

"사랑하는 사람과의 결혼을 앞둔 네 모습을 보니 나도 뭐라 말할 수 없을 만큼 행복하구나. 감옥에 갇혀 있을 땐 늘 네 걱정을 하느라 힘들었지. 그런데 이렇게 행복해 하는 널 직접 보게 될 줄이야……"

마네트 박사가 감옥에 있던 시절의 이야기를 꺼낸 것은 찰스의 재판 이후 이번이 처음이었다. 그는 말을 계속했다.

"물론 나는 잡혀갈 당시, 몇 달 후면 내 자식이 태어날 거란 사실을 알고 있었지. 그래서 어떤 아기가 태어났을까, 하는 상상을 하면서 얼마나 많은 밤을 지새웠는지 모른단다. 격렬한 복수심이 가슴속에서 활활 타오를 때마다, 나중에 커서 나 대신 복수를 해 줄 아들이 태어나지는 않았을까, 하는 생각을 하기도 했지. 그러다가도 곧, 딸이 태어났으면 하고 간절히 바랐단다. 그 아이가 아무것도 모른 채 그저 건강하게 자라 행복하게 잘살기만을 바라면서 말이야."

그때 프로스가 나와 저녁 식사가 준비되었다고 말했다. 두 사람은 대화를 중단하고 집 안으로 들어갔다. 그날 저녁 식탁에는 그들 세 사람만이 둘러앉았다. 사려 깊은 자비스는 그날 일부러 그 집을 방문하지 않았고, 결혼식 전날 저녁에 신랑과 신부가 만나는 것을 금하는 관습에 따라 찰스 또한 그날은 오지 않았다.

찰스는 결혼식을 마친 후, 소호의 이 집으로 이사 올 예정이었다. 마네트 박사 혼자 살게 할 수는 없었기 때문이다.

그날 밤, 루시는 쉽게 잠을 이루지 못했다. 그녀는 아버지가 혹시라도 자신의 결혼 때문에 마음이 불안해져서 감옥에 있던 시절의 이야기를 꺼낸 것이 아닐까, 하는 생각이 들었다. 그래서 복도를 따라 아버지의 침실 쪽으로 조용히 걸어간 뒤 침실 안을 살짝 들여다보았다.

아버지는 깊이 잠들어 있었고, 구두를 만드는 데 쓰이는 작업대와 연장들은 늘 있던 구석 자리에 그대로 놓여 있었다. 루시는 그제서야 마음이 놓여 자기 방으로 돌아와 잠자리에 들었다.

맑고 화창한 아침이었다. 결혼식에는 신랑의 들러리인 자비스와 신부의 들러리인 프로스, 두 사람만이 하객으로 참석할 예정이었다.

웨딩드레스를 차려입은 루시는 교회로 떠날 채비를 마치고 현관으로 나왔다. 먼저 나와 있던 자비스, 프로스와 함께 서서 마네트 박사랑 찰스가 나오기를 기다렸다. 마네트 박사와 찰스는 박사의 서재에서 이야기를 나누고 있는 중이었다.

잠시 후 서재 문이 열리고 박사와 찰스가 나왔다. 그런데 박사의 낯빛이 무서우리만큼 창백했다. 걱정의 말을 건네는 사람들에게 그는 결혼식 때문에 긴장해서 그런 것뿐이라고 말했다. 그러고는 딸과 팔짱을 끼고 교회로 걸어갔다.

결혼식을 기념하는 아침 식사를 한 뒤 찰스와 루시는 신혼여행을 떠났다. 두 사람이 떠나자마자 마네트 박사에게는 커다란 변화가 일어났다. 어두운 방 안에 갇혀 오로지 구두 만드는 일에만 몰두하던 때의 겁에 질린 듯한 표정이 얼굴에 어렴풋이 되살아났다.

그의 변화를 알아차린 자비스는 마네트 박사의 곁을 떠나면 안 될 것 같은 생각이 들었다. 그렇지만 그는 잠깐이라도 은행에 다시 들어가 봐야 했다. 직접 처리해야 할 업무가 있었기 때문이다. 적어도 두어 시간 동안은 은행에 있어야만 했다.

자비스는 은행에서 볼일을 최대한 빨리 끝내고, 소호로 다시 돌아왔다. 마네트 박사의 집에 이르렀을 때, 집 안에서 뭔가 두드려 대는 소리가 나지막하게 들려왔다. 불길한 소리였다.

"프로스 양!"

그는 크게 소리를 지르면서 박사의 집으로 들어갔다. 프로스가 현관 복도로 뛰쳐나왔다. 잔뜩 겁에 질린 얼굴이었다.

"이게 무슨 소리요?"

"자비스 씨, 이를 어쩌면 좋아요? 박사님께서 구두를 만들고 계세요! 저도 못 알아보시고 말이에요."

자비스는 곧장 박사의 방으로 달려가 문을 열었다.

"마네트 박사님, 접니다, 자비스예요."

박사는 멍한 눈길로 자비스를 쳐다보더니 다시 고개를 숙여 구두 만드는 일을 계속했다. 루시의 결혼식에서 입었던 양복 재킷은 아예 벗어 버렸고, 셔츠의 단추도 모두 풀어 헤쳐 놓은 채였다. 얼굴은 파리에서 보았던 그 표정으로 완전히 돌아가 있었다.

"이것을 어서 끝내야 합니다. 귀부인들이 산책할 때 신는 구두 거든요."

"당신은 구두 만드는 사람이 아닙니다. 마네트 박사님, 저를 좀 보세요. 당신의 직업은 이게 아닙니다. 자, 제발 그 연장을 그만 내려놓으십시오."

하지만 박사는 그의 말이 들리지 않는 듯 계속해서 구두 만드는 일에만 열중했다. 자비스는 하는 수 없이 방에서 나왔다. 그리고 이 상황을 어떻게 해결해야 좋을지 프로스와 상의했다. 두 사람은 박사의 증상이 재발했다는 사실을 아무에게도 알리지 않기로 결정했다. 프로스는 루시에게 보내는 편지에, 박사가 급히 치료할 환자가 생겨 먼 곳으로 떠나는 바람에 당분간 편지를 주고받을 수 없을 거라고 적어 보냈다.

자비스는 은행 일을 시작한 이래 처음으로 휴가를 신청했다. 그는 하루 종일 마네트 박사의 방에 자리를 잡고 앉아 그를 주의 깊게 관찰했다. 자비스가 피곤하여 잠시 쉬어야 할 때는 프로스가 대신하여 박사를 살폈다.

박사는 먹고 마실 때를 제외하고는 쉬지 않고 구두를 만들었다. 그는 아무거나 주는 대로 먹고 마셨으며, 여전히 자비스나 프로스, 그 누구도 알아보지 못했다.

자비스는 자주 그에게 말을 걸었다. 하던 일을 잠시 접고 정원에 나가 산책을 하는 게 어떻겠냐고 물어보기도 했는데, 그럴 때마다 박사는 누군가 자신에게 말을 걸고 질문을 한다는 사실을 몹시 낯설어했다.

자비스의 제안은 한 번도 받아들여지지 않았다. 하지만 그가 제안할 때마다 박사는 차츰 한 가지 사실만은 깨달아 가는 듯했다. 자신이 원한다면 언제라도 방에서 나가 돌아다닐 수 있다는 사실, 즉 그를 감시하는 간수 같은 것은 없다는 사실이었다.

그렇게 며칠이 지났다. 자비스의 걱정은 나날이 커져 갔다. 마네트 박사의 작업대에는 완성된 구두가 여러 켤레 쌓여 있었다. 자비스와 프로스가 보기에도 구두를 만드는 박사의 손놀림은 이제 놀라울 정도로 능숙해져 있었다.

박사가 구두를 만들기 시작한 지 아흐레가 지났다. 그동안 자비스는 박사의 침실 옆에 있는 작은 방에서 잠을 잤다. 열흘째 날 아침, 창문으로 들어오는 햇빛에 눈이 부셔 깨어난 그는 눈을 비비며 자리에서 일어나 박사를 살펴보러 옆방으로 갔다.

방문을 열고 안을 들여다본 순간, 그는 자신의 두 눈을 다시 한 번 비비지 않을 수 없었다. 구두 만드는 작업대와 연장들이 한쪽 구석으로 말끔히 치워져 있었고, 박사는 늘 입는 실내복 차림으로 의자에 앉아 책을 읽고 있었던 것이다. 자비스는 혹시 자신이 지난 아흐레 동안 꿈을 꾼 것은 아닌가, 하는 착각마저 들었다.

마네트 박사는 자신의 발병 사실을 전혀 기억하지 못했다. 아흐레 동안 있었던 일도 전혀 알지 못했으며, 루시가 결혼한 지 고작 하루가 지났다고 여기고 있었다. 신문을 보고 정확한 날짜를 알아차린 그는 큰 혼란에 빠졌다.

아침 식사를 마친 후, 자비스는 마네트 박사에게 개인적으로 의사의 견해를 묻고 싶은 게 있다면서 상담을 요청했다.

"제 친구 이야깁니다. 그 친구는 오래전에 장기간에 걸쳐 충격적인 사건을 겪었고, 그 후유증이 꽤 길었습니다."

자비스는 말을 계속했다.

"한동안 괜찮기에 완전히 회복된 줄 알았지요. 하지만 불행하게도 얼마 전 증상이 도지고 말았습니다. 아주 심각한 상태는 아니었지만요."

박사는 잠시 망설이다가 물었다.

"증상이 도진 기간은 얼마나 됩니까?"

"아흐레 동안이었습니다."

"아, 그렇군요. 그 친구분에게 가족이 있나요?"

"딸이 하나 있습니다."

박사는 우울한 표정으로 고개를 끄덕였다.

"딸은 그 사실을 알고 있습니까?"

"아니요. 오직 저하고 다른 한 사람만이 알고 있습니다. 그 사람은 믿을 만한 하인이자 친구랍니다. 자, 박사님, 무슨 이유로

병이 도진 것일까요? 또다시 그럴 위험은 없을까요? 그리고 미리 막을 방도는 없나요?"

"증상이 다시 나타나리라는 것을 당사자는 어느 정도 예상하고 있었을 겁니다. 제 생각에 그 친구분은 스스로 그것을 예감하고 걱정하면서도 미리 막을 도리가 없었을 것입니다. 그의 증상이 도진 이유는 병의 근원이라 할 수 있는 무언가가 그의 기억 깊은 곳에 숨어 있다가 외부에서 어떤 자극을 받아 다시금 떠올랐기 때문입니다. 하지만 이제 증상이 사라졌다면 또 나타날 가능성은 별로 없다고 생각합니다. 설령 병이 다시 도진다 하더라도 전처럼 심하지는 않을 것입니다."

"한 가지만 더 묻겠습니다."

자비스는 조심스러운 태도로 말을 꺼냈다.

"증상이 나타나면 그 친구는 자신의 직업을 다른 것으로 착각합니다. 그는 대장장이의 일을 자기 직업이라고 믿지요. 그래서 대장간은 언제나 그와 가까운 곳에 있답니다. 만약 그 대장간을 없애 버린다면 어떻게 될까요? 그러면 혹시 병이 도지는 것을 막는 데 도움이 되지 않을까요?"

박사는 무슨 말인지 알겠다는 듯이 고개를 끄덕였다. 하지만 매우 불안한 표정이었다.

"그건 말로 설명하기 어려운 부분인데요. 그 친구분은 대장간이 없으면 좀 견디기 힘들 것입니다. 아시다시피, 그에게는 대장간이 삶의 전부였던 때가 있었으니까요. 당시 그에게 대장간은 지옥과도 같았던 시간의 공포를 잊을 수 있는 유일한 방편이었지요."

"그렇지만 말입니다."

자비스는 조심스럽게 말을 이었다.

"대장간을 없애는 게 조금이나마 더 낫지 않을까요? 그 친구의 딸을 위해서라도 말입니다."

아주 오랫동안 침묵이 흘렀다. 그러다가 마침내 박사가 입을 열었다.

"친구분의 딸을 위해서라면, 당신 말대로 해도 좋을 듯합니다. 하지만 그분을 위해 한 가지 부탁할 게 있습니다. 대장간을 없애 버리되, 반드시 그 친구분이 없을 때 해 주십시오. 그가 그 장면을 보지 않도록 말입니다."

자비스는 꼭 그렇게 하겠노라고 말했다.

결혼식이 있은 지 이 주 후, 마네트 박사는 아직 여행 중인 루시와 찰스를 만나러 시골로 떠났다.

그날 저녁 자비스는 도끼와 톱, 끌, 망치 등을 챙겨 들고 프로스와 함께 박사의 침실로 갔다. 프로스가 촛불로 방 안을 밝게 비추고 있는 동안, 그는 구두 만드는 작업대를 사정없이 부수어 산산조각 내 버렸다.

누군가 우연히 그 장면을 보았다면, 두 사람의 얼굴과 행동을 보고 틀림없이 살인과 같은 끔찍한 일을 저지르고 있다고 생각했을 것이다.

신혼부부가 집으로 돌아왔을 때, 제일 먼저 나타나 축하를 해준 사람은 바로 시드니였다. 시드니는 기회를 엿보다가 루시가 잠깐 자리를 비운 틈을 타 찰스를 한쪽 구석으로 데리고 갔다. 그는 지난날 재판이 끝난 뒤, 자신이 했던 말을 사과하면서 잊어 달라고 부탁했다. 그리고 앞으로 자신을 친구로 여겨 줄 수 있겠는지 물었다.

"물론이지요."

찰스는 정중하게 대답했다. 하지만 진심은 아닌 듯했다.

"그게 아닙니다."

시드니가 말했다.

"내 말은 서로 정중하게 대하자는 것이 아닙니다. 지난날의 허물을 다 잊고 당신과 진정한 친구가 되고 싶습니다."

찰스는 그러겠다고 하면서, 지난 일은 벌써 다 잊었다고 말했다. 하지만 그의 마음속에는 시드니에 대한 부정적인 감정이 여전히 남아 있었다. 누군가를 진정한 친구로 믿고 받아들이기까지는 오랜 시간이 걸리는 법인데, 찰스는 시드니와 그런 사이로 발전할 수 있을지 그다지 확신이 서지 않았다.

시드니가 돌아간 뒤 찰스는 그와 나눴던 대화를 루시에게 들려주었다. 그러면서 시드니를 약간 경멸하는 듯한 투로 얘기하자, 루시가 대뜸 비난을 하며 말했다.

"그렇게 말하지 말아요. 카턴 씨는 당신이 그렇게 얕잡아 봐도 될 사람이 아니에요. 그는 배려와 존경을 받아 마땅한 사람이라고요."

"정말이오? 왜 갑자기 그렇게 생각하는 것이오?"

찰스는 깜짝 놀라면서 물었다. 과거에 오갔던 대화로 미루어 볼 때, 그는 루시가 시드니를 불편하게 느끼고 있다고 생각했기 때문이다.

"카턴 씨에 대한 생각이 얼마 전에 바뀌었어요. 당신도 그랬으면 좋겠어요. 그가 좀 무례하고 아무렇게나 행동하는 건 사실이지만 그것은 그의 참모습이 아니에요. 그는 선한 심성을 지닌 사람이에요. 다만 그런 본성을 좀처럼 드러내는 법이 없는 데다가 마음에 깊은 상처가 있어서 그런 것뿐이에요. 저는 상처를 받아 피를 흘리는 그의 마음을 들여다본 적이 있어요."

"그게 정말이오? 그렇다면 내가 경솔하게 굴었던 것 같구려. 참으로 미안한 일이군."

찰스는 크게 놀라면서 말했다.

"난 항상 그를 무분별하고 무모한 건달쯤으로만 생각했소. 하지만 당신이 그렇지 않다고 말하니, 그가 선한 사람임이 틀림없을 거요. 다시는 그를 함부로 대하지 않겠다고 약속하리다."

루시는 찰스에게 고맙다고 말한 뒤 부드러운 목소리로 덧붙였다.

"카턴 씨에 비해 우리가 얼마나 큰 행복을 누리고 있는지 잊지 말아야 해요."

제 12 장
불길한 발소리

　루시는 귀여운 딸을 낳았다. 엄마와 똑같은 이름을 가진 아기는 영어와 프랑스 어를 모두 배우면서 행복하게 자랐다.

　아이가 무럭무럭 자라면서, 루시는 이상한 착각에 자주 빠지곤 했다. 소호의 집에 가만히 있을 때면 어딘가에서 사람들의 발소리가 부드럽게 메아리치며 들려오는 것이었다. 그 소리는 남편 찰스와 아버지 마네트 박사, 하인이자 친구인 프로스의 힘차고 확실한 발걸음 소리와 뒤섞이곤 했다. 때로는 아장아장 걷는 아기의 발소리와 함께 들려오기도 했다.

　둘째는 사내아이였는데, 어린 나이에 세상을 떠나고 말았다. 그 당시 아이들의 죽음은 오늘날보다 훨씬 흔한 일이었다. 그래서 부모들은 모두 자기 아이가 얼마 살지 못하고 죽을 수도 있다는 생각에 미리 마음의 준비를 하곤 했다. 하지만 아이의 죽음으로 소호 저택에 드리워진 어두운 그림자는 오래도록 걷히지 않았다. 그전까지 루시의 가족은 더할 나위 없이 행복하게 살아왔다. 그러나 그들의 운명은 머지않아 크게 달라질 기로에 놓여 있었다.

시드니는 두 달에 한 번 꼴로 루시의 집을 방문했다. 그는 루시의 가족들이 사는 모습을 물끄러미 바라보다가 돌아가곤 했다.

그가 술에 취해서 찾아오는 경우는 단 한 번도 없었다. 시드니와 같은 사랑을 하는 경우에 흔히 그러하듯, 루시에 대한 그의 애틋한 감정 덕분에 그녀의 아이들과 그 사이에는 특별한 유대감이 형성되어 있었다.

어린 딸 루시가 두 팔을 뻗으며 다가간 가족 이외의 첫 번째 사람이 바로 시드니였다. 루시의 아들은 죽기 전에 "나 대신 시드니 아저씨에게 작별의 뽀뽀를 해 주세요."라는 말을 마지막으로 남기고 세상을 떠났다.

한편 스트라이버는 법조계에서 더 많은 성과를 올리고 더욱 유명해져서 큰 부자가 되었다. 물론 시드니가 변함없이 그의 곁에서 대부분의 일을 맡아 처리해 준 덕분이었다. 그러나 스트라이버에 비해 시드니의 형편은 조금도 나아지지 않았다. 스트라이버는 재산이 많은 과부와 결혼을 했다. 그녀에게는 푸딩처럼 생긴 아들이 셋이나 딸려 있었는데, 스트라이버는 그 아이에게 공부를 가르치는 일을 찰스에게 맡기려 했다. 그러나 스트라이버가 마치 선심이라도 쓰듯 거만하게 군 탓에, 찰스는 그의 제안을 정중히 거절해 버렸다. 스트라이버는 자신의 제안이 거절당했다는 사실을 도저히 참을 수 없었다. 그래서 기회가 있을 때마다 찰스를 일컬어 '가정교사 노릇이나 하는 그 작자'라고 낮추어 말하면서 험담을 하곤 했다.

또한 찰스와 결혼한 그 다네 부인, 즉 루시가 한때는 스트라이버 자신과 결혼하기 위해 얼마나 애를 썼는지, 그때 자기가 그녀의 청을 뿌리치느라 얼마나 애를 먹었는지 아느냐며 사람들에게 떠벌리고 다녔다. 그러나 그 말을 믿는 사람은 스트라이버의 부인을 제외하고는 아무도 없었다.

어린 루시가 여섯 살이 되었을 때, 소호에 메아리치는 발소리는 한층 더 불길한 느낌을 안겨 주었다. 이 무렵 프랑스에서는 엄청난 격변의 바람이 불고 있었다. 그것은 모든 사람을 휩쓸어 버릴 것 같은 거센 소용돌이였다.

1789년 7월의 어느 더운 날 저녁, 자비스는 약속했던 저녁 식사 시간이 조금 지나서 루시의 집에 도착했다.

"밤새도록 근무를 해야 하지 않을까 싶을 정도로 일이 많았답니다."

그가 말했다.

"파리의 상황이 너무나 불안해서 그곳 고객들의 재산을 양도받는 일이 갑자기 몰려서 말이죠."

"프랑스의 사정이 꽤 심각한가 보네요. 프랑스에서 들려오는 소식은 갈수록 더 나빠지는 것 같습니다."

찰스가 어두운 얼굴로 말했다. 자비스는 안타깝게도 그렇다는 듯이 고개를 끄덕이더니 주위를 두리번거리며 물었다.

"박사님은 어디 계시죠?"

"여기 있소."

마네트 박사가 방으로 들어오면서 대답했다.

"웬일인지 하루 종일 박사님이 걱정되었답니다. 오늘 어디 나가실 계획은 없지요?"

"그렇소."

"잘되었습니다. 어린 루시 양은 어디 있지요?"

"벌써 잠자리에 들었어요."

엄마 루시가 대답했다.

"아, 그렇군요. 모두들 안전하게 잘 있군요. 하느님, 감사합니다. 자, 루시."

자비스는 루시의 손을 잡으면서 말했다.

"루시, 당신의 귀에 들린다는 그 발소리에 대해 이야기 좀 해봐요. 난 지금 프랑스를 잊게 해 줄 뭔가가 필요해요."

"글쎄요, 제가 헛소리를 듣고 있는지도 모르겠어요. 그 소리는 아주 어렴풋이……."

루시는 자신이 들은 소리가 현실에 존재하는지 의심스럽다는 투로 대답했다.

같은 날 저녁, 프랑스 파리의 생탕투안에서는 영국 런던의 루시네 가족 모임과는 완전히 다른 무시무시한 광경이 펼쳐지고 있었다. 아마 그보다 더 끔찍한 장면은 상상하기 어려울 것이다.

그곳에서는 하루 종일 칼날과 총검이 햇빛을 받아 번득였다. 사람들이 무기가 될 만한 것들을 제각기 집어 들고는 무장을 한 채 거리에 속속 모여들고 있었다. 누가 주동을 했는지는 아무도 알지 못했다. 날이 저물 때쯤 사람들에겐 소총과 화약을 비롯한 여러 가지 무기들이 아무런 제한 없이 지급되었다. 불평으로 웅성거리던 작은 목소리가 저녁 무렵에는 기세등등한 폭동의 함성으로 커졌다.

이 모든 것의 중심지는 드파르주의 술집이었다. 드파르주는 화약과 땀으로 얼룩진 채 모여든 사내들에게 명령을 내렸다. 그의 아내 역시 여자들의 선두에 서서 지휘를 했다. 사람들은 저마다 칼과 도끼, 작대기, 돌 등 무엇이든 닥치는 대로 손에 든 채 공격할 태세를 갖추고 있었다.

"자, 이제 준비는 끝났소!"

드파르주가 외쳤다.

"동지들이여, 애국 시민들이여! 바스티유를 향해 돌격!"

그와 동시에 엄청난 함성이 울려 퍼졌다. 바스티유라는 단어가 드파르주의 입에서 나오자마자 군중들은 성난 파도처럼 들고일어났다. 도시 곳곳은 곧 군중들로 가득 찼다. 종소리와 북소리가 요란하게 울려 퍼지는 가운데 드디어 공격이 시작되었다. 흥분한 폭도들은 바스티유 감옥의 돌벽을 무너뜨리기 시작했고, 경비병을 비롯해 누구든 앞을 가로막는 자가 있으면 가차없이 그 자리에서 처단해 버렸다.

순식간에 벽을 부수는 데 성공한 폭도들은 감옥 안으로 물밀듯이 쳐들어갔다. 그러고는 한목소리로 크게 외쳐 댔다.

"죄수들을 풀어 줘라! 감방에 남겨진 기록들을 찾아내자! 비밀 감방을 찾아내자! 고문 도구를 찾아내자! 죄수들을 풀어 줘라! 죄수들을 풀어 줘라!"

간수들은 말을 듣지 않으면 죽여 버리겠다는 폭도들의 위협 앞에서 순순히 요구에 응할 수밖에 없었다. 그들이 원하는 대로 어디든 다 안내해 주었다. 드파르주는 그중 간수 한 사람을 붙잡아 따로 끌어냈다.

"북쪽 탑으로 날 안내해라, 빨리!"

"네, 알겠습니다. 하지만 거긴 아무도 없습니다."

간수는 겁에 질려 대답했다.

"북쪽 탑 105호는 무엇을 뜻하는 것이냐?"

드파르주가 다그쳤다.

"죄수의 번호냐, 아니면 감방 번호냐? 똑바로 말하지 않으면 죽여 버릴 테다!"

"아니, 그놈을 당장 죽여 버리지 않고 뭣하는 거요!"

자크 3이 쉰 목소리로 외쳤다. 그는 드파르주가 요구를 들어 주지 않는 간수와 쓸데없이 길게 실랑이를 하고 있다고 생각하고 두 사람에게 가까이 다가왔다.

"그건 감방 번호입니다."

간수는 덜덜 떨면서 말했다.

"바로 안내해 드리겠습니다."

자크 3은 드파르주가 간수를 즉시 죽여 버리지 않자, 몹시 실망하면서 그들을 뒤따라갔다.

그들은 어두컴컴한 통로를 걸어갔다. 짐승을 가두는 우리와도 같은 공간이 어둠 사이로 언뜻언뜻 드러났다. 소름이 돋을 정도로 깜깜한 그곳은 얼마 전까지 죄수들이 갇혀 있던 공간이었다. 벽이 아주 두꺼운 데다 계단과 통로가 셀 수 없이 많아서, 누구든지 한번 들어오면 절대로 다시 빠져나갈 수 없을 것 같았다.

앞장서서 가던 간수가 어느 조그만 문 앞에서 걸음을 멈추었다. 그는 문에 달린 자물쇠를 열면서 말했다.

"여기가 북쪽 탑 105호입니다."

그곳은 벽에 먼지와 때가 시커멓게 끼어 있는, 좁디좁은 감방이었다. 쇠로 된 둥근 고리가 한쪽 벽에 박혀 있었는데, 사슬을 연결해 죄수를 묶어 놓는 용도인 듯했다. 그 고리 바로 옆에는 'A. M.'이라는 글자가 새겨져 있었다.

"알렉상드르 마네트의 머리글자야."

드파르주는 혼잣말하듯 낮은 목소리로 중얼거렸다. 그러고는 자크 3과 함께 감방 안을 샅샅이 뒤지면서 뭔가를 열심히 찾았다. 잠시 후 드파르주는 간수에게, 들고 온 횃불로 감방에 불을 지르라고 명령하고는 돌아서 나갔다.

드파르주와 자크 3은 군중들이 있는 곳으로 나왔다. 폭도들은 드파르주를 찾고 있었다. 그들은 바스티유 감옥의 소장을 에워싸고 있었는데, 그는 관리들이 입는 제복 차림을 하고 있어 쉽게 눈에 띄었다. 그 옆을 지키고 서 있던 드파르주 부인은 남편을 보더니 빨리 와서 그자에 대한 재판을 시작하라고 날카롭게 소리쳤다.

그러나 드파르주와 자크 3이 감옥 마당을 가로질러 소장이 있는 곳에 채 다다르기도 전에, 성난 군중들은 더 이상 참지 못하고 무기를 들고 소장에게 달려들었다. 불과 몇 초 지나지 않아, 소장은 수많은 난도질을 당한 끝에 시체가 되어 쓰러졌다. 드파르주 부인은 쓰러진 소장의 머리를 한쪽 발로 밟고는 손에 쥔 칼을 힘껏 내리쳐 목을 싹둑 잘라 버렸다.

마침내 때가 왔다! 바스티유 감옥의 습격을 기점으로 무자비하고 광적인 살육이 시작되었다. 재판 따위를 거칠 새도 없었다. 폭도들은 길거리에서 귀족들과 관리들을 마주치는 대로 학살한 후, 시체를 가로등의 기둥에 줄줄이 매달아 폭정의 종말을 알리는 표지로 삼았다.

군중들 중에는 폭동에 가담하지 않은 사람도 몇 명 있었다. 바로 조금 전까지만 해도 바스티유 감옥에 수감되어 있다가 별안간에 자유의 몸이 된 죄수들이었다. 전부 합해 일곱 명이었다. 그들은 갑자기 주어진 자유에 어안이 벙벙해서, 도대체 지금 무슨 일이 일어나고 있는지 갈피를 잡지 못한 채 우왕좌왕했다.

그날 밤 파리를 휩쓴 수많은 발자국들은 언젠가 드파르주의 술집 앞에서 포도주 통이 깨졌을 때 물들었던 길바닥의 돌들처럼 시뻘건 빛깔을 띠었다. 다만 새로 물든 이 시뻘건 자국은 포도주보다 훨씬 짙고 깊게 스며들어, 언제까지고 지워지지 않을 것 같았다.

한편, 가엾은 루시는 파리 거리의 이 시뻘건 발자국들이 그녀의 귓가에 자주 들려오는 발소리와 서로 얽히게 될 줄은 꿈에도 짐작하지 못하고 있었다.

일주일이 지났다. 드파르주 부인은 술집에 나와 있었다. 이제 그녀가 머리에 장미를 꽂는 일은 없었다. 첩자들의 무리는 생탕투안에서 자취를 감추었다. 먹을 양식이 부족한 것은 이전과 별다를 바 없었지만 민중들은 야릇한 활기에 넘쳐 있었다. 이제 그들은 다른 사람의 목숨을 빼앗는 것이 얼마나 쉬운 일인지를 깨달았다. 이 무서운 깨달음은 그들에게 힘을 가진 자들이 느끼는 달콤함을 알려 주었다.

드파르주 부인 옆에는 식료품 가게 안주인이 앉아 있었다. 그녀의 남편과 두 아이는 거의 굶어 죽기 일보 직전이었지만, 정작 그녀는 혈색이 좋을 뿐 아니라 윤기까지 흘렀다. 그녀의 이름은 뱅장스였는데, 사람들은 이름 대신 '복수의 화신'이라 불렀다.

갑자기 드파르주가 잔뜩 상기된 얼굴을 한 채 술집으로 뛰어들어왔다.

"풀롱이라는 놈을 기억하오?"

풀롱은 그 마을에 살던 귀족으로 막대한 재산을 가지고 있었다. 하지만 가난에 허덕이는 사람들에게 돈 한푼 내놓지 않은 채 풀이나 뜯어먹으라고 해서 민중들의 분노를 샀다.

"아무렴요, 기억하다마다요."

"글쎄, 바로 그놈이 아직 살아서 여기 파리에 있다는구려. 목숨을 잃을까 봐 무서워서 가짜로 자기 장례식을 치르게 하고는 시골로 가서 숨어 있었다는 거요. 하지만 결국 들켜서 파리로 붙들려 왔다오!"

술집 안은 전율하는 듯한 흥분에 휩싸였다. 복수의 화신은 즉시 손을 뻗어 카운터 밑에 놓아둔 북을 꺼냈다. 그러고는 문밖으로 나가 집결을 알리는 북소리를 힘차게 울리기 시작했다.

"애국 동지들이여!"

드파르주가 외쳤다.

"어서 모입시다!"

북소리가 울려 퍼지자마자 생탕투안의 주민들은 복수심으로 들끓는 무서운 함성을 질러 대며 모여들기 시작했다.

"우리의 부모와 자식, 연인 들이 먹을 게 없어서 굶어 죽어 갈 때 눈 하나 깜짝하지 않던 풀롱이, 배고픈 아기들에게 풀이나 뜯어먹으라고 조롱했던 바로 그 풀롱이 이곳에 잡혀 있다!"

십오 분도 채 지나지 않아, 너무 어리거나 늙거나 혹은 아파서 도저히 움직일 수 없는 사람들을 제외하고는 모든 주민들이 다 모였다. 드파르주 부부와 복수의 화신이 선두에 서서 군중을 이끌고 풀롱이 잡혀 있는 시청으로 나아갔다. 그리고 손발이 꽁꽁 묶여 있는 풀롱을 그대로 끌어냈다.

분노에 찬 군중들은 너도나도 달려들어 풀롱의 입을 벌려 풀을 잔뜩 처넣었다. 그러고는 숨이 막혀 꺽꺽대는 그 포악한 지배자를 밧줄로 잡아끌어 똑바로 세웠다. 그의 목에는 밧줄이 감겨 있었다. 한때 그토록 막강한 권력을 휘둘렀던 이 작자는 이제 새파랗게 겁에 질린 모습으로 민중들의 손에 붙잡혀 있었다. 얄궂게도, 선량한 민중들을 광적인 살인자의 무리로 돌변하게 만든 것은 바로 과거에 악랄한 행위를 저지른 풀롱 자신이었다.

이제 군중들은 풀롱을 놀림감으로 삼았다. 즉시 교수형에 처할 듯이 밧줄을 그의 목에 매달아 흔들어 대다가 숨이 끊어지기 직전에 땅에 내려놓는 등, 흡사 고양이가 먹이를 가지고 장난을 치는 것과 같았다. 풀롱은 비명을 질러 대며 제발 자비를 베풀어 달라고 애걸복걸했다. 과거에 그들에게는 눈곱만큼의 자비도 베풀어 주지 않았던 작자가 말이다.

마침내 풀롱은 목이 부러지면서 숨통이 끊어지고 말았다. 그의 머리는 찍히고 잘려, 높고 뾰족한 말뚝 위에 매달렸다. 쩍 벌어진 입 밖으로 풀 무더기가 삐져나와 늘어져 있는 모습은 역겨울 만큼 처참했다.

생탕투안의 민중들은 이제 파리 시민 전체를 분노의 대상으로 삼았다. 풀롱과 같이 자신들을 학대한 명백한 적뿐만 아니라 앞을 가로막는 사람이라면 누구든지 무섭게 공격했다. 자신들처럼 가난하고 굶주린 사람이냐 아니냐 따위는 더 이상 아무런 상관이 없었다.

폭도들이 집으로 돌아왔을 때, 집에 남아 있던 아기들은 배가 고파 전보다 훨씬 더 자지러지게 울어 댔다. 사람들이 양식을 구하러 가게로 몰려들었지만 궁핍한 가게에는 아무것도 없었다. 결국 어디선가 썩은 빵 쪼가리 몇 개를 찾아낸 그들은 그것을 나눠 먹고는 각자의 잠자리로 돌아갔다. 단 일주일 만에 생탕투안 주민들은 이전 모습을 찾아볼 수 없을 정도로 완전히 다른 사람들이 되어 있었다.

　도로 보수 인부가 사는 마을 역시 달라졌다. 바위의 절벽 위에 있는 감옥은 더 이상 공포의 대상이 아니었다. 경비병들이 아직 지키고 있긴 했지만 그 수가 현저히 줄어들었다. 게다가 몇 안 되는 그 경비병들조차 담당 장교들에게는 신임할 수 없는 존재들이었다.

　마을 주변은 어느 곳을 둘러보아도 황폐하고 비참한 풍경밖에 눈에 띄지 않았다. 초목과 곡식의 이파리, 이삭은 죄다 주민들의 가련한 몰골과 마찬가지로 시들고 말라비틀어져 있었으며, 가축들 역시 초라한 몰골을 하고 있었다.

　마지막 한 방울, 한 톨까지 쥐어짜 내며 착취를 해 대던 귀족들은 모두 멀리 도망가거나 사라져 버리고 없었다. 그러나 도로 보수 인부는 귀족들의 처지나 생사 여부 같은 것은 그다지 궁금하지 않았다. 그에게는 당장 주린 배를 어떻게 채울 수 있는지가 무엇보다도 중요하고 시급했다.

　7월의 어느 날 오후, 키가 크고 수염이 텁수룩한 사내가 도로 보수 인부 앞에 나타났다. 그는 오랫동안 먼 길을 걸어왔다는 사실을 증명이라도 하듯, 진흙투성이에다 머리부터 발끝까지 뿌연 먼지를 온통 뒤집어쓰고 있었다. 그가 물었다.

"어떻게 되어 가고 있소, 자크?"

"모든 게 잘되어 가고 있습니다, 자크."

도로 보수 인부는 대답했다. 그러고는 잠시 가만히 있다가 물었다.

"오늘 밤인가요?"

낯선 사내는 고개를 끄덕였다. 그러더니 그 자리에 벌렁 드러누우면서, 눈 좀 붙여야겠으니 나중에 깨워 달라고 말했다. 이틀 낮과 밤을 꼬박 쉬지 않고 걸어온 그는 금세 깊은 잠에 빠졌다.

도로 보수 인부는 해가 질 때까지 일을 하고 나서 낯선 사내를 깨웠다. 사내는 그에게 고맙다고 인사를 한 뒤, 그곳에서 약 삼 킬로미터쯤 떨어진 언덕을 향해 곧장 걸어가기 시작했다.

그날 밤, 보잘것없는 저녁 식사를 마친 마을 사람들은 평소와는 달리 잠자리에 곧바로 들지 않았다. 그들은 집에서 나와 광장 한가운데에 있는 분수 주변으로 모여들었다.

마을에서 제일 높은 관리인 테오빌 가벨은 엄습해 오는 불안감에 떨고 있었다. 그는 사태를 알아보러 살그머니 집 밖으로 나왔다.

밖에는 서서히 어둠이 깔리고 있었다. 그때 후작의 저택이 있는 언덕 위 하늘로 갑자기 커다란 불길이 솟구쳐 올랐다. 포악했던 에브레몽드 가문의 저택이 불길에 휩싸인 것이었다. 저택에 남아 있던 몇몇 하인들은 황급히 말에 안장을 얹고 안전한 곳으로 피신했다. 그들은 가벨과 경비병들에게 어서 빨리 후작의 저택을 구해 달라며 연방 소리를 질렀다. 하지만 경비병들은 서로의 얼굴을 바라보며 어깨만 으쓱할 뿐, 어떠한 행동도 취하지 않았다.

이윽고 사방에서 작은 불빛이 반짝이기 시작했다. 후작의 저택이 불타는 것에 희열을 느낀 마을 사람들이 자축하는 뜻으로 창가에 촛불을 밝혀 놓았기 때문이다. 물론 집에 초를 가지고 있는 사람은 거의 없었다. 초는 대부분 가벨의 집에서 가져다가 밝힌 것이었다.

잔혹했던 후작의 저택은 어둠 속에서 활활 타올랐다. 불길은 저택의 돌 조각상과 나무들 위로 혀를 날름거리면서 모든 것을 집어삼켰다. 마을은 점점 더 크게 술렁거렸다. 겁에 질린 가벨은 집에 들어가 대문의 빗장을 단단히 걸어 잠그고 지붕 위로 올라갔다. 그러고는 새벽이 되어 사람들이 집으로 돌아갈 때까지 지붕 위에서 벌벌 떨며 밤새도록 앉아 있었다.

그날 밤 프랑스 도처에서 비슷한 불길이 치솟았다. 그리고 가벨과 같은 고위 관리들 가운데 수많은 사람들이 비참한 최후를 맞았다. 아침 해가 떠올랐을 때, 평화로웠던 거리 곳곳에서는 밤 사이 시체가 되어 말뚝에 매달린 그들을 발견할 수 있었다. 어쩌다 관리라는 직업을 택하여 다른 사람들보다 높은 신분으로 살아가던 그들은 자신들이 태어나고 자란 마을에서 결국 험한 꼴을 당하고 말았다.

한편 평범한 민중들 가운데에도, 도로 보수 인부나 그의 동지들과는 달리 불행한 일을 당한 경우가 많았다. 지역에 따라 경비병들이 자신의 직무에 유달리 충실한 곳에서는, 죄 없는 사람들이 마구잡이로 붙잡혀 목숨을 잃었다.

제 13 장

죽음으로 가는 길

1792년 8월, 프랑스는 이제 민중들이 난폭한 야수로 변해 버린 공포의 나라로 온 세상에 알려지게 되었다.

왕궁은 텅 비어 버렸다. 왕과 왕비는 감옥에 갇혔고, 신하들은 모두 도망쳤다. 긴 세월 동안 갖가지 문제를 일으킨 대가로 끔찍한 유혈 사태에 맞닥뜨린 귀족들은 앞다퉈 도망치기에 바빴을 뿐, 누구 하나 책임을 지려 하지 않았다.

이들 가운데 런던으로 도망친 자들은 텔슨 은행으로 속속 모여들었다. 그나마 예전에 거래를 했던 이곳이 친숙하기 때문이기도 했고, 한편으로는 몰아칠 폭풍을 미리 예견하고 돈을 어느 정도 옮겨 놓은 몇몇 귀족들을 만나 신세를 지려는 목적에서였다. 이런 연유로 영국 해협을 건너오는 프랑스 귀족들은 으레 텔슨 은행에 들러 다른 귀족들의 안부를 듣고 자신들의 소식을 전하는 것을 당연하게 여겼다. 따라서 텔슨 은행에서는 프랑스의 최근 소식을 가장 잘 알 수 있었다.

어느 무더운 여름날 오후, 자비스는 은행의 책상 앞에 앉아 찰스와 이야기를 나누고 있었다. 자비스는 직원들 가운데에서 나이가 꽤 많은 축인데도 프랑스 파리로 가서 텔슨 은행 지점의 일을 처리하고 오라는 지시를 받았다. 찰스는 자비스 대신 자기가 가겠다고 고집을 부렸다. 그러나 자비스는 찰스의 말을 들으려 하지 않았다. 찰스가 그곳에 가는 것이 얼마나 위험한 일인지 누구보다 잘 알고 있었기 때문이다.

"찰스, 당신은 지금 우리가 어떤 난관에 처해 있는지 잘 모르고 있어요. 만약 폭도들이 은행 금고에 보관된 문서들을 탈취하거나 없애 버리기라도 한다면 돌이킬 수 없이 무서운 상황이 벌어질지도 모릅니다. 지금 그런 일이 실제로 눈앞에서 일어나고 있지 않습니까? 파리는 지금 무법천지가 되어 곳곳에서 약탈과 방화가 일어나고 있어요. 그곳에 가서 서류를 정리한 뒤 중요한 것들을 챙겨 영국으로 돌아올 수 있는 사람은 나 한 사람뿐입니다."

"그럼 언제 출발하실 건가요?"

"오늘 밤에 떠날까 합니다. 하지만 걱정 마십시오. 제리가 경호원 자격으로 따라가기로 했으니까요."

그들이 얘기를 나누는 동안에도 자비스의 책상 옆에서는 여러 사람들이 모여 웅성거리며 프랑스에 대한 이야기를 나누고 있었다. 거기에는 스트라이버도 있었다. 그동안 법조계에서 더욱 이름을 높인 그는 한층 더 거만해진 모습이었다. 그는 프랑스의 귀족들과 친해지고 싶은 욕심에, 그들에게 혁명 분자들을 어떻게 처치해야 하는지 열심히 떠벌리고 있었다. 찰스는 그런 스트라이버가 역겹기 짝이 없었다.

그때 은행 직원이 다가와 자비스에게 편지 한 통을 주었다. 손때가 묻어 더러워지긴 했지만 뜯어져 있진 않았다. 책상 위에 놓인 편지의 봉투에 적힌 글귀가 찰스의 눈에 들어왔다.

텔슨 은행 런던 지점,
에브레몽드 전(前) 프랑스 후작 귀하.
매우 긴급함.

에브레몽드, 그것은 찰스가 그렇게도 잊고 싶어 했던 자신의 가문 이름이었다. 이 편지는 바로 자신에게 온 것이었다. 정확한 소재지를 알 수 없어 아마도 은행을 통해 보낸 모양이었다.

찰스는 마네트 박사에게 자신의 본명을 밝힌 적이 있었다. 그때 마네트 박사는 찰스에게 그것을 비밀로 하고 있으라고 말했다. 따라서 아무도, 심지어 아내인 루시조차도 찰스의 본래 성이 에브레몽드라는 것을 알지 못했다.

"이 사람이 어디에 있는지 나는 모르겠소."

자비스가 봉투를 들여다보다가 도로 내밀면서 말했다.

"여기 드나드는 양반들 모두에게 물어보았지만, 이 사람이 어디 있는지 아는 사람은 아무도 없었소."

편지를 가져온 직원이 허탈해 하며 중얼거리자, 옆에서 이들의 대화를 듣고 있던 누군가가 수취인에 대해 일러 주었다.

"그는 잔혹하게 목이 잘려 살해당한 에브레몽드 후작의 조카라오. 비열한 배신자지. 나하고 아는 사람이 아니어서 천만 다행일 뿐이오!"

"그는 자신의 지위를 내던진 비겁한 자요."

또 다른 사람이 덧붙였다. 스트라이버가 끼어들고 싶어 안달이 난 얼굴로 막 다가섰을 때였다. 찰스가 목소리를 높여 말했다.

"내가 그 사람을 알고 있소."

"정말이오?"

스트라이버가 물었다.

"그렇다면 정말 유감인걸! 내가 듣기로 그자는 쓰레기 같은 인간으로, 자신의 소중한 재산을 당당히 지켜야 할 때 그것을 전부 폭도들에게 고스란히 넘겨주고 비겁하게 도망친 작자라고 하던데……."

말을 마친 스트라이버는, 자신에게 그다지 존재 가치가 없는 찰스를 제외하고 주변의 모든 사람들이 공감하는 듯한 표정을 짓자 매우 흡족해 하면서 그 자리를 떠났다. 자비스는 편지를 찰스에게 넘겨주면서 그것을 수취인에게 전해 달라고 부탁했다.

　　찰스는 은행에서 나와 혼자 있게 되자 곧바로 편지를 뜯어 보았다. 그것은 가벨이라는 사람이 파리의 아베 감옥에서 1792년 6월 2일에 쓴 편지였다. 가벨은 자신이 고향 마을에서 폭도들에게 붙잡혀 파리까지 도보로 끌려간 끔찍한 경험을 전하고, 망명 귀족을 위해 일했다는 죄목으로 감옥에 갇히게 된 사정을 토로했다. 자신이 석방될 수 있는 유일한 길은, 자신을 고용한 망명 귀족인 찰스가 법정에서 자신을 위해 증언해 주는 것뿐이라고 했다. 편지에 적힌 문장 한 줄 한 줄마다 간절한 호소가 배어 있어, 그것을 쓴 사람이 생명이 위태로울 만큼 극한 상황에 처해 있다는 사실이 절절하게 다가왔다.

　　찰스는 편지를 읽어 내려가면서 생각했다. 가벨은 선량한 사람이었고 충직한 관리였다. 그의 죄라면 찰스의 가문에 충성을 다한 것뿐이었다. 찰스는 책임감을 느끼지 않을 수 없었다. 마음으로 자신의 가문과 사회적 지위를 포기한 지 이미 오래였지만, 법적으로는 아직 그에 맞는 조치를 확실히 취해 놓지 못한 상태였다. 따라서 자신이 마음속으로 아무리 에브레몽드 집안 사람이 아니라고 생각할지라도 법적으로는 여전히 가벨의 고용주였다.

자비스는 노인인데도 저토록 용기 있는 모습을 보이고 있지 않은가! 그런데 자신은 그보다 더 용감하지는 못할망정 그 정도의 용기조차 보여 주지 못한대서야 말이 되겠는가. 찰스는 그동안 책임을 회피하고 겁쟁이처럼 행동해 온 자신이 부끄러웠다. 곧 프랑스로 돌아가 가벨을 구해 주어야겠다는 생각이 들었다.

그는 다음 날 밤 곧장 떠나기로 했다. 하지만 누구에게도 이 사실을 알릴 수는 없었다. 심지어 아내 루시나 마네트 박사에게도 말할 수가 없었다. 그들은 분명 가지 말라고 붙잡을 것이었다.

그래서 그는 편지를 썼다. 자신이 배를 타고 떠난 후, 그 편지가 가족들에게 전달될 수 있게끔 조치해 놓을 생각이었다. 파리에 도착하는 대로 자비스를 찾아가서 그와 함께 가벨을 석방시키기 위해 노력할 계획이었다. 하지만 그때까지는 자비스한테조차 이야기를 꺼내서는 안 되었다.

그날 저녁 여덟 시, 찰스는 텔슨 은행에서 자비스를 만났다.

"편지를 잘 전달했습니다. 수취인은 자비스 씨를 통해 답장을 전달해 달라고 부탁하더군요. 그런데 편지로 답장을 전하기에는 위험할 테니, 직접 말로 전해 주길 바란다고 했습니다. 그래 주실 수 있겠는지요?"

"물론 그럴 수 있지요."

자비스는 대답했다.

"그럼 아베 감옥에 수감되어 있는 가벨이라는 죄수를 찾아가,

그에게 '편지를 잘 받았으며, 곧 갈 테니 걱정하지 말고 기다리고 있으라.'라고 말해 주면 됩니다."

다음 날은 찰스에게 고통스러운 하루였다. 그는 가족들과 하루 종일 즐거운 시간을 보냈다. 그렇지만 그날 밤에 가족을 떠나 프랑스로 갈 생각을 할 때마다 가슴이 찢어지는 것 같았다. 그렇다고 가지 않을 수는 없는 노릇이었다.

저녁이 되자 그는 일이 생겼다는 핑계를 대고는 도버를 향해 말을 몰았다. 아내 루시와 마네트 박사 앞으로 각각 편지를 한 통씩 써서 믿을 만한 문지기에게 맡기고는 나중에 전달해 달라고 당부해 두었다. 도버 해협을 건널 때, 그는 자신이 죽음의 문턱에 얼마나 가까이 다가가고 있는지 전혀 알지 못했다.

파리로 가는 여행길은 유난히 더뎠다. 도로 상태가 좋지 않았고 마차와 말들도 형편이 없었다. 하지만 이보다 더 큰 장애물은 따로 있었다. 마을마다 곳곳에 '공화국의 관리'라고 하는 사람들이 있었는데, 그들은 길목을 지키고 서 있다가 지나가는 사람들을 모조리 멈춰 세웠다. 그리고 여행객의 서류를 검사하고 심문했다. 그들은 틈만 나면 "자유, 평등, 동포애, 그것이 아니면 죽음뿐!"이라는 구호를 외쳤다.

찰스는 배에서 내려 길을 나선 지 얼마 되지 않아, 파리의 새 공화국 정부에서 '선량한 시민'이라는 것을 확인하는 증명서를 받지 않고서는 영국으로 되돌아가기 어렵다는 사실을 깨달았다.

어느 날 밤, 그가 여관에서 자고 있을 때 그 지방의 관리가 찾아와 잠을 깨웠다. 관리는 불안한 표정을 지으며 찰스에게 파리까지 호위를 받으면서 가는 게 좋겠다고 말했다. 찰스는 정중히 거절을 했다. 하지만 관리와 함께 온, 빨간 두건을 쓴 사내가 험상궂게 노려보면서 소총으로 위협하는 바람에 그의 거절은 곧바로 묵살당했다.

"여기 이 훌륭한 애국 시민이 하자는 대로 따라야 합니다."

관리가 말했다.

"게다가 당신은 귀족 신분이므로, 호위를 받는 비용도 부담해야 합니다."

찰스는 달리 방법이 없다고 판단했다. 그는 옷을 챙겨 입고는 중무장한 애국 시민 두 명의 호위를 받으면서 말을 타고 길을 떠났다. 호위하는 두 사람 모두 공화국의 상징인 빨간색, 흰색, 파란색으로 된 표지가 붙은 빨간 두건을 쓰고 있었다.

처음에 찰스는 이런 상황에 대해 그리 심각하게 생각하지 않았다. 어찌 됐든, 자신은 누구에게도 해를 끼친 일이 없었기 때문이다. 하지만 저녁 무렵 보베에 도착하자, 두려움에 사로잡히기 시작했다. 그의 일행이 역마차 정류장에 멈춰 말을 교체하고 서류 검사를 받기 위해 기다리고 있을 때였다. 어디선가 사람들이 하나 둘 모여들더니, 그중 몇 사람이 큰 목소리로 외쳤다.

"나라를 버리고 떠난 망명자를 처단하라!"

그 소리에 찰스 역시 목소리를 높여 맞섰다.

"동포 여러분, 난 자발적으로 프랑스에 돌아온 사람이오!"

"하지만 당신은 이 나라에서 살지 않기로 작정한 사람이야. 그러니 망명자지. 게다가 가증스러운 귀족 놈이기도 하고."

찰스에게 돌아온 답이었다. 옆에서 지켜보던 역마차 정류장의 역장이 찰스를 보호하려고 한마디 했다.

"그냥 내버려 두시오. 이 사람은 파리에 가서 재판을 받을 것이오."

"이자는 반역자요!"

다른 누군가가 외쳤다. 찰스는 그쪽을 돌아보며 대답했다.

"난 반역자가 아니오!"

"그건 당신만의 생각이지! 포고령이 내린 이후로 망명자는 모두 반역자로 간주된다!"

찰스는 역장을 돌아다보며 물었다.

"무슨 포고령을 말하는 건가요?"

"8월 14일에 내려진 포고령을 말하는 것이오."

"내가 이곳에 오려고 영국을 떠난 바로 그날 내린 거로군!"

"앞으로 더 많은 포고령이 내릴 거라고 다들 말한다오."

역장은 덧붙였다.

"아직 실제로 선포되지는 않았지만, 망명자는 모두 사형에 처한다는 법령이 곧 내릴 거라는 소문도 있소."

찰스와 그를 호위하는 애국 시민 두 명은 마침내 파리의 성문 밖에 도착했다. 그중 한 명은 오는 동안 줄곧 술을 마셔 대면서 소총을 아무렇게나 다뤄 찰스를 불안하게 만들었다. 성문에는 출입을 통제하는 울타리가 쳐져 있었다. 그 앞에서 도시 경계를 지키는 파수병이 모습을 드러냈다.

"죄수의 서류를 제시하시오."

파수병이 요구했다. '죄수'라는 호칭에 깜짝 놀란 찰스는 자신이 자유의사로 여행을 하고 있는 프랑스 시민이라고 대답했다. 하지만 파수병은 그의 말을 무시한 채 죄수의 서류를 제시하라고 거듭 요구했다.

찰스를 호위하는 자들 가운데 술 취한 사람이 서류를 꺼내서 건네주었다. 거기에는 가벨이 보낸 편지도 들어 있었다. 서류를 보던 파수병은 갑자기 찰스를 주의 깊게 살펴보더니 어디론가 사라졌다. 그 파수병은 삼십 분이 지나도록 돌아오지 않았는데, 그사이 울타리 주변에는 통행 허가를 받기 위해 기다리고 있는 사람들로 가득 찼다. 그들은 모두 삼색 표지가 달린 빨간 두건을 쓰고 있었다.

마침내 파수병이 돌아와 찰스를 어느 건물 안으로 데리고 갔다. 건물 안에는 한 사내가 기다리고 있었다.

"드파르주 시민."

파수병이 그 사내에게 물었다.

"이자가 바로 망명자 에브레몽드요?"

"그렇습니다."

드파르주가 대답했다.

"나이를 말하시오, 에브레몽드."

파수병은 명령조로 말했다.

"서른셋이오."

"기혼이오?"

"그렇소."

"그럼 아내는 어디 있소?"

"영국에 있소."

"당신을 라포르스 감옥에 수감하겠소."

"이런, 맙소사!"

찰스가 소리쳤다.

"아니, 도대체 무슨 법으로, 무슨 죄목으로 이러는 거요?"

"당신이 프랑스를 떠나 있는 동안 많은 법령과 죄목이 새로 생겨났소, 에브레몽드. 우린 그것을 따를 뿐이오."

"하지만 나는 동포의 호소에 응해 자발적으로 프랑스에 돌아온 사람으로……."

"망명자는 모든 권리가 박탈되었소, 에브레몽드."

이렇게 말하면서 파수병은 '비밀 수감'이라는 글자가 씌어 있는 쪽지를 드파르주에게 건네주었다. 그러자 드파르주는 찰스를 방에서 데리고 나갔다. 찰스와 나란히 걷던 드파르주가 문득 낮은 목소리로 물었다.

"당신이 바스티유 감옥의 죄수였던 마네트 박사의 딸과 결혼한 사람이오?"

"그렇소."

찰스는 깜짝 놀라면서 대답했다.

"나는 드파르주라고 하오."

"드파르주? 아, 예전에 장인어른 밑에서 일했던⋯⋯."

"프랑스엔 왜 돌아온 것이오?"

"내 도움을 필요로 하는 사람이 있어서 돌아왔소. 날 좀 도와줄 수 없겠소?"

"그건 불가능하오."

"하지만 이렇게 아무 이유도 없이 매장당하듯 감옥으로 끌려가는 것은 부당한 것 아니오?"

"과거엔 수많은 사람들이 이보다 더 끔찍한 감옥에 갇혔소."

"하지만 그건 내가 한 짓이 아니잖소? 그럼 혹시 텔슨 은행의 자비스 로리라는 분에게 나의 이런 상황을 알려 주는 일만이라도 해 줄 수 없겠소?"

"난 당신을 위해 아무것도 해 줄 수 없소. 나에겐 조국과 동포

들을 위해 수행해야 할 의무가 있소. 나는 바로 당신 같은 귀족들과 싸우기로 맹세한 사람이란 말이오!"

두 사람이 지나가자, 몇몇 사람들이 그들 쪽으로 몸을 돌린 채 빤히 바라보았다. 하지만 이제 훌륭한 옷차림을 한 사람이 감옥에 끌려가는 모습은 상인이 시장에 나가는 모습처럼 흔한 광경이었다. 가는 길목에서 두 사람은 새로 들어선 영광스러운 공화국에 대해 군중들에게 열렬히 선전하고 있는 한 연설가를 보았다. 그 사람의 연설을 통해 찰스는 현재 국왕이 감옥에 갇혀 있으며, 외국 대사들은 모두 파리에서 도망쳤다는 사실을 알게 되었다.

감옥 앞에 다다르자 문지기가 물었다.

"도대체 앞으로 얼마나 더 잡아 오는 거요?"

드파르주는 아무런 대꾸도 하지 않았다.

"또 '비밀 수감'이로군."

문지기는 드파르주가 건네준 쪽지를 보고 이렇게 투덜거렸다.

"이미 만원이라 터지기 직전인 줄도 모르고, 이거 참."

찰스는 문지기가 안내해 준 어두운 방으로 들어갔다. 방에는 사람들이 빽빽하게 들어차 있었다. 방 가운데 놓인 긴 탁자 주위에서는 여자들이 책을 읽거나 편지를 쓰거나 뜨개질을 하거나 자수를 놓으면서 앉아 있었다. 그리고 남자들은 여기저기에 서 있거나 이리저리 돌아다니고 있었다. 한쪽에서는 아이들이 어울려 놀고 있었다.

　모두들 자신들이 지금 처해 있는 상황을 애써 잊으려는 듯 태
연하게 행동하고 있었다. 그러다 찰스가 들어오자 정중히 일어
나 맞아 주었다. 상류 사회의 세련된 예법이 몸에 밴 사람들의
태도였다. 그러나 그들의 교양 있는 몸짓과 노력에도 불구하고
찰스는 마치 유령들과 함께 있는 것 같은 느낌을 지울 수가 없
었다.

　그중 한 남자가 앞으로 걸어 나와 찰스를 반갑게 맞으며, 그의
이름과 신분, 그리고 이곳에 들어오게 된 연유 등을 물었다. 찰
스는 할 수 있는 한 성의껏 대답해 주었다.

　"혹시 '비밀 수감'으로 정해져서 들어온 것은 아니겠지요?"

　남자가 물었다.

　"그렇게 정해진 것 같습니다! 그게 무슨 뜻인지는 잘 모르겠
습니다만."

　찰스가 대답하자 사람들 사이에서 탄식과 동정의 소리가 터
져 나왔다. 얼마 지나지 않아, 간수가 들어와 찰스를 데리고 나
갔다. 찰스는 간수를 따라 돌층계를 걸어 올라가면서, 언젠가 이
곳을 탈출할 수 있을지 모른다는 헛된 희망을 품고 마음속으로
층계의 수를 하나하나 세어 나갔다. 그는 피가 얼어붙을 듯이
차갑고 축축한 독방으로 인도되었다.

　"왜 나를 독방에 따로 수감하는 것이오?"

간수는 어깨를 으쓱해 보이며 대답했다.

"난들 어찌 알겠소?"

"종이와 잉크를 구입하고 싶은데, 가능하오?"

찰스가 간절한 목소리로 물었다.

"모르겠소. 나중에 다른 사람이 와서 알려 줄 거요. 현재로서는 음식을 사는 것만 가능하오."

이 말을 남긴 채 간수는 가 버렸다. 찰스는 감방 안을 둘러보았다. 의자와 탁자, 밀짚으로 만든 요가 전부였다. 그 요에는 여기저기 이가 기어 다녔다.

"아무도 모르는 곳에 이렇게 죽은 사람처럼 내버려지다니!"

그는 혼자 중얼거렸다.

"저 요 위를 기어 다니는 이들은 마치 내 시체를 파먹으려는 구더기 같군."

그리고는 감방 안을 왔다 갔다 하며 걷기 시작했다. 그러면서 감방의 넓이를 쟀다.

"가로로 다섯 걸음, 세로로 네 걸음 반. 가로로 다섯 걸음, 세로로 네 걸음 반……."

얼마 후에는 다른 내용의 혼잣말이 감방 밖으로 새어 나왔다.

"그는 구두를 만들었지, 그는 구두를 만들었지, 그는 구두를 만들었지……."

그 당시 텔슨 은행 프랑스 파리 지점은 생제르맹에 있는 우아한 저택의 한쪽에 자리 잡고 있었다. 이 저택의 원래 주인은 지체 높은 귀족이었는데, 혁명이 일어난 지 얼마 되지 않아 자기 집 요리사의 옷을 빌려 입고 허겁지겁 도망쳐 버렸다. 그가 바로 앞서 등장했던, 뜨거운 코코아를 한 잔 마시는 데 하인 다섯 명이 시중을 들어야 했던 귀하디귀하신 귀족 나리였다.

1792년 9월 3일, 이 저택에서 은행이 차지하는 면적을 뺀 나머지 공간은 전부 혁명군이 점령하고 있었다. 이 저택 안에 있는 숙소에 자비스가 머무르고 있었다. 그의 방 창문 밖으로 저택의 마당이 보였는데, 그곳에는 도망친 귀족 나리의 호화롭던 마차들이 흉물스러운 모습으로 버려진 채 나뒹굴고 있었다.

어느 날, 그 자리에 낯선 물건이 하나 나타났다. 그것은 긴 칼이나 도끼를 날카롭게 갈 때 쓰는 거대한 회전 숫돌이었다. 밖을 내다보다가 문득 이 물체에 눈길이 멈춘 자비스는 온몸을 부르르 떨며 몸서리를 치더니 서둘러 차양을 내려 버렸다.

"오, 하느님."

자비스는 두 손을 모으고 격한 감정이 실린 목소리로 기도를 했다.

"이 무시무시한 도시에, 제가 사랑하는 사람들이 아무도 없어서 정말 다행스럽습니다. 감사합니다, 하느님."

그러나 이 말이 끝나기가 무섭게 누군가가 방문을 열고 들이

닥쳤다. 그들은 바로 루시와 마네트 박사였다! 자비스는 너무나 놀라 하마터면 그 자리에서 쓰러질 뻔했다.

"아니, 이게 누구요! 여긴 뭣하러 온 겁니까? 대체 무슨 일로 여기까지 왔습니까?"

자비스는 정신없이 물었다.

"찰스가 말이에요."

"찰스한테 무슨 일이 있습니까? 그가 설마 여기 파리에 와 있는 것은 아니겠지요?"

자비스는 두려움을 느끼며 물었다.

"찰스가 사나흘 전에 여기로 왔어요. 아버지와 저는 그걸 나중에야 알았어요."

그러고 나서 루시는 찰스가 자비스에게 남긴 편지의 내용을 말해 주었다.

"우리가 그동안 알아낸 것이라곤 찰스가 누군가에게 잡혀가 감옥에 갇혀 있다는 사실뿐이에요."

자비스에게서 외마디 탄식이 터져 나왔다. 그런데 그때 갑자기 숙소 밖 저 아래, 저택 앞마당에서 시끌벅적한 소리가 들려왔다. 마네트 박사는 호기심이 일어 창가로 다가갔다.

"안 됩니다!"

자비스가 황급히 소리쳤다.

"내다보지 마십시오! 창문에서 떨어지세요!"

마네트 박사는 자비스가 말리는 이유를 잘못 이해한 듯했다.

"괜찮소, 자비스. 저들 애국 시민 가운데 날 해칠 사람은 아무도 없다오. 난 바스티유 감옥의 죄수였잖소? 과거의 그 고통스러웠던 경력 덕분에 우리는 여기까지 무사히 올 수 있었소. 찰스의 소식도 들을 수 있었고."

마네트 박사는 다시 손을 들어 차양을 걷으려고 했다.

"안 돼요! 내다보지 마십시오!"

자비스는 필사적으로 외쳤다. 그러고는 루시를 팔로 감싸 안으면서 이렇게 말했다.

"루시, 찰스에 대해서 말해 봐요. 그가 잡혀간 감옥이 어디라고 하던가요?"

"라포르스 감옥이래요."

루시가 대답했다. 자비스는 속이 타 들어가는 듯했다.

"루시, 내 말 잘 들어요. 지금부터 용기 있게, 그리고 아주 신중하게 행동해야만 해요. 먼저, 오늘 밤 절대로 이곳을 떠나서는 안 돼요. 안쪽에 있는 방으로 안내해 줄 테니, 당분간 거기 머물러 있도록 해요. 그 방은 안전한 곳이지만 창문의 차양은 꼭 내려놓고 지내요. 앞으로의 일은 박사님과 나에게 맡기고요. 우리가 잘 알아서 해결할 테니까."

루시를 방으로 데려다 준 뒤, 사무실로 돌아온 자비스는 마네트 박사를 창가로 손짓하여 불렀다. 그는 차양을 살짝 걷어 올려 창밖을 보여 주었다.

마당에는 사납고 거칠어 보이는 사람들이 회전 숫돌을 빙 둘러싸고 있었다. 그들의 얼굴에는 잔인함과 살기가 숨김없이 드러나 있었다.

회전 숫돌은 너무나 커서 그것을 돌리려면 건장한 남자 두 명이 달라붙어야 했다. 숫돌이 돌아가면서 그들의 긴 머리카락이 바람에 날려 이마 뒤로 넘어가자, 끔찍하게 일그러진 얼굴이 그대로 드러났다. 그것은 포도주와 피로 온통 시뻘겋게 물든, 소름 끼치도록 흉악한 얼굴이었다. 그들을 둘러싸고 서 있는 사람들 역시 하나같이 시뻘겋게 피 칠갑을 한, 악마의 형상과 조금도 다를 바 없는 모습이었다. 그들은 피로 얼룩진 손도끼와 식칼, 장검 따위를 계속해서 회전 숫돌에 갖다 대고 날이 시퍼레질 때까지 갈아 댔다.

자비스는 공포에 질려 떨리는 목소리로 마네트 박사에게 나지막이 속삭였다.

"저들은 요즘 감옥에 있는 죄수들을 끌어내어 처형하고 있답니다. 그 끔찍한 짓을 하느라 날이 무뎌지면 이곳으로 무기를 가져와 저렇게 날을 간 뒤, 곧바로 다시 살육을 자행하러 달려가지요. 박사님이 정말로 신변에 위협을 조금도 느끼지 않으신다면, 지금 즉시 라포르스 감옥으로 달려가십시오. 그리고 가능한 한 모든 영향력을 발휘하여 저 악마 같은 자들의 손에서 찰스를 구해 내십시오."

마네트 박사는 곧장 방에서 나가 마당으로 달려갔다. 잠시 후 "바스티유 죄수 만세! 라포르스 감옥에 갇힌 바스티유 죄수의 친척을 구하라!" 하는 함성이 자비스의 귀에 들려왔다. 곧이어 마네트 박사가 사람들의 어깨 위로 높이 들어 올려지는 모습이 보였다. 방금 전까지 죄수들을 죽이기 위해 회전 숫돌에 칼날을 갈아 대던 사람들이 이제는 마네트 박사를 높이 들어 올린 채 라포르스 감옥을 향해 움직이기 시작했다.

자비스는 창문의 차양을 내렸다. 그러고는 루시가 있는 방으로 달려갔다. 루시의 방에는 놀랍게도 프로스와 루시의 어린 딸이 와 있었다. 절대로 바다를 건너지 않겠다고 그토록 단호하게 말하던 프로스는 루시를 위해서 용기를 내어 이곳까지 따라온 것이었다. 세 사람 모두 두려움과 피로에 시달려 기진맥진한 모습이었다. 특히 루시와 그녀의 딸은 괴로움에 지친 표정으로 침대에 쓰러져 있었다.

자비스가 들어가자 루시는 침대에서 몸을 일으키며 물었다.

"밖에서 무슨 일이 일어나고 있는 건가요? 저 무서운 소리는 뭐지요?"

"쉿, 아이를 놀라게 하지 말아요. 마당에서 사람들이 회전 숫돌을 돌리며 내는 소리일 뿐이에요."

자비스는 목소리를 낮추어 말했다. 그들은 침대에 걸터앉아서 마네트 박사가 돌아오기만을 기다렸다. 그들에게 위안이 되는 것은 오직 서로 함께 있다는 사실뿐이었다.

아침이 되자 자비스는 창가로 가만히 다가가서 밖을 내다보았다. 막 떠오르는 태양빛으로 마당 전체가 붉게 물들어 있었다. 하지만 회전 숫돌과 그 근처의 바닥 돌들은 아침 노을빛과는 다른, 훨씬 더 붉은 빛깔로 진하게 물들어 있었다.

제 14 장

문을 두드리다

자비스는 루시 가족이 은행 건물에 머물 수 있게 해 달라고 혁명군 측에 요청했지만 받아들여지지 않았다. 그래서 가까운 곳에 루시 가족의 숙소를 따로 마련했다.

그날 오후, 누군가 자비스의 숙소를 향해 계단을 오르는 소리가 들려왔다. 드파르주였다. 그는 라포르스 감옥에서 오는 길이었는데, 마네트 박사가 직접 쓴 편지를 가지고 왔다. 편지에는 다음과 같은 내용이 적혀 있었다.

찰스는 안전하게 잘 있습니다. 하지만 나는 아직 이곳을 떠날 수 없습니다. 찰스가 루시에게 보내는 쪽지를 이 사람 편에 보내니, 그것을 전달할 수 있도록 루시에게 안내해 주기 바랍니다.

자비스는 기꺼이 편지에 적혀 있는 대로 하겠다고 말했다. 창 밖으로 눈을 돌려 보니, 저택 마당에서는 여자 두 명이 뜨개질을 하며 자비스의 결정을 기다리고 있었다. 그중 한 여자는 뱅장스, 즉 복수의 화신이었다.

"저 사람은 당신의 부인 같은데, 맞지요?"

자비스는 복수의 화신 옆에 있는 여자를 가리키며 물었다. 드 파르주는 그렇다고 고개를 끄덕였다.

"부인까지 함께 갈 필요가 있나요?"

"그럴 필요가 있습니다. 박사님의 가족을 위한 것입니다. 내 아내가 그분들의 얼굴을 알아 두면 혹시라도 나중에 도움이 될지도 모르기 때문입니다."

자비스는 드파르주의 무표정하고 싸늘한 태도에 놀랐다. 그는 두 여자들을 루시한테 데리고 가는 것이 마음에 몹시 걸렸지만 달리 어쩔 도리가 없었다.

루시의 방문 앞을 지키고 있던 제리가 자비스를 보고 문을 열어 일행을 들여보내 주었다. 루시는 혼자 앉아서 울고 있었다. 그렇지만 찰스가 보낸 쪽지를 가져왔다는 말을 듣자마자 기쁨에 넘쳐 드파르주를 반갑게 맞았다. 고마운 마음이 복받쳐 그의 손을 꼭 움켜쥐기까지 했다. 바로 전날 밤까지만 해도 끔찍한 살육을 자행해 피비린내가 채 가시지 않은 그 손을 말이다.

찰스가 루시에게 보낸 쪽지의 내용은 간단했다.

사랑하는 여보, 난 무사하오. 장인어른은 이곳에서 상당한 영향력을 지니고 계신다오. 당신의 답장은 받을 수 없어요. 우리 딸 루시에게 나를 대신해 입을 맞춰 주시오.

루시는 쪽지를 읽고 감격에 겨워 드파르주 부인을 돌아보고는 그녀의 거친 손에 입을 맞췄다. 그러나 드파르주 부인은 냉정하게 손을 뺐다. 드파르주 부인의 태도에 루시는 덜컥 겁이 났다. 마치 싸늘한 죽음의 그림자가 심장을 훑고 지나가기라도 한 듯 소름이 끼쳤다.

"당신 남편이 쪽지에 뭐라고 썼지요?"

"저희 아버지께서 그곳에서 영향력이 있다고 했어요."

루시는 두려워하는 얼굴로 말했다.

"글쎄요, 그게 도움이 되길 빌어야겠군요."

드파르주 부인은 조롱하는 듯한 미소를 지으며 말했다. 자비스가 대화에 끼어들었다.

"루시, 이 여자분들은 나중에 당신 가족이 도움을 필요로 할 때를 대비해, 당신하고 아이의 얼굴을 익혀 둘 필요가 있다고 합니다."

루시는 딸을 불렀다. 프로스가 어린 루시를 데리고 들어왔다. 프로스는 프랑스 어를 전혀 할 줄 몰랐다. 하지만 그녀는 알 수 없는 거부감을 느끼며 두 프랑스 여자들을 빤히 쳐다보았고, 그 여자들도 프로스를 마주 바라보았다. 서로에 대한 반감이 가득 찬 시선이었다. 곧이어 드파르주 부인은 어린 루시를 지그시 노려보았다.

"이 아이가 그 사람의 딸인가요?"

그녀는 뜨개질을 계속 하면서 물었다.

"그렇소."

자비스가 대답했다.

"그의 하나뿐인 자식이오."

루시는 본능적으로 딸을 품 안으로 바짝 끌어당겼다.

"이제 얼굴을 충분히 익혔으니 그만 갑시다."

드파르주 부인이 말했다. 그녀의 태도는 굉장히 위압적이었다. 드파르주는 약간 불안한 표정이었고, 루시는 공포에 떨고 있었다. 루시는 드파르주 부인에게 간절하게 호소했다.

"어린 딸아이를 봐서라도 부디 제 남편에게 자비를 베풀어 주십시오."

"지난 시절에 우리 이웃의 아낙네들과 딸들에겐 그 어떤 자비도 베풀어진 적이 없었다오."

드파르주 부인은 차갑게 대꾸했다.

"그러니 이제 와서 그런 여자와 딸이 하나 더 생겼다고 뭐, 특별하게 여길 것은 없지 않겠어요?"

그 말에 복수의 화신이 동감한다는 듯 고개를 끄덕거렸다. 그리고 그들은 방에서 나갔다. 드파르주는 안타까운 표정으로 루시를 돌아보면서 천천히 그녀들의 뒤를 따라 나갔다.

그로부터 나흘이 지나고 나서야 마네트 박사가 돌아왔다. 그 길지 않은 기간 동안 처형당한 죄수만 해도 천백여 명에 달했다. 그러나 마네트 박사는 이 사실을 루시에게 말하지 않았다. 루시가 알고 있는 것은 그저 죄수들 몇 명이 처형되었으나 찰스는 아직 무사하다는 사실 정도에 불과했다.

마네트 박사는 자비스에게는 진실을 알려 주었다. 라포르스 감옥으로 가는 도중에 목격한 여러 살육의 현장에 대해 얘기해 주었다. 그리고 감옥에 도착해 보니 혁명 세력이 임의로 만든 법정에 죄수들이 마구잡이로 끌려 나와, 이른바 '재판'이라는 것을 받고 있었다고 했다. 재판의 결과에 따라 어떤 사람은 처형대로 끌려갔고, 어떤 사람은 석방되었으며, 경우에 따라 다시 감방으로 돌아가는 사람도 있었다. 재판을 주도하는 인물 가운데 한 사람은 바로 드파르주였다.

마네트 박사는 자신이 과거에 바스티유 감옥의 죄수였음을 밝힌 다음, 자신의 사위인 찰스의 석방을 간청하는 탄원을 냈다. 덕분에 찰스는 곧 불려 나와 재판을 받았으며, 상황은 거의 석방 쪽으로 기울어지는 것처럼 보였다. 그런데 갑자기 뭔가 비밀스런 논의가 벌어지더니 다시 감방으로 끌고 가 버렸다. 무엇 때문에 그렇게 된 것인지, 마네트 박사는 짐작조차 할 수 없었다. 찰스가 안전하게 구금되어 있을 것이라는 보장을 받긴 했지만, 그 이상은 손을 써 볼 도리가 전혀 없었다. 그러다가 곧 그는 병자와 부상자들을 보살피라는 요청을 받았고, 그 때문에 한동안 바쁘게 지내야 했다.

사실 자비스는 박사의 건강이 가장 큰 걱정거리였다. 박사가 파리로 다시 돌아온 것 때문에 병이 재발하지나 않을까 싶어 조마조마했다. 하지만 박사는 정반대의 모습을 보였다. 고통스러웠던 과거의 경험은 그에게 오히려 다른 이들을 돌볼 수 있는 힘이 되었다. 바스티유에서 구출된 이후 처음으로 그는 자신이 다른 사람들에게 진정으로 도움이 되고 있다고 느꼈다.

그는 의사로서의 능력을 발휘해 라포르스의 '감독 의사'가 되었고, 그 위치를 이용해 매주 찰스를 만나면서 그와 루시가 편지를 주고받을 수 있게 도와주었다. 지난 수년 동안은 루시가 마네트 박사보다 더 강한 존재로서 그를 돌봐 주었지만 이제는 그 역할이 뒤바뀐 것이었다.

몇 달이 흘렀다. 찰스는 아직 재판을 받지 못한 채 감옥에 갇혀 있었다. 하지만 다른 큰 재판들은 계속 열렸는데, 그중 하나가 국왕과 왕비의 재판이었다. 한때 나라에서 가장 높은 신분으로서 온갖 부귀와 영화를 누렸던 그들은 재판에서 사형을 선고받았다. 그리고 곧 단두대 위에 올라 처형되었다.

날이 갈수록 점점 더 많은 사람들이 파리로 모여들어 공화국을 위한 싸움에 동참했으며, 단두대에서 처형되는 죄수들 또한 하루가 다르게 늘어났다. 그런데 그 죄수들 대부분은 아무런 죄악이나 만행도 저지르지 않은 무고한 사람들이었다.

하루도 쉬지 않고, 정말이지 피를 흘리지 않는 날이 단 하루도 없이, 피비린내 나는 학살이 계속 이어졌다. 이제 사람들에게 아주 낯익은 존재가 된 단두대의 매서운 칼날은 여전히 인간의 목에 굶주린 듯, 언제나 시퍼런 서슬을 높이 추켜올린 채 입을 벌리고 있었다.

찰스는 여전히 감옥에 갇혀 있었다.

일 년하고도 석 달이 흘렀다. 그동안 루시는 매일같이 찰스가 단두대로 끌려가지 않을까 하는 두려움에 떨었다. 길거리는 죄수들을 처형장으로 실어 가는 호송 마차들로 항상 북적거렸다. 하지만 루시는 어린 딸을 위해서라도 마음을 굳게 먹어야 했다. 그래서 그녀는 모든 게 잘되어 가고 있다고 믿었으며, 영국에서와 다름없이 생활을 꾸려 나가려고 애를 썼다.

그러나 딸이 잠들고 난 뒤 마네트 박사와 단둘이 남아 있을 때면 솟구치는 눈물을 도저히 참을 수가 없었다. 그럴 때마다 마네트 박사는 딸의 손을 꼭 잡고 결연한 어조로 말하곤 했다.

"애야, 난 찰스가 살아 돌아오리라고 확신한다. 내가 있는 한 찰스에게 어떤 일도 일어나지 않을 테니 걱정하지 말아라."

그러던 어느 날, 마네트 박사는 한 가지 소식을 가지고 집으로 돌아왔다. 감옥 안에 있는 찰스가 매일 오후 세 시쯤 조그만 창문을 통해 밖을 내다볼 수 있다는 것이었다. 만약 그때 루시가 반대편 길가에 서 있는다면, 비록 그녀한테는 찰스가 보이지 않을지라도 그는 그녀를 바라볼 수 있을 것이라고 했다.

그 이후로 루시는 오후 두 시에서 네 시까지 두 시간 동안 감옥 건너편에 서 있는 것을 일과로 삼았다. 날씨가 좋을 때는 딸 루시와 함께 갔고, 그렇지 않은 날엔 혼자 가서 서 있었다. 조금이라도 신호 같은 것을 보내는 것은 위험한 일이었으므로, 그녀는 그저 남편이 자신을 발견할 수 있기만을 간절히 바라면서 비가 오나 눈이 오나 그 자리에 붙박인 듯 서 있었다.

그녀가 서 있는 자리는 어둡고 더러운 길거리의 한 모퉁이였다. 그곳에는 집이 딱 한 채 있었는데, 나무꾼이 살고 있었다. 이 집의 대문에는 공화주의자를 나타내는 온갖 표시들, 즉 삼색 깃발을 비롯해 '자유, 평등, 동포애, 그것이 아니면 죽음뿐!'이라고 쓴 페인트 글씨, 장식을 한 여러 개의 조그만 창칼 모형, 그리고 단두대 모형 따위가 덕지덕지 붙어 있었다.

이 집의 주인인 나무꾼은 전에 도로 보수 일을 하던 그 인부였다. 완전히 자크 당의 일원이 된 그는 얼마 전 혁명의 중심지인 이곳으로 이주해 왔다. 그는 밖에 서 있는 루시를 볼 때마다 자기와는 상관없는 사람이라고 중얼거리면서도 그녀를 멍하니 바라보는 일이 많았다.

그는 루시를 만날 때마다 그 즈음 법칙처럼 굳어진 인사 방식, 즉 "안녕하시오, 애국 시민."이라는 말을 건넸다. 그러면 루시도 "안녕하세요, 애국 시민." 하고 인사를 했다. 그녀는 이 나무꾼이 왠지 마음에 걸렸지만, 어쨌든 친절하게 굴어야 한다는 것을 알고 있었다. 그래서 그에게 상냥하게 대답을 해 주면서 술이나 한잔 사 마시라고 종종 돈을 쥐어 주곤 했다.

1793년 12월은 그 어느 때보다도 피비린내가 거리에 진동한 한 달이었다. 가벼운 눈발이 날리던 어느 날, 루시는 다른 때와 마찬가지로 감옥 건너편에 서 있었다. 나무꾼의 집에는 아무도 없는 듯했다.

그런데 갑자기 저쪽에서 악을 쓰며 노래하는 소리가 들리더니, 곧 한 무리의 폭도들이 루시가 있는 쪽으로 몰려오는 게 보였다. 그 가운데에는 나무꾼도 있었는데, 그는 복수의 화신과 손을 맞잡고 있었다. 루시는 재빨리 골목 모퉁이의 그늘진 곳에 몸을 숨기고 그들을 살펴보았다. 폭도들은 당시 유행하는 혁명

가를 부르며 춤을 추기 시작했다. 무시무시한 춤이었다. 미친 듯이 날뛰는 동작이 너무나 거칠고 난폭해서 마치 지옥의 악마들이 춤을 추는 것 같았다. 루시는 공포에 질려 숨소리도 제대로 내지 못하고 있었다.

마침내 폭도들이 지나갔다. 루시는 주위를 둘러보며 조심스레 걸어 나왔다. 그러자 감옥에서 일하던 마네트 박사가 일을 하다 말고 그녀에게로 황급히 달려왔다. 폭도들의 춤을 이미 본 적이 있는 그는 루시가 얼마나 놀랐을지 짐작하고도 남았다. 자신도 그 춤을 처음 보았을 때 엄청난 공포감에 휩싸였던 것이다. 그는 방금 찰스가 밖을 내다보러 창문 쪽으로 가는 것을 보고 오는 길이라는 말로 루시의 마음을 달래 주었다. 그리고는 주위를 한번 살피더니 이렇게 말했다.

"얘야, 지금 아무도 없구나. 빨리 찰스한테 키스를 한번 띄워 보렴."

그러나 그녀가 키스를 보내는 순간, 어디선가 발소리가 들려왔다. 두 사람이 화들짝 놀라 뒤를 돌아보니 바로 앞에 드파르주 부인이 서 있었다.

"안녕하시오, 애국 시민."

박사는 서둘러 인사를 건넸다.

"안녕하시오, 애국 시민."

드파르주 부인은 짧게 답을 한 뒤 곧바로 사라졌다. 하지만 길

위에 드리워진 그녀의 그림자에는 악의 같은 것이 깃들어 있었다.

"자, 어서 가자꾸나."

마네트 박사는 루시의 팔을 잡아끌면서 재촉했다.

"찰스가 내일 열릴 재판에 출두하라는 명령을 받았단다. 어서 자비스에게 알려야 한다."

"내일요?"

루시는 놀라서 물었다.

"그렇단다. 하지만 걱정하지 말아라. 내가 있으니까."

"네, 저는 아버지만 믿을게요."

그렇게 대답하긴 했지만 여전히 불안한 마음은 어찌할 수 없었다. 날뛰는 폭도들과 오싹할 만큼 무서운 표정을 한 드파르주 부인을 본 그녀는 사람들이 과연 어디까지 야만스러워질 수 있을까, 하는 생각이 머릿속에서 떠나질 않았다.

두 사람은 서둘러 텔슨 은행으로 가서 자비스를 찾았다. 자비스는 안에서 누군가를 만나고 있는 듯했다. 방문객의 것으로 보이는 승마용 겉옷 하나가 사무실 밖 의자 등받이에 걸려 있었다. 그런데 어쩐지 그 옷이 낯설지가 않았다. 잠시 후 자비스는 사무실에서 혼자만 나와 그들을 맞이했다. 마네트 박사와 루시에게서 찰스의 재판 소식을 들은 자비스는 착잡한 심정을 금하지 못했다.

판사 다섯 명과 검사, 한 무리의 배심원으로 구성된 공포의 혁명 재판은 하루도 거르지 않고 열렸다. 그날도 찰스에 앞서 열다섯 명의 죄수들이 재판을 받았는데, 그들 모두 사형 선고를 받고는 한 시간 반 만에 처형되었다. 마침내 찰스의 이름이 호명되었다.

"샤를 에브레몽드, 가명으로 찰스 다네라는 이름을 쓰는 죄수는 앞으로 나오시오."

찰스는 법정을 둘러보았다. 마네트 박사와 자비스를 제외하고 남자든 여자든 모든 사람들이 칼로 무장하고 있는 것처럼 보였다. 사람들은 뭔가를 먹고 마시면서 죄수들이 처형당할 준비를 하고 있는 모습을 지켜보았다. 여자들은 대부분 뜨개질을 하고 있었다. 드파르주 부부의 모습도 눈에 띄었다. 그들은 피고석 가까이에 앉아 있었지만, 둘 다 찰스에게는 눈길을 주지 않고 뭔가 귓속말을 나누고 있었다.

찰스는 망명자라는 죄목으로 고소되었다. 이 법은 그가 런던을 떠나 프랑스로 돌아온 후에 최종 통과된 법이었음에도 불구하고 그에게 소급 적용되었다. 따라서 그는 이 법에 따라 사형 선고를 받을 운명이었다.

재판이 시작되자 청중들은 그를 당장 처형하라고 한목소리로 외쳐 대기 시작했다. 검사는 종을 울려 정숙을 청한 뒤 심문을 시작했다.

"당신은 여러 해 동안 영국에서 살았다고 했소. 맞지요?"

"그렇습니다."

"그렇다면 어찌하여 당신은 자신이 망명자가 아니라고 주장하는 거요?"

"나는 타락하고 잔인한 프랑스 지배 체제에 환멸을 느껴 자발적으로 프랑스를 떠난 사람이기 때문입니다. 나는 만행과 횡포를 일삼는 지배 체제의 일원이 되고 싶지 않았습니다. 그래서 귀족의 신분을 포기하고 떠났던 것입니다."

찰스는 증인으로 두 사람을 거명했다. 그들은 테오빌 가벨과 알렉상드르 마네트였는데, 마네트 박사의 이름이 불리자 법정에 있던 청중은 환호성을 질렀다.

곧이어 찰스의 아내가 바로 알렉상드르 마네트의 딸이며 영국인이 아니라 프랑스 인이라는 사실도 밝혀졌다. 찰스의 사건은 차츰 희망적인 것으로 바뀌기 시작했다. 왜 프랑스로 돌아왔느냐는 질문에, 찰스는 자신이 아는 동포 한 사람을 도와주기 위해서 온 것인데, 그 사람은 귀족이 아닌 평민 계급이라고 설명했다.

가벨은 사흘 전에 석방되었다. 그는 그동안 억울하게 감옥에 갇혀 있다가, 찰스의 재판에 증인으로 지명되고 나서야 비로소 조사를 받고 풀려난 것이었다.

하지만 어느 누구도 이런 사실에 대해 미안하게 생각하지 않았다. 가벨 역시 그것을 별로 유감스럽게 여기지 않았는데, 목이 잘리지 않고 살아서 나온 것만 해도 천만다행이었기 때문이다.

가벨은 찰스의 말이 모두 진실임을 증언했다. 그리고 그가 찰스에게 보냈던 편지가 증거로 채택되어 그의 진술을 뒷받침해 주었다.

이어서 마네트 박사가 증인으로 나왔다. 그는 찰스를 자신의 가까운 친구이자 딸의 성실한 남편이라고 진술했다. 그리고 찰스가 영국에서 귀족으로 대우받기는커녕 반역자로 찍혀서 런던의 감옥에 갇히고 재판까지 받았다는 사실을 결정적인 증언으로 제시했다. 그 증언은 마네트 박사가 예상한 대로 재판에 큰 영향을 끼쳤다.

다음으로 자비스가 증인으로 불려 나와 영국에서 벌어진 찰스의 재판에 대해 상세하게 진술했다. 그의 증언까지 들은 군중들은 이제 찰스의 이름을 환호하기 시작했다. 마침내 검사는 그를 무죄라고 선언하고 즉시 석방했다.

군중들은 이제 남녀노소를 막론하고, 피에 굶주린 야수의 모습에서 다정한 인간으로 바뀌어 있었다. 그들은 석방된 찰스에게 너도나도 달려들어 포옹과 키스를 해 주고 싶어 했다. 그러고는 찰스를 들어 올려 어깨 위에 태우고 법정 밖으로 몰려 나갔다.

하지만 사람들이 찰스를 환호하며 법정 밖으로 나가기도 전에 다른 죄수들에 대한 재판이 시작되었다. 죄수 다섯 명이 순식간에 사형 선고를 받았다. 그들은 단두대에 끌려가기 전, 잠시 대기하기 위해 감방으로 다시 끌려갔다.

이런 사실을 기이하다고 생각하는 사람은 아무도 없었다. 찰스를 어깨에 메고 석방을 축하해 주고 있는 바로 그 사람들이, 내일이면 사형대 앞에 모여들어 다섯 죄수들의 목이 단두대의 칼날에 잘려 굴러 떨어지는 것을 기뻐하며 지켜볼 것이었다.

마네트 박사는 루시에게 찰스가 석방되었다는 소식을 어서 빨리 알려 주고 싶어 환호하는 군중들을 앞질러 달려갔다. 그녀는 프로스와 딸 루시와 함께 숙소 밖에 나와 소식을 기다리고 있었다. 아버지가 전하는 얘기를 다 듣고 난 루시는 감격에 겨워 눈가에 맺힌 눈물을 훔쳤다.

그들은 이곳에서 보낸 십수 개월 동안 단 한 번도 행복에 찬 웃음소리를 낸 적이 없었다. 이제야 비로소 그들은 마음 놓고 다 같이 큰 소리로 웃으며 기쁨에 겨운 이야기꽃을 피울 수 있었다.

루시는 아버지를 꼭 끌어안고는 고맙다고 말했다. 하지만 그러면서도 그녀는 행여 무언가 또 잘못되지나 않을까, 하는 불안한 마음을 완전히 떨쳐 낼 수가 없었다. 그런 딸의 마음을 눈치챈 마네트 박사는 소리 내어 웃으면서 말했다.

"애야, 걱정 말아라. 내가 정말로 찰스를 살려 낸 것이란다!"

마침내 찰스가 집에 도착했다. 이제 정말로 온 가족이 다시 모이게 된 것이었다. 하지만 집 밖에서는 찰스와는 달리 목숨을 구하지 못한 죄수들을 가득 실은 호송 마차들이 끊임없이 바퀴 소리를 내며 지나가고 있었다. 그 소리에 루시 가족들은 진정으로 마음 놓고 행복을 누릴 수가 없었다.

당시 파리에서는 한집에 거주하는 사람들의 이름을 빠짐없이 출입문 위에 페인트로 써 놓도록 법으로 정해 놓고 있었다. 그래서 제리는 찰스의 이름을 문 위에다 추가로 적어 넣었다.

루시 가족은 하인을 두지 않고 살았다. 표면적으로는 경제적인 여유가 없기 때문이었지만, 다른 한편으로는 혹시라도 그들을 밀고할 첩자를 고용할지도 모른다는 두려움 때문이기도 했다. 그래서 집안 살림의 대부분을 제리와 프로스가 도맡아 처리했다.

그날 오후에도 두 사람은 다른 때처럼 필요한 것들을 구입하러 장에 가야 했다. 그날은 특별히 축하 파티에 쓸 음식을 사 올 예정이었다.

집을 나서기 전, 프로스는 그동안 몇 번이나 묻고 싶었으나 마음속에만 담아 두었던 질문을 꺼냈다.

"마네트 박사님, 이젠 영국으로 돌아갈 수 있나요?"

마네트 박사가 대답했다.

"안타깝지만 아직은 안 돼. 너무 빨리 이곳을 떠나면, 국경에 도착하기도 전에 찰스가 다시 위험해질 수도 있어."

프로스는 한숨을 가까스로 참는 듯했다. 얼굴에는 불만스러운 기색이 역력했다.

자비스가 은행으로 돌아가자, 마침내 마네트 박사와 루시, 찰스, 그들의 어린 딸만이 남아 난롯가에 모여 앉았다. 보기만 해도 흐뭇한, 무엇 하나 부족함이 없는 단란한 가족의 모습이었다. 루시와 찰스는 미소가 넘치는 얼굴로 서로를 마주 보며 대화를 나누고, 마네트 박사는 손녀에게 옛날이야기를 들려주고 있었다.

그런데 갑자기 루시가 흠칫 놀라며 고개를 돌렸다.

"이게 무슨 소리지요?"

그녀는 외치듯이 물었다.

"계단에서 발소리가 나는 것 같아요!"

찰스와 마네트 박사는 그녀가 잘못 들은 것이라고 말하면서 루시를 안심시키려 했다. 그러나 바로 그 순간, 방문을 쾅쾅 두드리는 소리가 들려왔다.

"오, 아버지, 찰스를 숨기세요. 제발 찰스를 살려 주세요!"

"애야, 난 이미 찰스를 한 번 구해 내지 않았느냐! 그러니 걱정 말아라. 내가 가서 문을 열어 보마."

마네트 박사가 문을 열자, 빨간 두건을 쓴 네 명의 사내들이 방 안으로 우르르 몰려 들어왔다.

"시민 에브레몽드, 당신을 공화국의 죄수로 체포하겠소!"

"이게 어찌 된 일이오? 대관절 무슨 죄로 나를 또다시 체포하는 거요?"

찰스가 따져 물었다.

"고발에 따라 당신을 잡아 오라는 명령을 받았소. 재판은 내일 열릴 것이오."

"대체 누가 이 사람을 고발했단 말이오?"

마네트 박사가 소리쳐 물었다.

"대체 무엇 때문에 고발한 것이오?"

네 명의 빨간 두건 가운데, 그나마 마음이 약해 보이는 사람이 마네트 박사의 시선을 피하면서 대답했다.

"애국 시민 드파르주 부부가 고발했습니다. 그리고 한 사람이 더 있는데……."

"또 한 사람이 있다고? 그게 누구요?"

마네트 박사는 윽박지르다시피 물었다.

"내일 알게 될 것입니다. 재판정에서 말입니다."

그들은 찰스를 체포하여 감옥으로 끌고 갔다.

제 15 장
북쪽 탑에서 발견된 편지

한편, 프로스와 제리는 집에서 무슨 일이 벌어졌는지도 모른 채 장을 보고 있었다. 어지간한 물건들은 대부분 구입했고, 마지막으로 한 가지만 남겨 두고 있었다. 찰스가 무사히 집으로 돌아온 사실을 축하하며 마실 포도주였다.

술집 주인을 기다리고 있을 때, 저쪽 어두운 구석에서 누군가와 이야기를 나누고 있던 남자가 그만 가려는 듯 자리에서 일어섰다. 그가 프로스의 코앞까지 걸어 나왔을 때, 그녀는 그 얼굴을 보고는 소스라치듯 놀라 외마디 비명을 질렀다. 그녀의 뒤에 서 있던 제리 역시 유령이라도 본 듯 놀라는 표정을 지었다. 프로스의 비명에, 술집에 있던 다른 손님들도 놀라 벌떡 일어섰다.

"아니, 솔로몬!"

프로스가 외쳤다.

"네가 여긴 웬일이니?"

"쉿, 이 바보야. 나를 솔로몬이라고 부르지 마! 내 목숨이 끝장나는 꼴이라도 보고 싶은 거야?"

사내는 날이 선 목소리로 작게 말했다. 영어를 썼지만, 옷차림새로 볼 때 영락없는 프랑스 인이었다.

"그렇지만 얘야, 내가 널 얼마나 보고 싶⋯⋯."

"입 다물라니까! 여기선 이야기할 수 없으니 포도주 값을 치르고 당장 밖으로 나와, 알았어?"

프로스는 눈물이 앞을 가려 돈을 셀 수도 없을 지경이었지만 어쨌든 남동생이 시키는 대로 하고 따라 나갔다. 문 쪽으로 걸어가던 솔로몬은 잠시 걸음을 멈추고 술집의 손님들을 돌아보고는 조금 전 소란을 피운 것에 대해 뭐라고 설명을 했다. 완벽한 프랑스 말이었는데, 프로스는 무슨 말인지 전혀 알아들을 수 없었다. 그런데 그 말이 효과가 있었는지 손님들은 모두 제자리에 앉아 다시 술을 마시기 시작했다.

어두컴컴한 거리의 한쪽 구석에 이르자, 안전한 곳이라고 판단한 솔로몬은 누나에게 모질게 대들었다.

"대체 뭘 어쩌자고 이러는 거야?"

"어쩜 네가 나한테 이렇게 말할 수 있니? 어떻게 이처럼 쌀쌀

맞게 굴 수 있단 말이냐? 그동안 네 행방을 알 수가 없어, 내가 얼마나 애태우며 걱정했는데……."

"난 잘 있었어. 이제 됐지? 괜히 남의 일에 간섭하지 말아 줘. 나는 누나가 파리에 와 있다는 것을 이미 알고 있었어. 내가 모르는 것은 하나도 없어. 누나에게 연락할 필요가 있었으면 벌써 했을 거야. 하지만 그럴 필요가 전혀 없었지. 난 이곳에서 존경받는 자리에 있어. 시민들을 위한 공화국 관리로 일하고 있거든. 하지만 내가 영국인이라는 사실이 사람들한테 알려지면 끝장이라고!"

프로스는 매정하게 구는 동생을 그저 바라보기만 할 뿐 뭐라 대꾸조차 하지 못했다. 그때 옆에 있던 제리가 입을 열었다.

"이봐요, 하나만 물어봅시다. 당신 이름이 솔로몬 존이오, 아니면 존 솔로몬이오?"

그 말을 들은 사내는 얼굴이 하얗게 질리면서 목소리를 낮춰 대꾸했다.

"대체 무슨 말을 하는 거요?"

"난 전에 당신을 본 적이 있소. 당신은 올드 베일리 재판소에서 증인으로 나온 적이 있었소. 내 기억이 정확하다면 아마도 찰스 다네의 재판이었을 거요. 그런데 그때 당신의 성은 결코 '프로스'가 아니었소. 정확히 생각나진 않지만, 분명 두 음절로 된 다른 성이었던 것으로 기억하오. 그리고 이름인지 성인지는 모르겠으나 '존'이라는 단어가 들어갔던 것 같은데······."

"도대체 당신이 지금 무슨 말을 하고 있는 건지 나는 잘 모르겠소만······."

솔로몬은 거만한 태도로 대답하려 했다. 그때 길가 그늘진 곳에서 누군가의 목소리가 들려왔다.

"그건 '바사드'라네, 제리."

목소리의 주인공은 스트라이버의 자칼이자, 루시를 향해 지고지순한 사랑을 표현한 시드니 카턴이었다. 시드니는 바로 그 전날 파리에 도착했다. 루시와 마네트 박사가 전날 자비스의 사무실에서 본 승마용 상의는 바로 그의 것이었다. 그는 자신이 파리에 온 사실을 아무에게도 알리지 않았을뿐더러, 루시에게 도움이 될 만한 무언가를 찾기 전엔 그녀 앞에 나타나지 않을 작정이었다.

"난 우연히 당신이 콩시에르제리 감옥에서 나오는 것을 보았소. 그 순간 당신을 전에 보았던 기억이 나서 곧바로 뒤를 밟기 시작했지."

시드니는 솔로몬에게 말했다.

"우리하고 갈 데가 있소."

솔로몬은 이를 거절하려고 했다. 하지만 시드니가 술집에 있는 애국 시민들을 불러내서, 그들에게 솔로몬이 영국의 첩자라는 사실을 알리겠다고 위협하자 하는 수 없이 따라 나섰다.

프로스는 집으로 돌아갔고, 시드니와 제리는 꾸물거리는 솔로몬을 잡아끌며 텔슨 은행으로 향했다. 은행에 도착하자 그들은 곧장 자비스를 찾았다. 솔로몬을 본 자비스는 고개를 갸웃거리면서 말했다.

"이 사람, 어디선가 본 적이 있는 것 같은데 생각이 잘 안 나는군."

그 말을 들은 시드니가 거들었다.

"올드 베일리의 첩자, 존 바사드인데 기억 안 나십니까? 찰스가 재판을 받을 때 이자가 증인으로 나왔지요. 그런데 이자가 프로스 양의 남동생 솔로몬이라고 하는군요."

이 말에 자비스는 솔로몬을 못마땅한 시선으로 쳐다보았다. 시드니는 계속해서 말했다.

"그런데 이보다 더 놀라운 소식이 있습니다. 찰스가 다시 체포되었답니다. 이자가 콩시에르제리 감옥에서 함께 근무하는 동료 간수와 이야기하는 것을 들었습니다."

자비스와 제리는 화들짝 놀라면서 솔로몬을 돌아보았다. 그는 움찔하며 한 걸음 뒤로 물러섰다.

"도대체 어떻게 된 거지?"

자비스가 말했다.

"두 시간 전만 해도 분명히 찰스가 집에 있는 것을 보고 나왔는데……."

"솔로몬에게 물어보시지요."

시드니가 제안했다.

"사실이오."

솔로몬은 더듬거리며 말했다.

"그는 고발을 당해 다시 체포되었고, 재판은 내일 열릴 예정이오."

"하지만 마네트 박사의 이름 덕분에 곧 석방되겠지?"

자비스의 말에 시드니가 어깨를 으쓱해 보이면서 말했다.

"저는 걱정스럽습니다. 찰스가 다시 체포되리라는 사실을 어째서 박사님이 몰랐을까요? 왜 저들이 박사님한테 알리지 않았을까요? 제 생각으로는 내일 재판에서는 박사님의 영향력이 그다지 소용없을 것 같은 예감이 듭니다. 그렇지 않고서는 사태가 이런 식으로 벌어질 리 없습니다. 지금 이 도시에서의 삶은 카드 게임과도 같습니다. 언제든 이길 수도 질 수도 있는, 말하자면 이기는 사람과 지는 사람이 한순간에 뒤바뀌곤 하는 카드 게임 말입니다. 아무도 승패를 알 수 없는 예측불허의 카드 게임 말이죠."

시드니는 잠시 말을 멈추고 브랜디 한 잔을 단숨에 들이켰다. 그러고는 솔로몬을 돌아보며 말했다.

"하지만 난 아주 좋은 패를 손에 들고 있는 셈이지. 바로 찰스가 수감된 감옥의 간수인 당신이 내 손 안에 있으니까 말이야!"

"난 당신을 도와줄 수 없소. 탈옥은 불가능한 일이오."

솔로몬은 힘주어 말했다.

"도와주지 않겠다고? 참으로 유감일세. 그럼 내가 들고 있는 패를 좀 보여 줘야겠군. 당신은 과거에 영국 정부를 위해 일하는 첩자였어. 지금 프랑스 자유 공화국에서 첫손으로 꼽히는 적인 영국 귀족 정부를 위해서 말이야! 따라서 당신이 지금 프랑스를 위해 일한다고 하지만, 실제로는 영국을 위해서 일하는 이중 첩자가 아니라고 그 누가 단언할 수 있을까?"

"그건 사실이 아니오!"

"과연 그럴까? 파리의 애국 시민들이 당신의 말을 믿어 줄까? 자, 내 패가 꽤 쓸 만하지 않소? 이래도 날 도와줄 마음이 들지 않소?"

솔로몬은 말없이 잠자코 있었다. 그가 관여한 여러 불법 행위들은 다 제쳐 두고라도 단지 영국 첩자였다는 사실 하나만 알려져도 그는 즉시 감방에 처박히는 신세가 되고 말 것이었다.

사실, 시드니가 추측하는 것 이상으로 솔로몬의 처지는 위험해질 수 있었다. 한때 그는 단두대에서 처형된 프랑스 왕을 위한 첩자로 활동했는데, 이 사실까지 밝혀진다면 그의 죄는 더욱 무거워질 것이 뻔했다.

그 당시 솔로몬이 정탐한 사람 가운데에는 드파르주도 포함되어 있었다. 그 드파르주가 바로 지금 혁명의 최전선에서 중심

인물로 활약하고 있는 것이다! 게다가 쉬지 않고 뜨개질을 해 대는 드파르주 부인을 처음 만났을 때, 온몸을 타고 훑어 내리던 그 오싹한 전율은 아직도 그의 기억에 생생하게 남아 있었다. 그녀는 이제 매일 자신이 뜨개질로 기록해 둔 명부를 하나하나 확인하고 있을 텐데, 자신의 이름인 존 바사드가 그 명부에 올라 있는 것은 두말할 나위 없이 명백한 사실이었다.

시드니가 다시 말했다.

"그런데 아까 술집에서 당신과 함께 있던 사람이 누구였더라? 그자도 어디선가 본 얼굴인데……."

"그럴 리 없소. 그는 프랑스 인이오."

솔로몬이 재빨리 대꾸했다.

"아냐, 프랑스 인 치고는 억양이 너무 이상했어. 내가 장담하건대 그는 프랑스 인으로 위장한 영국인임에 틀림없어. 아, 맞아! 그자는 로저 클라이야! 올드 베일리의 또 다른 첩자였던 그 클라이!"

무릎을 치며 기억을 되살린 시드니의 말에 제리가 눈을 빛내며 바싹 다가앉았다.

"클라이는 죽었소."

솔로몬이 비웃듯이 말했다.

"그의 시체를 관에 넣을 때 나도 곁에서 보았소."

순간 제리가 벌떡 일어나며 소리쳤다.

"클라이는 죽지 않았어! 그의 이름이 붙은 관이 아직도 묘석 밑에 묻혀 있을지는 모르겠지만, 그 관 안에는 흙과 벽돌밖에 없었어!"

솔로몬은 금세 낯빛이 창백해지더니 온몸을 부들부들 떨기 시작했다. 그가 반문했다.

"당신이 그걸 어떻게 안단 말이오?"

"내가 그걸 어떻게 알든 그건 네놈이 상관할 일이 아냐. 하지만 그건 분명한 사실이야! 그 일을 생각하면 네놈 모가지라도 비틀어 버리고 싶은 심정이다. 이 올드 베일리 첩자 녀석아!"

자비스와 시드니는 자못 흥미롭다는 표정을 지으며 제리를 진정시켰다. 하지만 그들 역시 도대체 제리가 어떻게 클라이의 죽음이 위장된 것이라는 사실을 알고 있는지 궁금했다.

"고맙네, 제리."

시드니는 제리에 이어 솔로몬을 돌아보며 말했다.

"이거 패가 점점 좋아지는걸. 당신이 다른 영국 첩자와 내통하고 있다는 사실까지 밝혀졌으니 말이야. 자, 아직도 날 돕지 않겠다고 버틸 셈인가?"

"하지만 이미 말했듯이, 탈옥은 불가능하오."

"아니, 내가 언제 탈옥 얘기를 했나? 난 그저 당신이 얼마나 쉽게 감옥을 드나들 수 있는지 알고 싶을 뿐이야."

"그건 언제든지 내 마음대로 할 수 있소."

"잘됐군. 그럼 나하고 잠깐 옆방으로 가실까? 당신에게 은밀히 제안하고 싶은 것이 있으니까."

두 사람이 문을 닫고 나가자 자비스가 제리를 돌아다보며 말했다.

"자, 제리, 말해 보게. 자넨 은행에서 심부름하는 일 말고 또 무슨 직업을 가지고 있나?"

제리는 선뜻 대답을 하지 못한 채 곤혹스러운 표정으로 머뭇거렸다.

"부디 자네가 텔슨 은행의 명성을 방패 삼아 뭔가 수상한 일을 벌이지 않았기만을 바라네. 그러나 만약 그런 일을 했다면, 내 미리 경고해 두건대 다른 일자리를 찾아보는 게 좋을 걸세."

그러자 제리는 자비스에게 호소하듯 말했다.

"나리, 무엇이든 양면성을 띠는 법이잖습니까? 저는 그저 의학 분야에 필요한 물자를 공급하는 일을 했을 뿐입니다."

"자네가 그런 일을 했다니 놀랍군!"

자비스는 간단히 대꾸하고는 외면해 버렸다. 제리는 진땀을 뻘뻘 흘리면서 한참 변명을 늘어놓더니 그에게 매달리듯 간청했다.

"나리, 제발 제 아들 녀석과 마누라를 봐서라도 이 사실은 비밀로 해 주십시오. 말씀하신 대로 다른 일자리를 찾아보도록 하겠습니다. 하지만 제가 은행에서 하던 일을 혹시 제 아들 녀석이 물려받게끔 해 주실 수는 없는지요? 그놈이 제 어미를 부양할 수 있도록 말입니다."

자비스는 제리와 대화를 하면서 마음이 꽤 누그러졌다. 그래서 그의 부탁을 들어주는 쪽으로 마음이 기울었다. 런던에서 그가 어떤 수상한 일을 했건 간에, 적어도 이곳 파리에서만큼은 충직한 하인으로서 열심히 일하고 있었기 때문이다. 그러나 그때 시드니와 솔로몬이 불쑥 나타나는 바람에 두 사람의 대화는 중단되고 말았다.

"잘 가시오, 존 바사드."

시드니가 말했다.

"당신이 약속한 것을 그대로 지키기만 한다면, 당신은 나를 두려워할 필요도 없고, 위험에 빠질 일도 없을 것이오."

제리와 솔로몬이 떠나고 시드니와 단둘이 남아 있게 되자, 자비스는 즉시 시드니에게 그의 계획이 무엇인지 물었다.

"내일 찰스가 유죄 판결을 받을 경우, 감방에 가서 그를 한번 만나 볼 수 있게끔 얘기해 놓았습니다."

"그것뿐이오?"

"현재로서는 가능한 게 그것밖에 없습니다. 그 이상 요구하는 것은 솔로몬에게 단두대로 가라는 말밖에 되지 않으니까요."

"하지만 그걸로는 찰스를 구해 낼 수 없지 않소?"

"물론 그렇습니다. 하지만 현재 우리가 할 수 있는 일은 그뿐입니다, 자비스 씨. 그건 그렇고, 루시 양에게는 알리지 말아 주십시오. 그녀까지 찰스를 만나 보게 할 수는 없었습니다. 그건 너무 위험해요. 제가 파리에 와 있다는 사실도 그녀에게 이야기하지 말아 주십시오. 아무래도 저는 그녀를 만나지 않는 게 좋을 것 같습니다."

자비스는 그렇게 하겠다는 뜻으로 고개를 끄덕였다. 두 사람은 난로 앞에 한참 동안 망연히 앉아 있었다. 자비스는 곧 조용히 눈물을 닦기 시작했다.

시드니는 그런 자비스를 동정이 가득 담긴 눈길로 바라보며 말했다.

"자비스 씨, 당신은 참으로 선한 분이시고 또 진실한 친구로군요. 나도 인생을 당신처럼 살았으면 얼마나 좋을까, 하는 생각이 듭니다."

"하지만 난 이미 노인이고, 당신은 아직 젊지 않소?"

"물론 그렇긴 합니다. 하지만 자비스 씨, 당신은 한 가족 전체에게서 사랑을 받고 있습니다. 그들은 훗날 당신이 세상을 떠났을 때 눈물을 흘리며 당신을 그리워할 것입니다. 하지만 나에게는 그럴 사람이 아무도 없답니다. 자비스 씨, 한번 말해 보십시오. 만약 당신이 평생 동안 선하고 가치 있는 일을 하나도 한 적이 없다면 당신은 그 인생을 쓸모없는 것이라고 여기지 않겠습니까?"

"그야 당연히 그렇게 생각하겠지."

두 사람은 한동안 말없이 난롯불을 바라보며 앉아 있었다. 그러다 침묵을 깨고 시드니가 물었다.

"언제 영국으로 떠나실 건가요?"

"이곳에서의 내 업무는 다 끝났소. 사실 하루라도 빨리 이곳을 떠나 영국으로 돌아가고 싶은 마음뿐이오. 하지만 마네트 박사님 가족을 이대로 남겨 두고 떠날 수는 없소."

"당신 자신은 프랑스를 빠져나가는 데 아무런 지장이 없나 보군요?"

"그렇소, 내 서류에는 아무 문제가 없소."

자비스는 자리에서 일어나면서 대답했다.

"마네트 박사님 댁에 좀 가 봐야겠소. 루시는 지금 제정신이 아닐 거요. 내일 열릴 재판에 당신도 참석할 거죠?"

"네. 하지만 함께 앉지는 못할 것입니다. 바사드한테 따로 자리를 잡아 놓으라고 했거든요."

두 사람은 나란히 집을 나섰다. 자비스는 마네트 박사의 거처로 향했고, 시드니는 거리를 걷기 시작했다. 남들이 보기에는 정처 없는 발걸음 같았지만, 사실은 루시가 다녔으리라 여겨지는 길만 찾아서 걷고 있었다.

마침내 그는 라포르스 감옥 건너편에 다다랐다. 나무꾼이 자기 집의 대문 밖에 나와 담배를 피우고 있었다. 시드니는 나무꾼에 대해 루시가 느꼈던 것과 똑같은 혐오감을 느꼈지만, 이를 내색하지 않고 상냥하게 그의 말 상대가 되어 주었다.

"오늘 단두대에 목이 날아간 사람이 예순세 명이나 된다오!"

나무꾼은 신명이 나서 말했다.

"이제 곧 하루 백 명 선에 이르고 말 테니 두고 보시오. 단두대에서 목이 날아가는 광경을 꼭 한번 가서 보시구려!"

시드니는 그자의 멱살을 잡고 한바탕 두드려 패 주고 싶은 충동을 간신히 참았다. 그는 정중하게 작별 인사를 한 뒤 그곳을 떠났다.

시드니는 계속해서 길을 걷다가 아직 문을 닫지 않은 약국을 발견하고는 안으로 들어갔다. 그는 약사에게 쪽지 하나를 건네주었는데, 거기에는 두 종류의 약 이름이 적혀 있었다. 약사는 그것을 보더니 놀란 표정을 지었다.

"이 두 가지 약을 동시에 먹으면 어떻게 되는지 혹시 알고 계신가요?"

약을 내주면서 약사가 경고하듯이 말했다.

"몇 시간 동안 정신을 잃고 쓰러져 있게 되니 주의하십시오."

시드니는 고개를 끄덕인 뒤 약을 받아 들고 돈을 지불했다. 약국을 나와 다시 걸었다. 밤새도록 걸으면서 그는 자신의 어린 시절에 대한 기억을 떠올렸다. 부모님의 장례식 광경을 아직도 생생하게 그릴 수 있었다.

이상하게도 그의 머릿속에서는 아버지 묘비에 새겨진 '나는 부활이요 생명이니'라는 성경 구절이 자꾸만 맴돌았다. 그는 그 구절을 계속 반복해서 중얼거렸다. 밤새도록.

다음 날 아침, 시드니는 아침 식사를 대충 때우고는 서둘러 법정으로 달려갔다. 솔로몬이 그를 위해 눈에 잘 띄지 않으면서도 재판을 지켜보기에 좋은 자리를 잡아 놓고 기다리고 있었다. 시드니는 사람들이 솔로몬을 두려워하며 피한다는 것을 알아차렸다.

자비스와 마네트 박사, 그리고 루시도 이미 와 있는 것이 눈에 띄었다. 남편이 법정에 들어서자 루시는 사랑이 가득 담긴 눈길로 바라보았다. 법정에 있는 사람들은 누구나 찰스의 표정이 어렴풋이 밝아지는 것을 알아차릴 수 있었다. 만약 그 순간 시드니의 얼굴을 함께 바라본 사람이 있었다면, 그의 표정에도 비슷한 변화가 일어난 것을 느낄 수 있었을 터이다. 하지만 시드니의 표정을 주시하는 사람은 아무도 없었다.

재판이 시작되었다. 검찰은 찰스가 온갖 특권을 휘두르며 포악하게 민중을 억압한 귀족 가문의 일원이라는 사실을 밝혔다. 그리고 그가 다시 재판을 받게 된 것은 새로운 증거가 발견되었기 때문이라는 설명과 함께, 애국 시민 세 명이 그를 공개적으로 고발했다고 진술했다.

"그들은 누구입니까?"

"에르네스트 드파르주와 그의 아내 테레즈 드파르주입니다."

"나머지 한 사람은?"

"알렉상드르 마네트입니다."

순간 법정은 큰 소란에 휩싸였다. 마네트 박사는 자리에서 벌떡 일어나 큰 소리로 외쳤다.

"그건 날조된 것이오! 나는 내 사위를 고발한 적이 없소!"

"조용히 하시오! 공화국이 당신 딸을 희생시키라고 요구한다 해도 당신은 애국 시민으로서 그것에 응해야 할 것이오! 자, 먼저 증거가 무엇인지 경청하시오."

마네트 박사는 자리에 앉았다. 그의 입술은 심하게 떨리고 있었다. 루시가 그의 팔을 붙잡으면서 부축했다.

드파르주가 증인으로 나왔다. 그는 바스티유 감옥을 점령했을 때 어떤 일이 있었는지 설명하라는 요구를 받았다. 그는 북쪽 탑 105호 감방을 찾아갔다고 말했다. 그리고 감방을 수색하다가 굴뚝 안 구멍 속에 감춰져 있는 편지 한 장을 발견했다고 진술했다.

"저는 그 편지를 필체 전문가에게 가져가서 검사를 의뢰했습니다."

드파르주는 모든 사람이 볼 수 있도록 편지를 높이 들어 보이면서 선언하듯 말을 이었다.

"그 결과 이 편지는 바로 알렉상드르 마네트 박사가 쓴 것으로 밝혀졌습니다."

편지는 검사에게 건네졌고, 검사는 즉시 낭독하기 시작했다. 사람들의 시선은 모두 마네트 박사에게로 쏠렸다. 마네트 박사는 아무에게도 주의를 기울이지 않은 채 오직 검사가 들고 있는 그 편지만 뚫어져라 노려보고 있었다.

편지에는 다음과 같은 내용이 씌어 있었다.

나, 알렉상드르 마네트는 1767년 12월, 감방 안에서 온전한 정신으로 이 글을 쓴다. 이 편지는 아무도 모르게 틈틈이 쓴 것으로, 간수들이 찾아내지 못하도록 굴뚝 안에 작은 구멍을 파서 넣어 두곤 했다. 나는 숯 검댕에 피를 섞어 이 편지를 쓰고 있다. 내가 석방되거나 구출될 가능성은 이제 전혀 없는 듯하다. 나는 언젠가 누군가가 이 편지를 발견하고 진실을 밝혀 주지 않을까, 하는 한 가닥 희망에 기대어 편지를 쓸 뿐이다.

1757년 12월 22일, 나는 집 근처에 있는 센 강변을 걷고 있었다. 그때 마차 한 대가 빠른 속도로 달려와 멈추더니 그 안에 있는 누군가가 내 이름을 불렀다. 마차 안에는 신사 두 명이 타고 있었다. 그들은 너무나 꼭 닮아서 한눈에 쌍둥이라는 사실을 알 수 있었다. 그들은 나보고 마네트 박사가 맞냐고 묻고는, 우리 집에 갔더니 강변에서 산책 중이라기에 이렇게 찾아왔노라고 덧붙였다. 그러고는 급한 환자가 있다고 하면서, 나를 거의 강제로 잡아끌다시피하여 마차에 태웠다.

마차는 전속력으로 질주해 어느 황량한 뜰 안에 있는 외딴 저택 앞에서 멈췄다. 두 신사는 현관 앞에서 종을 울려 사람을 불렀는데, 이삼 분가량 기다리자 하인이 나와서 문을 열어 주었다. 두 신사는 자신들을 오래 기다리게 했다고 크게 화를 내면서 하인에게 혹독하게 발길질을 해 댔다.

나는 침실처럼 보이는 방으로 안내를 받았다. 거기에는 스무 살 정도로 보이는 아름다운 여자가 침대 위에 누워 있었다. 그녀는 뇌에 이상 증세를 보이며 고열에 시달리고 있었고, 자해를 하거나 다른 사람에게 해를 끼치지 못하도록 두 팔을 양쪽 침대 기둥에다 묶어 놓은 상태였다.

그녀의 한쪽 팔은 남자용 스카프로 묶여 있었다. 그 스카프에는 'E'가 들어간 귀족 가문의 문장이 수놓여 있었다. 나중에 안 것이지만, 그것은 에브레몽드 후작 가문의 문장이었다.

젊은 여자는 그동안 몸을 이리저리 거세게 비틀어 댔는지, 침대 시트와 담요에 휘감겨 거의 질식하기 직전이었다. 나는 조심스럽게 그녀의 몸을 움직여 숨을 편히 쉴 수 있도록 해 주었다. 그러자 갑자기 그녀가 소리를 지르기 시작했다.

"내 남편, 우리 아버지, 내 동생!"

그러더니 격렬하게 몸을 들썩이며 흐느꼈다. 이런 행동은 계속 반복되었는데, 마치 고통으로 몸부림치는 영혼의 절규와도 같았다.

"이렇게 된 지 얼마나 됐습니까?"

나는 그 거만한 쌍둥이 신사 중 한 사람에게 물었다.

"어젯밤부터 그랬소."

"이 여자의 가족이 남편하고 아버지, 남동생인가 보지요?"

"남동생이 있긴 하오."

"그게 당신인가요?"

"무슨 소릴!"

그는 경멸에 찬 얼굴로 대답했다.

나는 그녀를 진정시키기 위해 최선을 다했다. 하지만 그녀가 살아날 가능성은 거의 없어 보였다. 그리고 놀랍게도 그녀는 임신 초기였다.

내가 그녀를 위해 할 수 있는 모든 조치를 취하고 나자, 형제 중하나가 무심한 말투로 나에게 말했다.

"환자가 한 명 더 있소."

나는 놀라서 그들을 쳐다봤다.

"급한 환자가 또 있다는 것인가요?"

"뭐, 그런 셈이오."

말을 꺼낸 자가 시큰둥하게 대답했다. 그들은 나를 마구간 위에 있는 다락방으로 데리고 갔다. 거기에는 열일곱 살가량 되어 보이는 소년이 아무렇게나 깔아 놓은 건초 더미 위에 쓰러져 있었는데, 심하게 부상을 당해서 거의 죽기 직전이었다.

나는 소년에게 내가 의사이며 그를 치료하러 왔다고 말했다. 그는 칼에 찔려 깊은 상처를 입고 있었는데, 고통을 간신히 참아 가며 나에게 자신의 억울한 사정을 털어놓기 시작했다.

소년은 아까 치료했던 젊은 여자의 남동생이었다. 아버지와 젊은 여자, 소년과 어린 여동생이 한가족이었다. 이 가족은 쌍둥이 귀족 형제가 소유한 영지에서 소작을 부쳐 먹고 살았다. 그들은 아무런 권리도 갖지 못한 힘없는 사람들이었는데, 쌍둥이 형제 중 하나가 오래전부터 소년의 누나에게 흑심을 품고 있었다. 그는 그녀의 미모에 끌리긴 했으나, 그녀의 계급이 낮았기 때문에 결혼할 생각은 전혀 없었다. 그저 얼마 동안 그녀를 농락하며 즐기고 싶을 뿐이었다.

그녀의 아버지는 귀족의 회유를 거부하면서 딸을 지키기 위해 끝까지 싸웠다. 그러자 귀족 형제는 압력을 가해 소년의 가족이 소작은 물론, 다른 일도 얻지 못하게 했다. 소년의 가족은 극심한 굶주림 속에서 죽지 못해 간신히 살아갔다.

그 와중에 급기야 아버지가 세상을 떠나고 말았다. 그 후에는 다행히 소년의 누나가 선량한 남자를 만나 결혼을 하였고, 소년과 여동생은 그녀의 도움을 받아 그럭저럭 살 수 있었다. 얼마 후에 그녀는 아기도 가졌다.

그러나 쌍둥이 귀족 중 하나는 그녀를 차지하겠다는 욕심을 여전히 버리지 않고 있었다. 그는 그녀의 남편을 잡아다가 잔인하게 때려서 죽인 다음 그녀를 납치해 끌고 갔다. 이 장면을 본 그녀의 남동생은 누나를 구출하기 위해 칼을 집어 들고 귀족의 뒤를 쫓아갔다. 그는 누나를 납치한 귀족과 싸우다가 큰 부상을 입고 말았다. 그러고는 누나도 구하지 못한 채 이렇게 피를 흘리며 죽어 가고 있었다.

소년의 곁에는 병사들이 쓰던 낡은 칼 한 자루가 부러진 채로 떨어져 있었다. 그리고 그 옆에는 귀족이 사용하는, 단단하고 예리한 현대식 검이 피로 얼룩진 채 버려져 있었다. 귀족이 얼마나 손쉽게 싸움에서 이길 수 있었는지는 그것만 보아도 충분히 알 수 있었다.

소년은 내 팔을 꽉 붙잡고 상체를 조금 들어 올리더니 쌍둥이 귀족 중 한 명을 향해 고통스럽게 입을 열었다. 소년의 누나를 납치하고, 소년에게 치명적인 부상을 입힌 다른 형제는 이미 방에서 나가고 없었다.

"이 후작 놈아."

그는 말했다.

"네놈 형제들보다 악랄한 인간은 이 세상에 없을 것이다. 너희 두 놈에게 하늘의 저주가 내리길 빌겠다!"

소년은 칼에 찔린 상처에다 손을 푹 찔러 넣어 흘러나온 피로 손가락을 흥건히 적셨다. 그러고는 그 손으로 자기 가슴에 십자가를 그었다. 이 동작을 두 번이나 반복하고 난 뒤, 그는 결국 기력이 다하여 숨을 거두었다. 나는 그를 건초 더미 위에 가만히 내려놓았다.

나는 소년의 누나가 있는 방으로 돌아갔다. 그녀는 스물여섯 시간 동안 내내 고열에 시달리며 헛소리를 하다가 끝내 정신을 잃고 혼수상태에 빠졌다.

그녀의 이런 상태는 일주일 동안 계속되었는데, 이따금 열이 내려 잠깐 동안 정신이 들면 조리 있게 이야기를 하기도 했다. 그녀와 이야기를 나누다가, 나는 성과 이름이 무엇인지 물어보았다. 혼자 있을 그녀의 불쌍한 여동생을 찾아내 혹시라도 도움을 줄 수 있을까 하는 생각으로 물은 것이었지만, 그녀는 그것조차도 위험하다고 판단했는지 알려 주려고 하지 않았다.

쌍둥이 귀족 형제는 그녀가 있는 방 근처에서 내내 얼씬거렸다. 그러다 가끔 방으로 들어와 그녀가 숨을 거뒀는지 확인을 하면서, 아직 죽지 않은 것이 짜증스럽다는 듯한 표정을 짓곤 했다. 소년이 죽기 전 나에게 이야기하는 것을 곁에서 들었던 쌍둥이 귀족 중 형은 혐오감으로 가득 찬 눈길로 종종 나를 바라보곤 했다.

그녀는 결국 죽고 말았다. 그녀의 마지막 순간을 지켜본 사람은 나밖에 없었다.

나에게서 그녀가 숨을 거두었다는 말을 들은 쌍둥이 귀족 형제는 기쁨을 감추지 못했다. 그들은 이제 나의 일이 다 끝났다고 축하의 말을 건네면서 수고비 조로 금화 몇 닢을 주었다. 하지만 나는 정중하게 거절했다. 그들은 서로 시선을 주고받더니 더 이상 아무 말도 하지 않았다.

나는 그들이 내어 준 마차를 타고 아내가 기다리는 집으로 돌아왔다. 다음 날 아침, 우리 집 현관 계단에는 금화 몇 닢이 던져져 있었다. 나는 아내에게 그동안 있었던 일을 이야기하지 않았다. 당시 아내는 임신 중이었으므로, 놀라게 하거나 불안하게 만들고 싶지 않았기 때문이다.

대신 나는 정부 관리에게 편지를 써서 내가 목격한 것을 전부 알리기로 결심했다. 귀족들이 엄청난 세도를 부리고 있는 상황에서 그들의 행패가 법의 심판을 받게 될 가능성은 거의 없었지만, 적어도 내가 할 수 있는 만큼은 해야 할 것 같았다.

12월 31일, 내가 막 편지를 쓰고 난 후였다. 아름다운 젊은 부인이 어린아이와 함께 나를 찾아왔는데, 그녀는 자신을 에브레몽드 후작의 아내라고 소개했다. 그녀는 소년의 누나가 사망한 사실을 아직 모르고 있었다. 그래서 그녀에게 뭔가 도움을 주고 싶은 마음에 그녀의 행방을 물으러 찾아온 것이었다.

그녀는 자신의 남편과 그 쌍둥이 동생이 얼마나 악한 사람인지를 잘 알고 있었다. 그녀는 이들 쌍둥이 형제가 저지른 악행들로 사람들이 받은 피해를 보상해 줄 수 있기를 간절히 바랐는데, 그것은 자신의 아들만큼은 가문의 오명과 사람들의 증오에서 벗어나게 해 주고 싶어서라고 했다.

그녀는 선량하고 동정심이 많은 여자였지만, 불행하게도 포악한 남편을 맞아 고통스러운 삶을 살고 있었다. 그녀의 아들 이름은 샤를이었다. 두세 살 정도 되어 보이는 그 아이는 그녀와 내가 이야기를 나누는 동안, 그녀 곁에 꼭 달라붙은 채 서 있었다.

그날 오후, 나는 편지를 내 손으로 직접 정부 관리에게 전달했다. 그날 밤늦게, 우리 집 하인으로 있는 소년 에르네스트 드파르주가 검은 옷차림의 사내를 내 방으로 안내해 왔다. 그 사내는 급한 환자가 있으니 가능한 한 빨리 함께 가 달라고 요청했다. 나는 아내에게 잠시 다녀오겠다고 말한 뒤 집을 나섰다. 그녀는 뭔가 불길한 예감이 들었는지 가지 말라고 하면서 나를 붙잡았다. 하지만 나는 그 말을 무시했다.

내가 사내를 따라 마차 앞에 도착한 순간, 갑자기 누군가가 등 뒤에서 내 입을 손으로 틀어막으면서 양팔을 뒤로 꺾어 꼼짝 못하게 만들었다. 그리고 어둠 속에서 쌍둥이 귀족 형제가 나타났다.

그중 한 명이 내가 정부 관리에게 쓴 편지를 호주머니에서 꺼내더니, 내 앞에서 그것을 불태워 재로 날려 버렸다. 그들은 한 마디도 하지 않았다.

나는 마차 안에 강제로 처넣어졌고, 정신을 차렸을 때는 이미 바스티유 감옥에 생매장되어 있었다. 1767년의 마지막 날, 나는 하늘과 땅의 모든 신에게 에브레몽드 가문의 만행을 낱낱이 고하면서, 포악한 그들 가문에 천벌과 저주가 내리기를 간절히 기도한다.

편지 낭독이 끝나자 법정은 순식간에 함성에 휩싸였다. 죄수를 처형시키라는, 그로 하여금 자기 가문이 저지른 악행의 대가를 치르게 하라는 아우성이 여기저기에서 메아리쳤다. 죄수를 향한 저주와 야유의 외침만이 법정을 요란스럽게 뒤흔들고 있을 뿐 다른 목소리는 거의 들리지 않았다.

마네트 박사 부녀와 자비스는 거의 넋이 나간 모습으로 서 있다가, 마지막 남은 힘을 다해 재판관에게 호소를 해 보았다. 그렇지만 소용없는 일이었다.

"저 박사란 작자, 어디 한 번 그 대단한 영향력을 실컷 행사해 보라지!"

드파르주 부인은 코웃음을 치며 복수의 화신에게 말했다. 배심원은 만장일치로 찰스의 유죄를 선언했고, "다시 감방에 구속한 후 스물네 시간 내에 처형하라!"라는 판결을 내렸다.

제 16 장
숭고한 죽음

사람들이 법정에서 모두 빠져나간 뒤, 간수들이 찰스를 끌고 가려는 순간이었다. 루시가 그들을 향해 달려 나가며 소리쳤다.

"잠깐만요. 제발, 제 남편을 한 번만 안아 볼 수 있도록 해 주세요. 부탁입니다!"

찰스는 간수들 사이에서 어쩌지 못한 채 루시만 바라보며 서 있었다. 그러자 간수들 중 한 사람인 존 바사드가 마지못한 얼굴로 허락한다는 신호를 보냈다. 간수들이 찰스를 루시에게 데리고 갔고, 두 사람은 뜨겁게 포옹을 했다. 그런 다음 찰스는 마네트 박사를 돌아보았다. 박사는 혼이 나간 사람처럼 파리한 얼굴로 서 있었다. 그는 입술을 들썩여 미안하다는 말을 하려 했다. 하지만 찰스는 그의 말을 막았다.

　그는 박사에게는 조금도 잘못이 없으며, 사죄할 사람은 오히려 자기 자신이라고 말했다. 그리고 자신은 이미 마네트 박사가 기록한 아버지와 삼촌의 악행에 대해 알고 있었고, 조금이라도 그 죄를 갚으려고 기회가 있을 때마다 프랑스에 건너와 죽은 소년의 여동생을 수소문하고 다녔다고 말했다. 그런데 아무런 단서도 찾을 수가 없었다고 했다.

　여러 해 전에 그가 영국의 올드 베일리에서 간첩죄로 붙잡혀 재판을 받았던 것도 바로 이 과정에서 누명을 쓰는 바람에 그렇게 된 것이었다.

　찰스가 끌려 나갈 때, 마네트 박사는 자신의 머리카락을 마구 쥐어뜯으며 고통스러운 신음을 질러 댔다. 법정 문이 닫히고 마침내 찰스가 보이지 않게 되자, 루시는 그만 정신을 잃고 쓰러졌다. 그 순간, 어두운 구석에서 눈에 띄지 않게 서서 모든 장면을 바라보던 시드니가 달려 나와 루시를 안아 올렸다. 그러고는 마차가 있는 곳으로 달려갔다.

　마차가 마네트 박사의 숙소에 도착하자, 시드니는 루시를 안고 방으로 올라가 그녀를 침대에 가만히 눕혀 주었다. 프로스와 어린 루시가 시드니를 돕기 위해 황급히 달려왔다.

　시드니를 본 어린 루시는 그에게 다가와 말했다.

　"시드니 아저씨, 여기까지 오시다니 정말 기뻐요. 난 아저씨가 우리 아빠를 도와주실 거라 믿어요!"

시드니는 어린 루시에게 미소를 지어 보이면서 힘써 보겠노라고 말했다. 그러고는 허리를 구부려, 아직 의식이 돌아오지 않은 루시의 뺨에 살며시 입을 맞췄다. 그러면서 그녀의 귓가에 무슨 말인가를 속삭였는데, 곁에 서 있던 어린 루시만이 그 말을 알아들었다.

"당신이 사랑하는 사람의 생명을 구하기 위해서라면……."

시드니는 조용히 방에서 나갔다. 아래층에서는 마네트 박사와 자비스가 이야기를 나누고 있었다. 박사는 찰스를 다시 구해 내기 위해, 자신이 아는 모든 사람들을 만나 도움을 요청하겠다고 말했다. 하지만 자비스는 시드니를 배웅하러 문간으로 가면서, 박사의 그런 노력이 성공할 것 같지 않다고 털어놓았다.

"이번에는 찰스를 살려 낼 수 없을 것 같소. 희망이 전혀 없는 듯하오."

"그렇습니다, 찰스를 살려 낼 수 없을 것 같군요. 희망이 전혀 없는 듯합니다."

시드니는 자비스의 말을 그대로 되풀이해 대답하고는 문밖의 어둠 속으로 뚜벅뚜벅 걸어 나갔다.

거리로 나온 시드니는 잠시 어디로 갈지 몰라 망설이는 듯 발걸음을 멈췄다. 저녁 아홉 시에 은행에서 자비스를 만나기로 약속해 두었지만, 그때까지는 아직 시간이 많이 남아 있었다.

"내 얼굴을 사람들한테 보여 주는 게 좋지 않을까?"

그는 생각에 잠겨 중얼거렸다.

"사람들이 내 생김새와 모습을 알아 두도록 말이야."

그는 드파르주 부부가 술집을 경영한다는 사실을 기억해 내고는 생탕투안 쪽으로 걸음을 옮겼다. 가던 길에 식당에 들러 식사를 했다. 그가 식사를 하며 독한 술을 한 잔도 마시지 않은 것은 몇 년 만에 처음 있는 일이었다. 그는 마치 술맛을 잃어버리기라도 한 듯했다.

시드니는 저녁 일곱 시경 드파르주 술집에 들어섰다. 손님은 자크 3밖에 없었다. 자크 3은 카운터 앞에 앉아 드파르주 부부, 복수의 화신과 대화를 나누면서 술잔을 기울이고 있었다.

시드니는 그들을 못 본 척 지나쳐 안쪽에 자리를 잡고 앉았다. 드파르주 부인이 와서 무엇을 마시겠냐고 물었을 때, 그는 포도주를 작은 잔으로 한 잔 갖다 달라고 했다. 시드니를 알고 있는 사람이라면, 그날 밤 그가 말하는 모습을 보고 아마 의아해했을 것이다. 평상시 시드니는 프랑스 사람이나 다름없이 유창하게 프랑스 어를 구사했다. 파리에서 학창 시절을 보낸 그에게 그건 조금도 어려운 일이 아니었다.

하지만 그날 밤 그는 이상하게도 마치 프랑스 어를 막 배우기 시작한 사람인 양 어색한 어휘와 서투른 억양으로 어설프게 프랑스 어를 구사했다.

시드니가 더듬거리며 주문을 하는 동안, 그를 바라보던 드파르주 부인은 놀라움을 감추지 못했다. 주문받은 포도주를 가지러 가면서 다른 사람들에게 말했다.

"에브레몽드하고 정말 똑같이 생겼어!"

드파르주는 자기도 얼굴을 한번 보고 싶었는지 손수 시드니가 주문한 포도주를 들고 왔다. 그리고 인사를 했다.

"안녕하시오?"

"네? 뭐라고 하셨지요?"

시드니는 아주 어색한 억양으로 물었다.

"안녕하시오, 라고 말했소."

"아, 네에. 아, 안녕, 하, 하십니까, 애, 애국 시민."

시드니는 더듬거리며 대답했다.

낯선 손님이 자기들의 대화를 알아들을 수 없다고 판단한 네 사람은 안심하고 하던 이야기를 마저 이어 나갔다.

"드파르주 부인의 말이 맞습니다."

자크 3이 말했다.

"여기서 그만둘 수는 없소."

"그렇지만 언제까지 이런 식으로 계속할 수는 없잖소?"

드파르주가 설득하는 말투로 말했다.

"그들을 죄다 몰살시킬 때까지는 절대로 그만둘 수 없어요!"

드파르주 부인이 언성을 높이며 말했다. 자크 3과 복수의 화신도 맞는 말이라며 쉰 목소리로 맞장구쳤다.

"하지만 박사에게 너무 가혹한 일이 아니오? 편지가 낭독되었을 때 그가 괴로워하는 모습을 당신들도 보지 않았소?"

드파르주가 말했다.

"그래요, 보았어요."

그의 아내가 경멸에 찬 얼굴로 대꾸했다.

"그리고 그의 딸도 보았지요. 사실 그동안 나는 그녀를 수도 없이 봤어요. 그녀는 감옥 건너편 길가에서 자기 남편한테 손짓을 하고 있었죠."

그녀는 이어 남편에게 대들 듯이 말했다.

"때때로 난 당신이 역겨워요! 당신은 할 수만 있다면 그 망할 에브레몽드 놈을 살려 주고 싶겠지? 예전 당신의 주인이었던 그 잘난 박사란 자를 기쁘게 해 주기 위해서 말이야!"

"아니오, 그렇지 않소. 하지만 난 우리가 이 정도에서 그만두어야 한다고 생각하오. 당신이 바라던 대로 에브레몽드는 이제 사형을 당하게 됐소. 그런데 왜 나머지 사람들까지 괴롭히려고 하는 거요?"

드파르주 부인은 다른 두 사람을 돌아보며 말했다.

"내가 왜 가증스러운 그놈의 족속을 몰살시키고 싶어 하는지 당신들에게 말해 주지요. 남편에겐 이미 말한 사실인데, 그는 아직 잘 이해하지 못하는 것 같군요. 당신들은 오늘 낭독된 박사의 편지에서 죽은 소년과 그의 누나에게 어린 여동생이 있었다는 내용을 기억하나요?"

자크 3과 복수의 화신은 그렇다고 고개를 끄덕였다.

"그 여동생이 바로 나요! 살해당한 그 소년은 바로 내 오빠였고, 납치당해 죽은 그 여자는 바로 내 언니였소. 그리고 태어나지도 못한 채 언니의 배 속에서 죽은 아기는 바로 내 조카였소. 자, 이제 당신들은 내가 왜 에브레몽드의 가족을 모조리 죽이고 싶어 하는지 알겠지요!"

드파르주 부인은 다시 남편을 돌아보며 끓어오르는 분노에 찬 목소리로 말했다.

"그러니 나에게 그만하라는 말을 더 이상 하지 말아요! 원한이 풀리면 누가 시키지 않아도 스스로 그만둘 거예요. 하지만 그 전에는 절대로 멈출 수 없어요!"

다른 손님들이 더 들어오는 바람에 대화는 거기서 끝나고 말았다. 시드니는 어느 나라의 동전을 내야 하는지 몰라 당황하는 체하며 한참 동안 꾸물거리다가 겨우 술값을 치르고는 술집에서 나왔다.

아홉 시가 되자 시드니는 자비스를 만나러 은행으로 갔다. 그가 도착한 지 얼마 지나지 않아 마네트 박사가 문을 노크하고 들어왔다. 이제 아무런 희망도 남아 있지 않다는 사실을 박사의 얼굴에서 명백히 읽을 수 있었다. 박사는 곧 멍한 표정으로 중얼거리기 시작했다.

"내 작업대가 어디 갔지? 그게 안 보이네. 구석구석 다 찾아보았는데도 없단 말이야. 일을 계속해야 할 텐데 어떻게 하지? 그 구두를 어서 완성해야 하는데……."

그 모습은 절망 그 자체였다. 완전한 절망! 자비스는 박사를 부축해 의자가 있는 곳으로 데리고 갔다. 그 옛날 죄수 시절로 돌아간 박사는 의자에 앉아 눈물을 줄줄 흘렸다. 시드니는 박사가 바닥에 벗어 던진 상의를 집어 들었다. 순간, 그 옷의 호주머니에서 서류 한 장이 떨어졌다. 시드니는 그것을 집어 들어 펼치고는 종이에 적혀 있는 내용을 읽었다.

잠시 후 그는 자비스에게 말했다.

"박사님까지 저렇게 되셨으니 이젠 정말로 희망이 없군요. 자, 그럼, 하는 수 없습니다, 자비스 씨. 지금부터 이유는 묻지 마시고 그저 제가 시키는 대로만 따라 주십시오."

아직 누군가 도와주는 사람이 있다는 사실이 감사할 따름인 자비스는 무조건 그러겠다고 대답했다.

"이 서류는 박사님과 루시, 그리고 어린 루시가 파리를 떠날 수 있도록 허가하는 증명서입니다. 마네트 박사님이 이것을 받아 놓고 계실 거라 짐작하고 있었지요. 자, 그리고 여기 제 것도 있습니다. 이 서류들을 내일까지 자비스 씨께서 좀 보관해 주십시오. 제가 찰스를 만나러 갈 때 아무래도 몸에 지니지 않는 게 좋을 듯합니다."

"왜 그렇지요?"

"그저 예감이 좋지 않아서 그렇습니다. 저 대신 자비스 씨께서 잘 보관해 주시겠습니까?"

자비스는 그러겠다고 했다.

"제가 판단하건대, 박사님네 증명서는 조만간 취소될 것이 확실합니다. 그러니 내일 당장 박사님 가족을 데리고 파리를 빠져나가는 것이 정말 중요합니다. 타고 갈 마차는 있을까요?"

"있소."

"좋습니다. 오늘 저는 드파르주 부부를 보았습니다. 그들은 찰스가 라포르스 감옥에 있을 때, 그와 몰래 내통했다는 죄로 루시를 고발할 계획을 세우고 있더군요. 바사드하고도 이야기를 해 봤는데, 이미 나무꾼 한 사람을 증인으로 세워 루시가 찰스에게 신호를 보내는 것을 목격했다는 진술을 이끌어 낼 예정이랍니다. 루시는 물론 마네트 박사님과 어린 루시까지 모두 위험한 상황입니다. 그러니 자비스 씨, 내일 오후 두 시까지 떠날 준비를 완전히 갖추고 모두들 마차로 감옥 출입문 앞에 와서 기다리고 있도록 하십시오. 저는 감옥 안에서 기다리고 있겠습니다. 제 증명서를 잘 보관하고 계시기 바랍니다. 루시와 그녀의 가족은 파리에 이대로 머물러 있다가는 필경 단두대형 선고를 받은 죄수와 내통한 자들로 고발될 것입니다. 그렇게 되면 아시다시피 그들을 기다리고 있는 것은 죽음밖에 없습니다. 이제 아시겠습니까?"

"잘 알았소. 마차를 준비하여 감옥 밖에서 당신을 기다리고 있겠소."

"제가 앉을 자리만 남겨 놓고 있다가 제가 타면 지체없이 영국으로 출발하십시오. 어떤 일이 있어도 계획을 변경하지 않고 제가 말씀드린 대로 하겠다고 약속하시겠습니까?"

"약속하오."

"좋습니다. 만약 조금이라도 지체되거나 소란스러운 일이 발생하면 여러 사람의 목숨이 달아난다는 걸 명심하십시오. 하지만 저를 믿고 제가 말씀드린 대로만 하신다면 모두가 생명을 구할 것입니다."

"당신이 말한 대로 할 테니 걱정 마시오."

두 사람은 깊은 신뢰가 담긴 악수를 나눴다.

"안녕히!"

자비스에게 작별 인사를 하고 떠나는 시드니의 뒷모습은 어딘지 모르게 비장한 느낌을 주었다.

다음 날 콩시에르제리 감옥에서는 쉰두 명의 죄수가 사형 집행을 기다리고 있었다. 그들은 모두 그날 오후 단두대에서 처형될 운명이었는데, 나이 지긋한 세금 징수 관리에서부터 스무 살의 젊은 침모(針母, 남의 집에 딸려서 바느질품을 파는 여자―옮긴이)에 이르기까지 여러 계층의 사람들이 있었다. 세금 징수 관리의 많은 재산도, 침모의 가난한 처지도 그들의 목숨을 살려 낼 수는 없었다. 그들은 모두 죽음 앞에서 동등했다.

독방에 수감된 찰스는 종이와 잉크를 구입하여 편지를 쓰기 시작했다. 그는 아내 루시에게 긴 편지를 썼다. 편지에서 그는, 아버지와 삼촌이 바로 마네트 박사에게 고통을 안겨 준 장본인이었다는 사실을 자신은 전혀 모르고 있었다고 말했다.

그리고 결혼 전 어느 날 모두 정원에 함께 앉아 있을 때, 자신이 런던 탑에서 발견된 죄수의 편지에 대해 이야기했던 일을 언급했다. 이제 와서 깨닫건대, 마네트 박사는 바로 그때 그 이야기를 듣고 바스티유 감옥에 숨겨 놓은 자신의 편지가 생각나서 깊은 고통을 느꼈을 것이라고 말했다.

박사는 그 편지가 감옥이 함락될 때 파손되어 없어졌다고 생각한 듯했다. 또한 자신이 본명과 집안을 밝힌 뒤에도, 박사가 싫은 내색 없이 자신을 사위로 맞아들여 언제나 따뜻하게 대해 준 것에 깊은 감사와 존경을 표했다.

찰스는 마네트 박사에게도 비슷한 내용의 편지를 썼다. 그리고 아내와 딸을 자기 대신 잘 보살펴 달라는 부탁을 덧붙였다.

그 다음으로 자비스에게 편지를 썼는데, 친구로서 존경과 고 마음을 표하는 한편, 고객으로서 자신의 재산 문제를 잘 처리해 달라는 부탁을 담았다. 물론 그는 시드니에게 편지를 써야 한다는 생각은 전혀 하지 않았다.

찰스는 단두대를 직접 본 적이 없었다. 그래서 과연 어떤 식으로 사람이 단두대에서 처형되는지 짐작조차 할 수 없었다. 그는 감방 안을 왔다 갔다 하면서, 과연 단두대는 크기가 얼마나 될까, 혹은 단두대 위까지는 계단을 몇 개나 올라갈까 하는 것들을 궁금해 했다.

감방 밖에 있는 시계에서 시각을 알리는 종소리가 들려왔다. 다시는 듣지 못할 종소리였다. 아홉 시, 열 시, 열한 시, 열두 시, ……. 종소리와 함께 한 시간 한 시간이 영원히 지나가 버리고 있었다.

어느덧 오후 한 시. 사형 집행 시간이 세 시 정각이라고 들었으므로 두 시경에는 집행인들이 그를 데리러 올 것이었다. 아, 이제 두 시간만 지나면 죽는구나! 그는 비통한 심정이 들었다.

그때 멀리서 발소리가 났다. 그것은 점점 더 가까이 다가왔다. 그리고 그의 감방 앞에서 멈췄다. 아마 예정된 시간보다 일찍 그를 데리러 온 모양이었다. 문밖에서 나지막한 대화 소리가 들렸다. 그 말은 이상하게도 영어였는데, 곧 문이 열리더니 한 사람이 들어왔다. 뜻밖에도 그는 시드니 카턴이었다.

찰스는 자신의 눈을 믿을 수가 없었다. 그는 걱정스러운 어조로 물었다.

"시드니, 당신도 체포되어 들어온 거요?"

"아니오. 간수들 가운데 아는 사람이 있어서 이렇게 들어올 수 있었소. 나는 당신의 부인이 보내서 왔소. 그녀는 당신에게 한 가지 부탁이 있으니 꼭 들어 달라고 했소."

"그게 뭡니까?"

"좀 이상하게 들릴지 모르겠지만, 그녀가 당신에게 부탁한 것은 바로 내가 시키는 대로 따라 하라는 것이었소. 자, 길게 설명할 틈이 없소. 지금 당장 구두를 벗고 내 구두로 갈아 신으시오. 어서 서두르시오!"

"여보시오, 시드니. 탈옥은 불가능한 일이오. 그래 봤자 당신까지 잡혀서 죽고 말 거요."

"내가 언제 탈옥한다고 했소? 나만 믿으시오. 그저 내가 시키는 대로만 하시오. 자, 당신의 그 넥타이도 풀어서 내 것과 바꿔 매시오."

"이건 미친 짓이오. 난 당신의 목숨까지 위협받게 할 수 없소!"

"그저 내가 시키는 대로만 하면 되오. 당신의 루시를 위해서 말이오. 자, 이제…….."

시드니는 말을 이어 갔다.

"당신은 편지 한 장만 쓰면 된다오."

찰스는 자리에 앉아 펜을 들고 시드니의 설명을 기다렸다.

"내가 내용을 불러 줄 테니, 그대로 정확히 받아 적으시오. '내가 당신과 오래전에 나눴던 대화를 당신이 잊지 않고 있다면, 당신은 내가 왜 이렇게 행동하는지 이해할 수 있을 것입니다. 그때 내가 했던 말을 당신이 분명히 기억하고 있으리라고 나는 확신합니다. 당신 같은 심성을 가진 사람은 결코 그런 것을 잊지 않을 테니까요.'"

시드니가 잠시 말을 멈춘 사이, 찰스는 고개를 들어 그를 바라보았다. 그때 시드니는 뭔가를 꺼내려는 듯 한 손을 윗도리의 안쪽 주머니에 집어넣었다.

"무기가 있소?"

찰스가 물었다.

"아니오, 아무것도 아니오. 편지나 계속해서 받아쓰시오. '내가 그때 당신에게 말한 것이 진심임을 이렇게 증명할 수 있게 되어 나는 오직 감사할 따름입니다. 이런 일을 할 수 있다는 것이 나에게는 행복입니다. 그러니 이 때문에 당신이 슬퍼하는 일은 부디 없기를 바랍니다.'"

"이게 무슨 냄새지? 손에 든 건 뭐요?"

찰스가 펜을 내려놓으며 의심스러운 얼굴로 물었다. 그 순간 시드니가 찰스에게 와락 달려들어 그의 코와 입을 천 조각으로 틀어막았다. 이틀 전 그가 약국에서 구입한 두 종류의 약물에 적신 천 조각이었다. 찰스는 잠시 발버둥을 치며 저항했지만, 곧 의식을 잃고 바닥에 쓰러졌다. 시드니는 재빨리 찰스가 벗어 놓은 옷을 자신의 옷과 바꿔 입고, 찰스가 머리를 묶었던 끈으로 자신의 머리를 묶었다. 그러고는 나지막한 목소리로 솔로몬을 불렀다.

"자, 어떻소?"

시드니는 솔로몬에게 속삭이며 말했다.

"영락없이 저 사람처럼 보이지 않소? 이제 당신한테 전혀 위험이 없을 것이라는 말의 의미를 알겠소?"

"혹여 이자가 나중에 나를 밀고하지 않으리라는 보장은 없지 않소?"

"그런 일은 없을 테니 내 말을 믿으시오. 자, 이 사람을 데리고 어서 나가시오. 아까 이리로 들어올 때 내가 일부러 힘없고 쓰러질 것 같은 모습을 사람들에게 보였으므로, 내가 사형수인 친구를 만나고 난 뒤 슬픔으로 정신을 잃었다고 둘러대면 모두 쉽게 믿을 거요. 자, 이제 모든 것은 당신에게 달렸소. 당신이 어떻게 하느냐에 따라 당신의 생사가 결정될 것이오. 나를 잘 도와 목숨을 구하든지 아니면 함께 죽든지 알아서 하시오. 마차에 도착하면 자비스 씨에게 전하시오. 신선한 공기 말고는 각성제 같은 것을 절대로 이 사람에게 주지 말라고 말이오. 그가 너무 빨리 정신을 차리는 바람에 우리의 계획이 수포로 돌아가는 일이 생겨서는 안 될 것이오. 그리고 또 자비스 씨에게, 어젯밤에 나하고 약속한 대로 즉시 마차를 몰고 떠나라고 전하시오.”

솔로몬이 다른 간수들에게 소리를 질러 도움을 청하자 곧 간수 한 사람이 달려왔다. 그의 도움을 받아 의식을 잃은 찰스를 바닥에서 일으켜 세우면서 솔로몬이 말했다.

“에브레몽드, 네놈의 마지막 순간이 점점 다가오고 있다. 준비하라.”

“나도 알고 있소.”

시드니가 대답했다. 간수들은 찰스를 부축하여 데리고 나갔다. 시드니는 온 신경을 곤두세우고 문밖의 소리에 귀를 기울였다. 그리고 무슨 소리가 날 때마다 혹시 발각된 것은 아닐까, 하는 두려움에 사로잡혔다. 하지만 아무 일도 없었다. 일은 계획대로 잘되어 가는 것 같았다.

얼마 지나지 않아 시드니는 감방을 향해 다가오는 발소리를 들었다. 그를 처형장으로 데리고 갈 사람들이 오고 있는 듯했다.

먼저 그는 죄수들로 가득 찬 커다란 방으로 끌려갔다. 그 방에는 창문이 여러 개 있었지만, 잔뜩 찌푸린 어두운 겨울 날씨 탓에 안으로 들어오는 빛은 거의 없었다.

시드니는 혹시라도 잘못하여 발각되는 일이 없도록 곧바로 어두운 구석으로 가서 고개를 숙인 채 바닥을 내려다보며 서 있었다. 다른 죄수들은 서로 이야기를 나누고 있었는데, 침모인 젊은 아가씨 한 명이 시드니가 서 있는 곳으로 다가왔다.

"시민 에브레몽드 씨, 저는 라포르스에서 당신과 함께 수감되어 있던 사람입니다. 기억하실지 모르겠지만, 당신은 그때 저에게 매우 친절하게 대해 주셨지요. 오늘도 호송 마차에 탈 때까지 당신 곁에 함께 서 있고 싶은데 그래도 괜찮겠는지요?"

시드니는 고개를 들어 침모를 향해 미소를 지어 보였다. 순간 그녀의 얼굴에 미심쩍어하는 표정이 떠올랐다. 그것을 본 시드니는 재빨리 손가락을 입술에 대어 아무 말도 하지 말아 달라는 부탁을 했다.

"당신은 그분을 위해 대신 죽으려는 것인가요?"

그녀는 속삭이며 물었다.

"그렇습니다. 그리고 그의 아내와 어린 딸을 위한 것이기도 합니다."

"당신은 정말로 용기 있는 분이군요!"

침모는 조용히 말했다.

"부디 제가 당신의 손을 잡고 서 있게 해 주세요. 저는 너무나 두렵고 떨려요. 하지만 당신처럼 용감한 사람 곁에 서 있으면 두려움이 한결 덜할 거예요."

시드니는 누이동생한테 해 주듯이, 그녀를 따뜻하게 안아 주었다. 그리고 두 사람은 손을 꼭 잡고 호송 마차가 도착할 때까지 함께 기다리며 서 있었다.

같은 시각, 파리의 성문에서는 마차 한 대가 검문을 받기 위해 멈춰 섰다. 승객들의 서류가 경비병에게 제시되었다. 경비병은 서류를 살펴보더니 마차 안을 들여다보았다.

"누가 알렉상드르 마네트요?"

자비스는 박사를 손가락으로 가리켜 보였다. 여전히 고통스러운 옛 죄수 시절로 돌아가 있는 박사는 멍한 표정으로 앉아 있었다. 경비병은 고개를 끄덕이고는 물었다.

"그의 딸이자 에브레몽드의 아내, 루시는 누구요?"

자비스는 어린 루시를 품에 꼭 껴안고 앉아 있는 루시를 가리켰다.

"그럼 그녀의 딸은 저 아이겠군. 그런데 시드니 카턴은 어디 있소?"

자비스는 찰스가 있는 쪽을 가리켰다. 그는 아직 정신을 잃은 채로 마차 한구석에 죽은 듯이 축 늘어져 있었다.

"저자는 왜 저러고 있는 거요?"

"건강이 나빠서 그러오."

자비스가 대답했다.

"하지만 영국으로 돌아가면 좋아질 거라 기대하고 있소."

"그럼, 당신은 당연히 자비스 로리겠군."

"그렇소."

마차 주변에서는 관리들 몇 명이 여행 가방과 짐짝을 검사하고, 마차 아래쪽을 살펴보고 창문 너머로 안을 자세히 들여다보는 등 분주히 움직였다. 그러는 사이 근처에 사는 주민들도 마차 주위로 모여들어 호기심에 찬 얼굴로 안을 들여다보았다. 그들은 특히 루시를 주목했는데, 한 아낙네는 자기 아이를 위로 들어 올려 그 아이가 창문 안으로 팔을 뻗어 단두대형을 받은 귀족의 아내를 한번 만져 보도록 하기도 했다.

마침내 경비병이 서류에 서명을 한 뒤 그것을 자비스에게 돌려주었다. 그 행동은 곧 마차에 탄 승객들 모두 파리를 떠나도 된다는 것을 뜻했다.

사랑하는 남편이 죽지 않고 무사히 탈출에 성공했다는 것을 아직 믿을 수 없는 루시는 여전히 초조함을 떨치지 못한 채, 말을 좀 더 빨리 몰도록 지시하라고 자비스에게 간청했다. 그러나 자비스는 간청을 들어주지 않았다. 서두르는 모습을 보이면 오히려 의심을 살지도 모르기 때문이었다. 그래서 마차는 터벅터벅 여유롭게, 원래의 속도 그대로 도로를 달렸다. 비록 루시와 자비스는 가는 길 내내 목을 길게 빼고 창문 밖을 연방 내다보며 혹시 뒤쫓아 오는 자들이 있지는 않은지 살펴보곤 했지만 말이다.

시드니가 마지막 운명의 순간을 기다리고 있을 때, 그리고 자비스가 파리의 성문에서 경비병의 질문에 대답하고 있을 때였다. 감옥 근처 나무꾼의 집에서는 드파르주 부인과 복수의 화신, 그리고 자크 3이 은밀한 회의를 하고 있었다. 집주인인 나무꾼은 문밖에 서서 망을 보고 있었다.

"내 남편은 훌륭한 애국 시민이오. 하지만 그는 그 박사에 대한 이야기만 나오면 마음이 약해지고 만다오."

드파르주 부인이 입을 열었다.

"그건 훌륭한 애국 시민의 행동이라 할 수 없소."

자크가 고개를 가로저으며 말하자, 드파르주 부인은 그를 무섭게 노려보았다. 그러자 자크는 움찔하며 더 이상 말을 잇지 못했다. 드파르주 부인이 분노에 찬 어조로 다시 말했다.

"내 남편이 아무리 그렇다 해도 나는 여전히 에브레몽드의 가족을 모두 몰살해야 한다고 믿고 있소."

"어린아이까지 잡아서 처형하는 것도 효과가 있을 것이오. 게다가 금발의 아이라면 더더욱 효과가 클 것이오. 사람들에겐 그런 어린아이가 단두대에 처형되는 것을 볼 기회가 거의 없으니까 말이오."

자크가 적극적으로 동조하며 말했다. 드파르주 부인은 나무꾼을 안으로 불러들여 그에게 몇 가지 상황을 확인했다. 나무꾼은 루시와 그녀의 딸, 그리고 박사가 함께 감옥 창문을 향해 손짓으로 신호를 보내는 것을 두 눈으로 똑똑히 보았다고 맹세했다. 혹시라도 자기 목이 달아나지 않을까, 하는 두려움에 떨고 있던 나무꾼은 드파르주 부인이 원하면 그 무엇이든지 굳게 맹세하며 증언할 준비가 되어 있었다.

드파르주 부인은 나무꾼의 진술에 크게 흡족해 하면서, 배심원 앞에서 증언을 해야 할 테니 그날 저녁 여덟 시까지 생탕투안으로 오라고 그에게 지시했다.

이제 그만 가도 좋다는 드파르주 부인의 승낙을 받자마자 나무꾼은 곧바로 처형장으로 달려갔다. 군중들이 모여들기 전에 먼저 가서 단두대가 잘 보이는 좋은 자리를 잡기 위해서였다.

나무꾼이 가고 난 뒤, 드파르주 부인은 곧바로 루시를 만나 보러 갈 작정이라고 말했다. 그녀는 루시가 슬픔을 감추지 못할 것이라는 사실을 잘 알고 있었다. 처형당한 죄수를 위해 슬퍼하는 것도 사형으로 처벌할 수 있는 범죄 행위였다.

"내 뜨개질거리를 대신 들고 가서 내가 늘 앉는 자리에다 놓아 주오."

그녀는 복수의 화신에게 말했다.

"물론 시간에 맞춰서 에브레몽드 놈의 모가지가 굴러 떨어지는 걸 보러 갈 테니, 거기서 만납시다."

드파르주 부인이 루시의 집을 향해 걸어가자, 사람들은 그녀를 보고 두려움에 떨며 길에서 비켜 섰다. 그녀가 한 걸음 한 걸음 내딛을 때마다 살의에 찬 냉혹함과 무자비함이 역력하게 드러났다. 그녀는 억세고 강인한 체구에 사람을 위압하는 얼굴이었고, 가슴속에는 단 한 방울의 동정심조차 남아 있지 않았다.

그녀의 걸음걸이는 유연했는데, 그 모습은 마치 먹이를 덮치기 전에 슬며시 다가가는 암호랑이와도 같았다. 그녀는 웃옷 안쪽에 탄환이 장전된 권총을 한 자루 숨기고 있었고, 허리춤에도 막 새로 날을 간 단검을 한 자루 차고 있었다.

한편 루시의 집에서는 프로스와 제리가 남아서 어떻게 그곳을 떠날 것인지 의논하고 있었다. 두 사람은 자비스와의 약속에 따라, 루시 가족과 따로 떨어져 나름대로 파리를 빠져나간 뒤 영국으로 가는 배에서 합류할 예정이었다.

그들은 루시와 자비스를 태운 마차가 감옥에서 출발하는 것을 함께 지켜보았다. 따라서 솔로몬이 감옥에서 데리고 나와 마차에 태운 사람이 누구인지 알고 있었기에, 혹시 그 바꿔치기가 발각되지는 않을까 하는 걱정과 불안이 머릿속에서 내내 떠나지 않았다.

프로스는 하루에 마차가 두 대나 집을 떠나는 것이 아무래도 위험하다고 생각했다. 그렇게 부산한 모습을 보이면 사람들이 의심을 할 수도 있기 때문이었다. 고민 끝에 그녀는 제리가 먼저 나가서 마차를 준비해 놓고 노트르담 성당 앞에서 기다리면, 얼마 후 자신이 뒤따라 나가 그를 만난다는 계획을 세웠다.

제리는 몹시 불안해 했는데, 그래서인지 자꾸 이런 저런 말만 늘어놓을 뿐 선뜻 출발할 결심을 하지 못했다. 그러는 사이 드파르주 부인이 권총을 품은 채 시시각각으로 다가오고 있는 줄도 모르고 말이다.

"그런데 말입니다, 프로스 양."

제리가 말했다.

"우리가 무사히 살아서 런던으로 돌아가게 된다면, 나는 절대로 시체를 도굴하는 일 같은 건 하지 않을 작정이오. 다시는 아내를 때리지도 않을 것이고, 아내가 기도한다고 불평하지도 않을 것이오. 사실 나는 지금 이 순간 아내가 나를 위해 기도하고 있기를, 그리고 앞으로도 계속 그렇게 기도하기를 간절히 바라고 있소. 우리가 무사히 집으로 돌아가면 내가 방금 한 말을 내아내에게 전해 주겠다고 약속해 줄 수 있소?"

프로스는 고개를 끄덕이면서 제리를 거의 밀어내다시피 하여 문밖으로 내보냈다.

"우리가 이 망할 놈의 나라에서 무사히 빠져나가기만 한다면 맹세코 당신의 말을 한 마디도 빠뜨리지 않고 부인에게 그대로 전해 줄게요. 그러니 걱정일랑 말고 어서 서둘러요! 자, 세 시에 성당 앞에서 만나는 것, 잊지 말아요."

그때가 두 시 이십 분이었다. 프로스는 집 안에 혼자 남게 되자 갑자기 큰 두려움에 휩싸였다. 빨간 두건을 쓴 혁명 시민들이 벽장이나 문 뒤에서 금방이라도 뛰쳐나올 것만 같았고, 흉측한 괴물들이 방방마다 침대 밑에 숨어 자신을 노려보고 있는 착각에 사로잡히기도 했다.

그녀는 빨갛게 충혈된 눈을 차가운 물에 씻었다. 그러고는 막 일어서려는데, 눈앞에 드파르주 부인이 버티고 서 있는 게 아닌가! 그러지 않아도 겁을 잔뜩 먹고 있던 프로스는 소스라치듯 놀라 손에 들고 있던 세숫대야를 그대로 바닥에 떨어뜨리고 말았다.

"에브레몽드의 아내는 어디 있지?"

드파르주 부인이 다그치듯 물었다.

프로스는 아직 프랑스 어를 할 줄 몰랐다. 하지만 그녀는 드파르주 부인의 말이 어떤 의미인지 정도는 짐작할 수 있었다. 그녀는 황급히 몸을 돌려, 열려 있던 방문들을 모조리 닫아 버렸다. 집에 아무도 없다는 사실이 밝혀지지 않도록 하기 위해서였다. 그녀는 어떻게든 시간을 끌어야 한다고 생각했다. 그렇게 하지 않으면 루시 가족이 곧 추격을 당할 것이 불을 보듯 뻔했기 때문이다. 드파르주 부인과 프로스는 소리 높여 언쟁을 벌이기 시작했다. 물론 두 사람 모두 상대방이 하는 말을 전혀 알아듣지 못했다.

드파르주 부인이 집 안을 수색하려고 하자, 프로스는 결연한 의지로 그녀의 앞을 가로막았다. 드파르주 부인이 어느 쪽으로 몸을 움직이든 프로스는 곧장 앞을 막고 서서 한 치도 물러서지 않았다.

드파르주 부인은 문득 자신의 먹잇감이 도망쳤을지도 모른다는 생각이 뇌리를 스쳤다. 그 여자는 갑자기 분노의 여신으로 돌변해 맹렬히 달려들었다. 그러고는 프로스가 미처 잡을 수 없을 정도로 잽싸게 몸을 던져 방문을 열어젖히기 시작했다.

이제껏 살아오면서 단 한 번도 사람을 때린 적이 없는 프로스였지만, 이 순간만큼은 필사적으로 맞붙어 싸워야 한다고 생각했다. 루시는 물론이고 자신의 생명을 구하기 위해서라도 꼭 필요한 일이었다.

드파르주 부인이 아직 열어 보지 않은 방은 이제 하나밖에 남지 않았다. 그 방만 열어 보면 그녀는 루시네 가족이 사라졌다는 사실을 알게 될 것이고, 그러면 즉시 추격대를 보낼 것이었다. 드파르주 부인은 그 방으로 달려갔다. 하지만 프로스가 먼저 문 앞을 가로막고 섰다. 두 여자는 야수처럼 맞붙어 싸우기 시작했다.

프로스는 본래 억센 여자였다. 하지만 그건 드파르주 부인도 마찬가지였다. 두 사람은 조금도 물러서지 않고 팽팽하게 맞섰다. 그러다 드파르주 부인이 아무래도 안 되겠는지 손을 아래로 뻗어 허리에 찬 단검을 뽑으려고 했다. 하지만 그것을 본 프로스는 드파르주 부인의 팔을 꽉 움켜잡아 그녀를 꼼짝 못하게 했다.

그러나 드파르주 부인에겐 아직 자유롭게 움직일 수 있는 다른 손이 있었다. 그녀는 그 손을 윗옷 안쪽에 집어넣었다. 다음 순간, 총신에 빛이 번쩍 반사되면서 프로스의 얼굴을 향해 권총이 겨눠졌다. 총알이 막 발사되려는 찰나, 프로스는 본능적으로 한 손을 치켜들어 권총을 세게 후려쳤다. 아찔한 섬광이 번쩍 터지는 것과 동시에 고막을 찢는 듯한 폭음이 났다. 그리고 방 안은 이내 연기로 가득 찼다.

프로스는 뒤로 벌렁 나자빠지면서 방문에 몸을 쿵 부딪혔다. 온몸에 피를 뒤집어쓴 그녀는 놀라서 눈을 크게 뜬 채 발밑을 바라보았다. 거기에는 드파르주 부인이 숨이 끊어진 채로 쓰러져 있었다.

프로스에게도 상처가 없진 않았다. 머리카락이 몇 움큼 뽑혀 있었고, 얼굴은 온통 할퀸 자국투성이였으며, 옷도 여기저기 찢어진 데다가 죽은 여자의 피로 시뻘겋게 물들어 있었다.

프로스는 누군가 총소리를 듣고 무슨 일인지 알아보러 달려올까 봐 더럭 겁이 났다. 그래서 벌떡 일어나 망토와 모자, 베일 등을 닥치는 대로 찾아 뒤집어쓰고는 쏜살같이 밖으로 달려 나갔다. 당시의 유행에 따라 베일과 망토를 둘러쓴 그녀의 옷차림은 다행히도 싸움의 흔적을 감쪽같이 가려 주었다.

집에서 나온 그녀는 현관문을 잠갔다. 길을 걷다가 다리가 나타나자 열쇠를 강물 속에다 던져 버렸다. 세 시 몇 분 전, 성당에 도착했다. 그녀는 무슨 일이 벌어졌는지 눈치 챈 사람들이 자기를 쫓아올지도 모른다는 생각에, 파랗게 질린 얼굴로 몸을 부들

부들 떨었다.

이윽고 제리가 마차를 타고 나타나자, 그녀는 거의 날아오르다시피해서 마차에 올라탔다. 그러고는 제리에게 어서 빨리 말을 몰아 출발하라고 다그쳤다.

"오다가 혹시 거리에서 무슨 소란이 벌어지지 않았던가요?"

그녀는 초조한 얼굴로 물었다.

"글쎄요, 난 못 봤는데…… 별다른 일은 없었소."

제리가 의아해 하는 얼굴로 대답했다. 하지만 프로스는 그의 말을 알아듣지 못한 듯 멍한 표정이었다. 그는 다시 한 번 대답을 해 주었다. 하지만 그녀에게는 여전히 아무 소리도 들리지 않는 듯했다.

마침 그들 옆으로 사형수를 태운 호송 마차들이 덜컹거리며 지나갔는데, 그녀에게는 그 소리도 전혀 들리지 않았다. 그녀는 아무 소리도 듣지 못하는 것이 분명했다. 그녀가 마지막으로 들은 소리는 드파르주 부인의 총이 발사될 때 화약이 터지면서 난, "꽝!" 하는 소리였다. 바로 그 소리 때문에 그녀는 영영 귀가 멀고 만 것이었다.

호송 마차 여섯 대가 사형수들을 싣고 단두대를 향해 달려가고 있었다. 길가에 살고 있는 주민들에게 그 광경은 이미 너무나도 익숙한 것인지라, 마차를 보려고 일부러 밖을 내다보는 사람은 거의 없었다. 다만 먼 지방에서 찾아온 손님을 맞은 몇몇 주민들만이 이층 창가로 손님을 데리고 가서는, 마치 전시장의 안내원처럼 호송 마차들을 가리키면서 설명을 해 줄 따름이었다.

그런데 그날따라 호송 마차의 경비병들은 거리에 모인 사람들이 끊임없이 퍼붓는 질문 공세에 시달리고 있었다. 사람들은 모두 똑같은 질문을 하는 것 같았다. 왜냐하면 경비병들이 매번 귀찮은 듯이 세 번째 마차에 탄 어느 한 사람을 가리켜 보였기 때문이다. 그 사람은 세 번째 호송 마차의 맨 뒤쪽에 있었는데, 머리카락을 얼굴 위로 온통 늘어뜨리고 고개를 숙인 채 곁에 있는 젊은 여자에게 이야기를 하고 있었다. 그의 두 팔은 포승으로 묶여 있었지만 손까지 완전히 묶여 있지는 않았다. 젊은 여자는 그의 한 손을 꼭 잡고 있었다.

성당 앞 계단에는 솔로몬이 근심 어린 얼굴로 서 있었다. 그는 호송 마차들이 지나갈 때마다 죄수들을 하나하나 살펴보았다. 시드니가 혹시 자신을 배반하지 않았는지 확인하려는 것이었다. 마침내 시드니의 얼굴이 눈에 띄자, 비로소 안도의 한숨을 내쉬었다. 솔로몬의 뒤에 서 있던 한 사내가 다른 사람들의 외침을 따라서 큰 소리로 "에브레몽드를 처단하라!"라고 외쳤다. 그러자 솔로몬은 그를 돌아보며, 소리치지 말라고 조심스럽게 충고했다. 그 사내는 어리둥절한 얼굴로 그 이유가 뭐냐고 물었다.

"저 사람은 지금 죗값을 치르러 가는 중이잖소?"

솔로몬이 대답했다.

"그러니 마지막 오 분 동안만이라도 좀 편하게 가도록 해 줘야 도리가 아니겠소?"

사내는 그런 말을 하는 솔로몬을 놀란 눈으로 바라보며 입을 다물었다.

단두대 바로 앞, 제일 좋은 자리에는 복수의 화신이 걱정스러운 얼굴로 앉아 있었다. 드파르주 부인의 뜨개질거리를 그녀가 늘 앉는 자리에다 놓고 기다린 지 벌써 한참이 지났는데, 드파르주 부인은 여태껏 나타나지 않고 있었기 때문이다. 복수의 화신은 그 까닭을 도무지 짐작할 수 없었다.

"그녀는 그동안 단 한 번도 빠진 적이 없었는데……."

복수의 화신은 곁에 있는 동료에게 말했다. 그러다가 에브레몽드의 호송 마차가 보이자 열에 들뜬 목소리로 덧붙였다.

"하필 제일 신 나는 광경을 그녀가 못 보다니, 정말 실망스럽고 화가 나서 비명이라도 지르고 싶군!"

첫 번째 호송 마차에 탄 죄수들이 마차에서 내렸고, 이어 두 번째 마차, 그리고 세 번째 마차에서 죄수들이 내렸다. 에브레몽드를 대신해서 온 시드니 역시 마차에서 내렸다. 그는 여전히 젊은 침모의 손을 꼭 잡고 있었다. 그는 단두대를 막아서서 그녀가 단두대를 자세히 보지 않도록 배려해 주었다. 두 사람은 마치 주위에 아무도 없는 것처럼 다정하게 이야기를 나누며 서로를 위로하고 용기를 북돋아 주었다. 그리고 따뜻하게 입을 맞추고는 서로에게 축복의 말을 건넸다.

마침내 시드니는 그녀의 손을 놓았다. 그녀가 먼저 단두대 앞으로 끌려갔다. 단두대를 둘러싼 군중들이 숫자를 외쳤다.

"스물두 번째 모가지다!"

"나는 부활이요 생명이니."

시드니는 나직이 중얼거렸다. 곧 그의 차례가 되어 앞으로 끌려 나갔다.

구경꾼들이 다시 외쳤다.

"스물세 번째 모가지다!"

침착한 태도로 죽음을 맞으러 걸어 나가는 그의 모습은 몇몇 사람들에게 깊은 인상을 주었다. 만약 그들이 좀 더 가까이 있어서 그가 하는 마지막 말을 들을 수 있었다면, 그들은 그 고결한 웅변에 더욱더 깊은 인상을 받았을 것이다.

단두대 앞에서 시드니가 외친 마지막 유언은 다음과 같았다.

"지금 이 순간, 나는 이전에 내가 했던 그 어떤 일보다도 훨씬 가치 있는 일을 행하고 있습니다. 나는 이제껏 알아 온 그 어떤 안식보다도 훨씬 더 평안한 안식을 얻을 것입니다."

그날 밤, 파리의 거리에서는 모든 사람들이 에브레몽드에 대한 이야기를 속삭였다. 그들은 단두대에서 처형될 때 그렇게 평화로운 얼굴을 한 사람은 이제껏 단 한 번도 보지 못했다면서,

시드니의 모습이 참으로 숭고했다고 말했다. 어떤 사람들은 그가 앞날을 내다보는 것처럼 보였다고 말하기도 했다. 만약 그것이 사실이라면, 그가 내다본 앞날의 모습은 어떤 것이었을까?

혹시 그는 솔로몬을 비롯해 복수의 화신, 자크 3, 그의 동료 배심원들, 그리고 판사 들이 모두 바로 자기네들이 지지한 공화국 정부에 의해 처형되는 모습을 내다보지 않았을까? 그리고 파리가 피비린내가 진동하는 살육과 공포의 도시에서 아름답고 평화롭게 번창하는 새로운 도시로 거듭나는 모습을 혹시 내다본 것은 아니었을까?

또한 그는 자신이 목숨을 바쳐 구해 준 루시네 가족들이 영국에 무사히 돌아가 평화롭게 살아가는 모습을 내다보지 않았을까? 루시와 찰스가 함께 오랫동안 행복하게 살면서 아들을 낳아 그 이름을 시드니라고 지은 것과, 다시 제정신을 찾은 마네트 박사가 존경받는 노인으로 건강하게 오래오래 살아가는 모습, 그리고 자비스가 십 년이나 더 살다가 평화롭게 눈을 감는 장면 등을 말이다.

그 밖에도 혹시 그는 매년 자신의 기일이 돌아오면 루시가 그를 위해 감사와 슬픔의 눈물을 흘리는 모습을 내다보지 않았을까? 그리고 마지막으로 루시의 아들 시드니 다네가 훗날 유명한 변호사가 되었을 뿐만 아니라, 그가 낳은 아들에게도 시드니라는 이름을 지어 주고는 어느 날 그 아들을 데리고 파리에 와서 단두대가 있던 자리를 보여 주며, 시드니라는 용감한 사람이 바로 이곳에서 숭고하게 죽었노라고 이야기해 주는 모습을 내다본 것은 아니었을까?

혼란의 시대에서
더욱 빛나는 고귀한 사랑

강혜원 _ 전 서울 상암고등학교 국어 교사

역사 속에 묻힌 삶을 꺼내다

원은 공녀라 하여 고려의 처녀들을 뽑아 가기도 하였다.

중학교 2학년 국사 교과서에 나오는 구절이다. 이 짧고 간결한 문장에서 우리가 알 수 있는 사실은 그리 많지 않다. 13세기 초 강대국이었던 원나라가 고려의 처녀들을 강제로 끌고 갔다는 사실 정도만 짐작해 볼 수 있을 뿐이다. 그렇다면 여기에 상상력을 살짝 발휘해 보면 어떨까?

원의 침입으로 온 나라가 전란의 불길에 휩싸였던 고려 시대. 어느 마을에 이슬이라는 이름의 아름다운 처녀가 살았다. 그녀에게는 혼인하기로 약속한, 사랑하는 남자가 있었다.

두 사람의 혼례식이 얼마 남지 않은 어느 날, 이슬이가 그만 원나라에 공녀로 뽑혀 가게 되었다. 이슬이는 상심에 빠진 나머지, 원나라에 끌려가지 않기 위해 독초를 먹기로 결심한다. 이때 구슬이란 처녀가 나타나 이슬이를 말리고 자신이 대신 공녀로 끌려간다. 그녀는 이슬이와 정혼한 남자를 남몰래 짝사랑하고 있었던 것이다.

자신이 사랑하는 남자에게 이별의 슬픔을 겪지 않게 하려고 자신이 대신 고통을 짊어지는, 애틋한 사랑 이야기. 지어낸 이야기이기는 하지만, 그 시대에 충분히 일어났을 법한

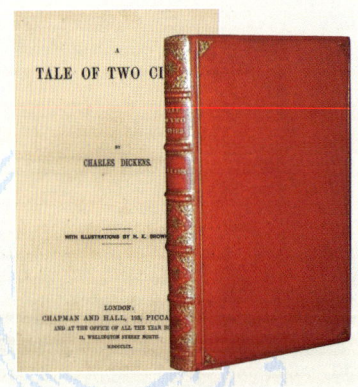

《두 도시 이야기》의 속표지와 초판본.

일이지 않은가?

역사를 설명하는 단 한 구절 속에
도 당시 사람들의 구구절절한 사연들
이 담겨 있다. 거기에 웃음과 눈물, 깊
은 한숨이 함께 배어 있다는 사실을 생
각해 보면, 수업 시간에 배우는 역사
적 사실 하나하나가 사뭇 새로운 의미
로 다가올 것이다. 어쩌면 역사 교과서
의 매 쪽에는 우리가 알 수 없는 수백,
수천 편의 영화 혹은 소설 같은 얘기
가 담겨 있을지도 모른다.

영국을 대표하는 위대한 작가 찰스
디킨스가 1859년에 출간한 《두 도시
이야기》는 파란만장한 시대를 살아가
는 사람들의 다양한 이야기를 그린 장

영화 《화려한 휴가》(2007). 1980년에 광주에서 일어난
5·18 민주화 운동을 평범한 사람들의 시선으로 바라본
작품. 시대의 비극과 불행 속에 가족애와 사랑이 살아 있
음을 전한다.

편 소설이다. 삶과 사랑, 인간의 이중적 또는 다중적 모습, 그리고
시대의 모순 등이 실제 있었던 일 못지않게 생생하게 펼쳐진다.

디킨스 자신이 펴낸 《일 년 내내(All the Year Round)》라는 잡지
에 1859년 4월 30일부터 11월 26일까지 연재한 이 작품은, 프랑
스 혁명이라는 실제 사건을 배경으로 파리와 런던 두 도시에서
일어나는 이야기를 담고 있다.

긴박하게 흘러가는 역사 속에서 서로 아끼고 사랑하고, 혹은
미워하고 복수하는 인물들의 이야기를 따라가다 보면, 우리는
어느새 18세기 영국 런던과 프랑스 파리의 어느 복잡한 거리에
서 있는 듯한 착각에 사로잡히게 된다. 그리고 그들이 겪는 생생
한 감정의 굴곡까지 고스란히 느낄 수 있다.

두 도시를 넘나드는 삶과 죽음의 서사시

부와 빈곤, 탐욕과 굶주림. 빛과 그늘이 동시에 존재했던 18세기 유럽. 역마차 한 대가 영국 런던을 출발해 프랑스 파리로 달려가고 있다. 이 마차 안에는 런던의 텔슨 은행에 근무하는 자비스 로리가 타고 있다. 그는 십팔 년 전에 이미 죽은 사람으로 알려졌던 알렉상드르 마네트 박사를 다시 살려 내기 위해 급하게 길을 떠난 참이다.

파리로 가던 도중, 자비스는 런던 도버에 들러 마네트 박사의 딸 루시를 만난다. 그동안 아버지가 죽은 줄로만 알고 살아 온 루시는 자비스에게서 아버지의 소식을 듣고는 기절할 듯 놀란다.

그들은 파리에 도착해 드파르주 부부가 운영하는 허름한 술집으로 간다. 마네트 박사는 파리에 있는 바스티유 감옥에서 십팔 년 동안 '북쪽 탑 105호'라는 감방 번호를 자신의 이름 삼아 살다가 간신히 풀려난다. 그 뒤 예전에 자신의 하인으로 있었던 드파르주의 보호를 받으며, 정신이 반쯤 나간 상태에서 오로지 구두 만드는 일에만 몰두하다가 극적으로 딸과 재회한다.

그로부터 오 년 후인 1780년, 마네트 박사는 고통의 세월을 거

드파르주 부인이 술집 안에서 뜨개질을 하고 있는 모습.

의 잊은 채 딸과 함께 영국에서 행복한 삶을 누린다. 그러다 찰스 다네라는 프랑스 청년이 죄인으로 회부된 재판에 증언을 하게 된다. 찰스는 마네트 박사 부녀가 오 년 전 영국으로 오는 배 안에서 만나 도움을 받았던 사람이다. 그가 프랑스의 첩자로 오인받아 사형을 당할지도

혁명의 심판자, 단두대

프랑스 혁명 시기에 죄인들을 처형한 도구인 단두대. 단두대는 1789년 파리 대학 해부학 교수였다가 혁명 당시 국민 의회 의원으로 선출된 기요탱이 제안하였다 하여 '기요틴(Guillotine)'이라는 이름이 붙었다. 그 이전까지는 형을 집행하는 관리가 직접 낫으로 죄수의 목을 베었는데, 이를 본 기요탱이 사형수들의 고통을 조금이나마 덜어주자는 뜻에서 기계를 만들 것을 제안하였다고 한다.

루이 16세, 왕비 마리 앙투아네트와 같은 왕족은 물론이고 귀족, 관리, 평민 등 수많은 사람들이 단두대로 처형되었으며, 단두대를 도구 삼아 무서운 공포 정치를 펼쳤던 로베스피에르조차 단두대에서 삶을 마감했다. 단두대는 혁명 기간 동안 프랑스 국민들 사이에서 미신적인 상징물로 여겨졌다. 남자들은

단두대로 처형하는 모습을 그린 그림. 구경꾼 사이에 북을 치는 사람도 보인다.

몸에 단두대 문신을 하고 다녔고, 여자들은 단두대 모양의 귀고리나 브로치 같은 장신구를 애용했으며, 접시와 컵, 담뱃갑 등에도 단두대 문양이 새겨졌다. 아이들은 장난감 단두대로 쥐의 목을 베며 놀았고, 우아한 귀족 여인들까지도 인형의 목을 베면 그 안에서 붉은 향수가 뿜어져 나오는 단두대 향수를 지니고 다녔다.

그러나 이 엽기적인 형틀에 대한 사람들의 관심은 이내 시들해졌다. 단두대의 이슬로 사라져 간 사람들 가운데에는 귀족보다 평민의 수가 훨씬 많아, 자신들도 언제 단두대의 제물로 바쳐질지 알 수 없었기 때문이다. 보통 귀족 한 명에 평민 네 명의 비율로 단두대의 희생양이 되었다고 한다. 그러니 얼마나 많은 무고한 사람들이 단두대에 목을 잘렸는지 상상하기 힘들 정도다. 단두대는 1981년 9월, 프랑스가 사형 제도를 법으로 금지하면서 역사의 뒤안길로 사라졌다.

17세기 올드 베일리 법정 내부(위)와 현재의 건물 외관(아래). 공식 명칭은 중앙 형사 법원이지만 건물이 자리한 작은 길 이름인 올드 베일리로 흔히 불린다. 19세기까지만 해도 이곳에서는 공개 교수형이 실시되기도 했다.

모르는 상황에 처해 있었던 것. 이 재판에서 찰스의 변호사인 스트라이버는 찰스와 꼭 빼닮은 자신의 보좌 변호사 시드니 카턴에게 결정적 도움을 받아 찰스가 무죄임을 이끌어 낸다.

이 재판을 계기로 찰스와 루시는 서로 사랑하게 되고, 시드니 역시 루시에게 사랑을 느낀다. 사실 찰스는 악명 높은 프랑스 후작 에브레몽드의 조카이다. 가문이 저지른 악행을 몹시 수치스럽게 여기는 찰스는 재산과 가문은 물론 국적까지 포기하겠노라고 숙부에게 말한다. 찰스와 그런 얘기를 나눈 다음 날, 에브레몽드 후작은 의문의 죽임을 당해 시체로 발견된다.

루시를 짝사랑하는 또 다른 남자인 시드니는 삶에 대한 애정은 고사하고 하루라도 빨리 삶을 마감하길 바라면서 아무 의욕 없이 사는 건달 같은 인물이다. 그러나 루시를 향한 마음만은 더없이 순수하고 고귀하다. 찰스와 루시가 결혼을 앞둔 어느 날, 시드니는 자신의 마음을 루시에게 고백한다. 그는 루시가 자신을 추억해 주는 것만으로도 행복하게 살아갈 수 있다고 말하며, 언젠가는 그녀를 위해 헌신하겠다고 다짐한다.

한편, 파리의 생탕투안 거리에서 술집을 운영하는 드파르주 부부는 혁명을 일으키기 위한 준비를 차근차근 해 나간다. 그들은 자크 당을 조직하여 당원들을 모으고 정기적인 모임을 갖는다. 혁명에 대한 신념이 남달리 확고한 드파르주 부인은 항상 손에 뜨개질거리를 들고 있다. 뜨개질로 짜이는 옷에는 당원의 이름과 첩자의 생김새 등 혁명과 관계된 모든 정보가 치밀하게 암호로 새겨져 있다.

영국에서는 드디어 찰스와 루시가 결혼식을 올린다. 그런데 어찌 된 일인지 마네트 박사는 딸의 결혼식 직후 정신을 놓아 버린 채 마치 예전의 죄수 시절로 돌아간 듯 구두 만드는 일에 몰두한다. 아흐레 동안 넋을 놓고 구두만 만들던 마네트 박사는 루시가 신혼여행을 마칠 무렵 본래의 정신을 되찾는다. 박사를 돌보던 자비스는 박사의 병이 재발한 이유 가운데 하나가 구두 만드는 연장이 곁에 있기 때문이라 생각하고 그것들을 모두 박살내 버린다.

찰스와 루시가 아이를 낳고 행복한 결혼 생활을 꾸려 가던 1789년 7월, 파리에서는 드파르주 부부를 주축으로 민중들이 일제히 봉기한다. 그들은 바스티유 감옥을 습격해 함락시킨다.

1792년 찰스는 프랑스에서 날아온 편지를 받고 파리로 향한다. 자기 가문의 하인이자 토지 관리인이었던 가벨이 사형당할 위험에 처해 찰스에게 도움을 요청했기 때문이다. 그러나 찰스는 파리에 도착하자마자 혁명군들에게 체포되어 망명자라는 죄목으로 감옥에 갇힌다. 한편 자비스는 텔슨 은행의 파리 지점 일을 급하게 처리하기 위해 파리에 도착한다.

찰스의 소식을 알게 된 마네트 박사와 루시는 파리로 달려온다. 마네트 박사는 자신에게 행복한 삶을 되찾아 준 딸을 위해 사위를 석방시키는 데에 온 힘을 쏟는다. 그리고 십팔 년 동안 바스

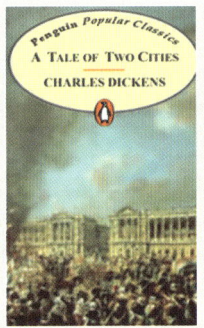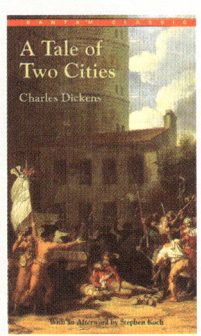

《두 도시 이야기》의 1905년, 1983년, 2007년 판본.

티유 감옥에 갇혔던 마네트 박사의 전력이 밝혀져 찰스는 무죄로 풀려난다.

그러나 찰스는 이내 다시 체포되어 재판정에 서고, 드파르주와 그의 부인이 찰스를 처형할 결정적 단서가 될 편지를 들고 나타난다. 그것은 다름 아닌, 마네트 박사가 바스티유 감옥에 갇혔을 때 쓴 비밀 편지다. 박사는 이 편지에서 에브레몽드 후작이 과거에 저지른 악행을 낱낱이 폭로하면서 후작과 그의 일족 모두를 고발했던 것이다. 이 편지에는 지금껏 일어난 사건들의 원인과 얽히고설킨 인연의 진실이 담겨 있다.

결국 찰스는 사형을 선고받는다. 이젠 어쩔 도리 없이 남편의 죽음을 받아들여야 하는 루시. 고통스러워하는 그녀의 모습을 남몰래 지켜보는 이가 있으니, 바로 시드니이다. 시드니는 자비스에게 무언가를 단단히 부탁한 뒤, 찰스가 갇혀 있는 감옥으로 향한다. 시드니는 과연 무슨 생각으로 어떤 일을 꾸미고 있는 것일까? 쌍둥이처럼 꼭 닮은 두 사람, 찰스와 시드니의 운명은 앞으로 어떻게 될 것인가?

소용돌이치는 역사의 한복판에서

《두 도시 이야기》는 프랑스 혁명 자체에 초점을 맞추고 있지
는 않다. 그렇지만 인물들이 빚어내는 사건은 혁명의 각 단계와
긴밀하게 얽혀 있으며 그들의 삶에 지대한 영향을 미친다. 따라
서 프랑스 혁명이 왜 일어났으며 어떻게 진행되었는지 아는 것
은 작품을 이해하는 데 중요한 열쇠가 된다.

프랑스 혁명이 일어난 근본 원인은 민중들의 삶을 짓누르는
앙시앵 레짐(Ancien Rime)이었다. 구(舊) 체제 혹은 구 제도를 뜻
하는 이 말은 혁명이 일어나기 전의 프랑스 사회를 한마디로 아
우를 수 있는 용어이다. 당시 프랑스 사회는 왕과 귀족, 성직자
등 소수의 권력자들은 엄청난 재산을 가지고 호화롭게 살아간
반면, 대다수의 민중은 극심한 가난에 시달리는 기형적인 구조
였다. 그 속에서 민중들은 가난뿐만 아니라 권력 계급이 휘두르
는 횡포와 차별을 겪으면서 고달픈 삶을 꾸려 나가야 했다.

이런 상황 아래, 스스로를 태양왕이라 칭했던 루이 14세는 화
려함의 극치를 달리는 베르사유 궁정을 짓는 데 어마어마한 국
가 재정을 쏟아 부었다. 또한 루이 16세가 미국의 독립 전쟁에 개
입하여 재정을 지원하는 등 왕실의 권위를 높이는 데 갖은 노력
을 기울인 탓에 프랑스의 경제 사정은 형편없이 악화되었다. 이
와중에도 왕족과 귀족들은 밤낮으로 호사로운 파티를 즐겼고,
이는 서서히 민중들의 분노를 불러일으켰다.

어려운 국가 재정을 회복시키고자 열린 삼부회에서 평민들은
자신들의 권리를 요구하면서 '국민 의회'라는 입법체를 구성하
고 새로운 헌법을 만들려고 했다. 그러자 귀족들의 꾐에 넘어간
루이 16세가 군대를 동원하여 국민 의회를 해산하려 하였고, 급

앙시앵 레짐, 혁명으로 무너지다

앙시앵 레짐(Ancien Réime)이란 프랑스 어로 이전의 제도나 옛 질서를 뜻한다. 이 말은 프랑스 혁명을 거치면서 구 제도, 구 체제를 의미하는 고유명사처럼 굳어져 널리 쓰였다. 앙시앵 레짐 아래에서 사람들은 성직자(제1신분), 귀족(제2신분), 평민(제3신분), 이렇게 세 개의 신분으로 구분되었다.

이 중 2퍼센트를 차지하는 성직자와 귀족이 전체 토지의 40퍼센트를 소유하고 있었는데, 그러면서도 세금은 내지 않았고 주요 관직을 독점하였다. 나머지 98퍼센트의 농민과 수공업자가 60퍼센트의 토지를 소유하고 있었으며, 봉건적 속박과 무거운 세금에 시달리면서도 정치 권력을 갖지 못했고 별다른 권리도 주어지지 않았다. 그 결과 상위 계급은 엄청난 특권을 누렸던 반면, 하위 계급은 대부분 비참한 생활에 허덕여야 했다.

앙시앵 레짐을 상징적으로 보여 주는 삽화. 성직자와 귀족을 등에 태우고 걸어가는 농민의 모습이 힘겨워 보인다.

프랑스 혁명의 도화선이 된 신분제 의회인 삼부회도 세 신분에 따라 세 부로 구성되어 있었다. 제3부에 해당하며 인구의 대다수가 속한 평민은 재정적으로 많은 부담을 떠안고도, 삼부회 안에서 아무런 힘을 갖지 못한 채 귀족과 성직자에게 밀리기만 하였다. 이에 대해 가장 큰 불만을 품은 이들은 부르주아(Bourgeois)들이었다. 부르주아는 평민이었지만 지식인이었고, 상공업으로 많은 돈을 벌어들이던 사람들이었다. 그들은 귀족, 성직자들의 세금까지 자신들이 부담해야 한다는 것에 불만이 많았다. 결국 부르주아는 프랑스 혁명의 중심 세력이 되어 시민으로서의 자유와 권리를 추구하려 앙시앵 레짐을 무너뜨린다.

기야 파리 시민들의 분노는 폭발하기에 이르렀다.

흥분한 파리 시민들은 국왕의 권위를 상징하던 바스티유 감옥을 습격했다. 이 사건이 도화선이 되어 혁명의 불길은 곳곳으로 번져 갔다. 그리고 1789년 8월 28일, 국민 의회에서는 '인권 선언'을 발표했다.

이후, 프랑스 국민들은 입법 의회를 결성하여 헌법에 입각한 입헌 군주제를 제정하고, 공화정을 선포함과 동시에 국민 공회를 만들었다. 국민 공회에서는 루이 16세를 처형하고, 공회에서 지지를 받던 로베스피에르를 우두머리로 삼았다. 하지만 로베스피에르는 일 년 가까이 독재에 가까운 공포 정치를 펼치다가 단두대에서 목숨을 잃었다. 이후 나폴

1789년 7월 14일, 파리의 동쪽 끝에 있는 바스티유 감옥이 습격당하는 장면. 감옥 습격은 분노한 파리 시민들에 의해 다소 충동적으로 일어난 것이지만, 훗날 프랑스 혁명 그 자체를 상징하는 중요한 사건이 되었다.

레옹이 쿠데타를 일으켜 총재 정부를 만들게 된다.

중세 사회의 모순을 없앤 프랑스 혁명은 시민 사회의 시작을 열었다고 할 수 있다. 신분의 불평등과 경제적 불평등이 사라졌고 진보적 귀족과 부르주아, 농민 등 거의 모든 계급이 참가하여 이루어 낸 성과로, 전 인류에게 보편적으로 작용되는 자유와 평등의 이념을 실현시켰다는 점에서 중요한 의미를 지닌다.

그렇다면 당시 영국의 상황은 어떠했을까? 영국은 프랑스와 같이 뚜렷한 계기가 있었던 것은 아니었지만, 17세기 청교도 혁명(1640~1660)과 명예 혁명(1688)이 일어나면서 공화정이 수립되어 지배 계층의 영향력이 점차 줄어들고 있었다. 또한 프랑스 혁명의 영향으로 영국에서도 평민과 귀족 사이에 '부르주아'라는 중간 계급이 생기면서 마침내 시민 계급이 만들어졌다.

이때부터 중세의 봉건주의 체제가 서서히 무너지고 시민 중심의 사회로 변모했지만, 나라 전체는 여전히 방향을 잃은 채 혼란속에 머물러 있었다. 그러다 18세기 후반, 전 세계로 파급돼 혁신적인 변화를 가져온 산업 혁명이 영국에서 일어나면서 산업 사

회로 나아가는 발판이 마련되었다.

역사와 인간의 접점을 찾다

찰스 디킨스는 산업 혁명의 근원지인 영국 런던에서 이웃 나라의 이런 혼란스러운 상황을 지켜보았다. 그는 런던과 파리를 오가며 프랑스 혁명기를 배경으로 한 작품을 구상했는데, 그것이 바로 《두 도시 이야기》이다.

작가는 작품을 크게 세 부분으로 나누어 구성했다. 첫 부분은 1775년. 닮은 꼴의 파리와 런던 두 도시의 상황을 묘사하는 것으로 이야기는 시작된다. 소수의 귀족에게 억압당하는 대다수의 프랑스 민중은 가난에 굶주려 있었고 나라 전체도 점점 황폐해져 가고 있었다. 배고픈 민중들의 원한은 이미 차곡차곡 쌓이고 있었다. 한편 런던은 무질서와 불공정함이 판을 친다. 이런 시대의 피해자로서 귀족의 손에 의해 십팔 년간 감옥에 갇혀 있던 마네트 박사는 딸과 처음으로 만난다. 마네트 박사의 억울한 감옥살이는 당시 사회 제도가 얼마나 불합리했는지를 상징적으로 보여 준다.

두 번째 부분은 1780년부터 1792년까지의 기간이다. 프랑스에서는 쌓여 가던 민중의 분노가 혁명으로 폭발한다. 영국에서는 어수선한 사회 분위기 속에서 찰스와 루시가 결혼식을 올리고 행복한 가정을 꾸린다.

마지막은 이 작품에서 제13장이 시작되는 1793년부터이다. 프랑스 혁명기 중 공포 정치가 시행되던 시기이다. 역사적 의미를 지닌 사건의 이면이 드러나며, 가장 혼란스러운 시기를 살던

역사 속 실제 사건과 작품 속 사건을 비교해 보자

■ 두 도시 이야기
■ 프랑스 혁명

1757	12월, 마네트 박사가 후작의 악행을 목격하고 바스티유 감옥에 갇힘.
1767	12월, 마네트 박사가 후작 일가의 악행을 고발하는 비밀 편지를 작성함.
1775	11월, 자비스 로리가 파리로 향함. 도중에 루시를 만나 마네트 박사와 재회함.
1780	3월, 찰스 다네가 국가 반역 행위라는 죄명으로 재판을 받고 무죄 방면됨.
	3월, 에브레몽드 후작이 사망함.
1781	찰스와 루시가 결혼함.
1789	5월, 삼부회가 소집됨.
	7월 14일, 파리 시민들이 봉기함. 바스티유 감옥이 함락됨.
	7월 중순, 드파르주 일당이 바스티유 감옥을 습격함.
	7월 중순, 드파르주가 북쪽 탑 105호에서 마네트 박사의 비밀 편지를 발견함.
	8월, 봉건적 신분제와 영주제가 폐지됨.
	8월 26일, 의회 인권 선언이 가결됨.
	9월, 헌법이 제정되고 입헌 군주제가 채택됨.
1791	10월, 입법 의회가 구성됨.
1792	8월, 파리 코뮌이 수립됨.
	9월, 입법 의회가 해산되고, 다음 날 국민 공회가 성립됨.
	9월, 국민 공회가 프랑스 왕정 폐지와 공화정 채택을 선언함.
	가을, 찰스가 파리로 떠남.
1793	1월, 루이 16세가 처형됨.
	10월, 공포 정치가 시작됨.
	12월, 찰스 다네가 석방되었다가 다시 체포됨.
	12월, 시드니 카턴이 단두대에서 처형됨. 마네트 박사 일가는 프랑스를 빠져나와 영국으로 향함.
1794	7월, 로베스피에르가 처형되면서 공포 정치가 종료됨.

사람들의 삶이 극단적으로 부각된다. 이제 주인공들은 마지막 드라마를 위해 파리로 모여드는데⋯⋯. 먼저, 프랑스 태생으로 에브레몽드 후작 가문의 후손인 찰스가 죽음의 위협이 도사리고 있는 프랑스로 떠난다. 파리에서는 자크 당이 활개를 친다. 잔인하고 무분별한 피의 복수가 이루어지고, 루시 가족의 고난이 뒤따르며, 찰스는 다시 재판대에 오른다.

시대의 주인공은 바로 우리!

역사 교과서 속에서 왕, 귀족, 평민이라는 일반 명사로 불리는 사람들이 소설 속에서는 한 사람 한 사람의 옷을 입고 등장한다. 생생하게 살아 숨 쉬는 구체적인 개인으로 만들어지는 것이다. 그리고 각 인물들은 독특한 구성으로 서로 긴밀하게 연결되어 있다.

이 작품 안에서 큰 줄기를 이루는 인물은 마네트 박사와 루시, 찰스 다네이다. 또 다른 줄기로는 드파르주 부부, 복수의 화신, 도로 보수 인부 등 혁명을 주도하는 인물들이 있다. 이들 모두와 얽혀 있고 모든 갈등의 뿌리가 되는 인물은 에브레몽드 후작이다.

에브레몽드, 그는 세상의 모든 것이 자신의 권력을 유지하고 가문의 재산을 불리는 데 이익을 가져다주어야 한다고 생각한다. 그는 소작인을 노예처럼 부리며 오로지 그들이 내는 세금에만 관심을 둔다. 아이 하나가 자신의 마차에 치여 죽었어도 파리 한 마리 죽는 것과 같이 가볍게 여기며, 그러면서도 "우리는 이미 특권을 잃을 만큼 잃은 상태이다."라고 말할 정도로 유아독존이다.

여기서 에브레몽드는 단순히 등장인물 한 사람에 그치지 않

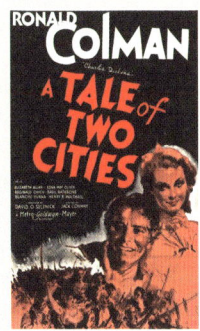

디킨스의 다른 작품들과 마찬가지로 《두 도시 이야기》도 여러 차례 영화로 만들어졌다. 1935년 최초로 만들어진 영화 〈두 도시 이야기〉의 포스터와 시드니 카턴이 공개 처형을 당하는 마지막 장면. 제2차 세계 대전 당시 유명했던 배우 로널드 콜먼이 시드니 역을 맡아 활약했다.

는다. 그는 모순으로 가득 찬 당시의 권력 계급을 대표한다. 그가 저지르는 온갖 폭력은 개인이 저지르는 폭력일 뿐 아니라, 그 시대에 벌어지는 일반적인 폭력을 보여 준다. 즉 에브레몽드는 프랑스 귀족 가문의 이름인 동시에 민중의 기름과 피를 짜내고 등을 휘게 한 낡은 제도를 상징하는 셈이다.

한편, 작가가 애정을 갖고 세심하게 그리는 인물은 폭력 앞에 고통을 받으면서도 다른 이들을 살려 내는 사람들이다. 그들은 한결같이 따뜻한 인간애를 지니고 있으며 남을 위해 헌신한다.

우선 마네트 박사는 기구한 삶을 살아가면서도 끝내 무너지지 않는 인물이다. 그는 에브레몽드 때문에 십팔 년 동안이나 감옥살이를 하면서 죽은 사람과 다름없는 삶을 살았다. 그것은 회복할 수 없을 만큼 절망적인 삶이었다. 그가 그런 삶을 살게 된 이유는 양심과 지성을 놓지 않았기 때문이다.

만약 그가 쌍둥이 귀족의 저택에서 보았던 모든 것을 짐짓 모른 척했더라면 그런대로 평탄한 삶을 살 수 있었을 것이다. 어쩌

혁명·쿠데타·사회 운동, 무엇이 다를까?

흔히 혁명은 역사 속에서 의미 있는 사건으로 기록된다. 혁명과 비슷한 역사적 사건을 지칭하는 말로 쿠데타와 사회 운동이 있다. 쿠데타는 기존의 사회 질서를 뒤엎는다는 점에서 혁명과 다를 바가 없지만 역사 속에서 그다지 긍정적인 평가를 받지는 못한다. 그렇다면 혁명과 쿠데타, 사회 운동은 서로 어떻게 다를까?

혁명(Revolution)이란 한 국가의 정치적, 사회적, 경제적 상황이 완전히 달라지는 것을 의미한다. 소수의 사람들이 중심이 되어 점점 다수에게 퍼져 나간다. 그리고 그 민중 전체의 호응과 지지를 얻어야만 성공할 수 있다. 대표적인 혁명으로 프랑스 혁명(1789), 영국 명예 혁명(1688), 러시아 혁명(1917) 등이 있으며, 우리나라에서 1960년 이승만 정권의 장기 집권에 반대하여 일어난 4·19 혁명이 이에 포함된다.

4·19 혁명 당시 고등학생들의 시위 행렬.

쿠데타(coup d'État)는 프랑스 어로 정부를 뒤집는다는 뜻으로, 소수 세력이 무력을 이용하여 정권을 무너뜨리는 것을 말한다. 이것은 사회를 개혁하거나 제도를 개선하는 것이 목적이라기보다 단순히 지배 권력을 빼앗는 것을 목적으로 한다. 대부분 무기를 소유한 군인들이 일으키는 경우가 많다. 쿠데타로 볼 수 있는 대표적 사례로는 1922년 10월 무솔리니의 로마 진군에 의한 정권 획득, 1933년 7월 히틀러에 의한 나치스의 정권 획득 등이 있다.

국제 환경 단체인 그린피스의 활동 모습. 환경 운동은 대표적인 사회 운동 중 하나이다.

사회 운동(Movement)이란 사회의 특정 분야를 개혁하거나 계몽하기 위해 어떤 단체나 집단이 적극적으로 활동을 펼치는 것을 가리킨다. 노동자들이 주축이 되어 권리를 주장하는 노동 운동, 환경 보호를 외치는 환경 운동, 여성의 사회적 지위를 높이고자 하는 여성 운동 등이 이에 속한다.

면 의사로서의 명성도 얻었을지 모른다. 그러나 그는 양심을 속이지 못한다. 그 때문에 긴 세월 동안 고통을 받고, 행복한 삶을 되찾은 후에도 악몽에 시달리지만 타인을 원망하거나 증오하지 않는다. 또한 그는 찰스가 자신을 고통과 파멸 속에 몰아넣은 에브레몽드의 조카라는 사실을 알면서도 그를 사위로 맞는다. 딸이 사랑하는 사람이기 때문이다.

딸이 결혼한 직후 한동안 의식이 혼미한 상태에서 구두 만드는 일에 몰두한 것은 아마도 딸의 사랑을 보호하기 위해 자기 내면에 남아 있는 과거의 상처와 원한을 삭이는 치열한 노력의 과정이었을 것이다. 작가는 마네트 박사를 통해 시대가 갖고 있는 불합리한 모순을 고발하는 동시에, 용서와 이해가 얼마나 위대한 힘을 갖고 있는지 말하려 한 것이 아닐까?

마네트 박사의 삶을 되살려 낸 루시 역시 부드럽고 착한 심성을 지닌 인물이다. 그는 기억마저 조각나 버린 아버지를 사랑으로 끌어안아 삶에 대한 희망과 온기를 전하고, 고국을 떠나 새로운 삶을 꾸려 가는 찰스와 행복한 가정을 이룬다. 자신의 삶에 회의를 느끼고 방탕한 생활 속에서 하루하루 죽음을 기다리며 사는 시드니마저도 루시 앞에서는 가장 고귀하고 순수한 사람으로 변모한다. 루시는 복수의 피를 갈망하는 드파르주 부인이나 뱅장스(복수의 화신) 같은 여성들과 뚜렷이 구별된다. 다른 사람들의 파괴된 삶을 자기 가슴에 품어 안는 어머니 같은 여인으로 그려져 있다.

찰스 역시 사람을 살리고자 하는 긍정적 인물이다. 그는 자신의 아버지가 저지른 악행을 반드

에브레몽드 가문의 문장이 표지로 쓰인 책《에브레몽드》. 영국 소설가 다이애나 마이어가 2005년 8월에 출간한 작품으로, 시드니 카턴의 학창 시절과 에브레몽드의 어린 시절 등 《두 도시 이야기》에 나오는 인물들의 과거에 대한 내용을 담고 있다.

시 바로잡으라는 어머니의 유언에 따라 후작이라는 신분을 버린다. 그러고는 영국으로 건너와 자신의 가문에 의해 몰살당한 집안에서 가까스로 살아남은 여자를 수소문한다.

그러면서 지주로서의 권리를 포기하고 아무런 특권도 누릴 수 없는 곳에서 자신의 생계를 이어간다. 그러다가 자신의 하인을 살리기 위해 파리로 향한다. 그는 마네트 박사와 더불어 작가가 추구한 이상적인 인간형으로 보인다. 마네트 박사는 피해자로서 취해야 할 모습을, 찰스는 가해자로서 응당 책임져야 할 자세를 보여 주려 했던 것은 아닌지.

찰스를 살려 내고 죽음을 택하는 시드니는 이 작품에서 가장 강렬한 인상을 주는 인물이다. 한 여성을 진실로 사랑하면서도 사랑을 이루지 못하고, 그 여성이 남의 아내가 되고 아기 엄마가 된 후에도 한결같은 마음으로 지켜 준 사나이. 그는 찰스와 꼭 닮은 용모 때문에 첫 등장부터 찰스를 구하는 역할을 맡는다. 그리고 끝내 생명을 바치면서까지 그를 구해 낸다.

다른 이의 행복을 위해 단두대에서 처형을 기다리는 시드니의 모습은 숭고하고 아름답게 그려진다. 작가는 시드니를 통해 사랑과 희생이 얼마나 고귀한지 전하려 한 듯하다. 처형 직전 그가 미래의 이미지들을 떠올리는 장면을 보면, 우리가 사는 평범한 현실이 혹시 다른 누군가의 희생으로 이루어진 것은 아닐까 하는 생각을 하게 된다.

인물들의 행동이나 사물에 나타난 상징성도 눈여겨볼 만하다. 감옥에서 끊임없이 구두를 만드는 마네트 박사. 그 행동은 몇 걸음도 채 내디딜 수 없는 감옥을 벗어나 세상 밖을 걷고 싶은 욕망이자, 사랑하는 사람을 향한 그리움의 표현이라 할 수 있다.

작품 초반, 드파르주의 술집 앞에서 술통이 깨지면서 거리를 온

바스티유와 콩시에르제리, 두 감옥 이야기

작품에서 마네트 박사가 십팔 년 동안 갇혀 있던 바스티유는 1370년 백년 전쟁 당시 파리를 방어하기 위해 파리 동쪽 지역 생탕투안에 쌓은 요새이다. 17세기 루이 13세가 감옥으로 개조하여, 정부의 체제나 정책에 반대하는, 이른바 정치범들을 가두기 시작하면서 유명해졌다. 시인 볼테르(1694~1778), 계몽주의 사상가 디드로(1713~1784) 등이 한때 이곳에 구금되면서 바스티유 감옥은 지배자가 권력을 장악하여 독재를 휘두르는 전제 정치의 상징이 되었다. 그러나 1789년 7월 14일 만여 명의 파리 시민들이 봉기하여 바스티유 감옥을 함락했을 때, 실제로 그곳에는 잡범에 해당하는 일곱 명의 죄수만 갇혀 있었다고 한다. 그리고 습격 이후 감옥은 철거되었다.

프랑스에서는 바스티유 감옥을 함락한 7월 14일을 바스티유 기념일로 지정하고 불꽃놀이 등 국가적으로 성대한 축제를 벌인다.

프랑스 혁명 당시 바스티유 감옥이 함락되는 모습을 그린 그림과 7월 혁명 기념탑이 세워져 있는 바스티유 광장의 지금 모습.

작품 속 또 하나의 감옥인 콩시에르제리. 찰스 다네가 단두대 처형을 앞두고 수감되었던 곳이다. 프랑스 파리 시테 섬 서쪽에 자리 잡은 이 건물은 노트르담 성당과 마주 보고 서 있다. 원래 콩시에르제리는 필리프 4세(1268~1314, 카페 왕조 제11대 왕)가 1284년에 짓기 시작해 1314년에 완성한 파리 최초의 궁전이다. 1358년 궁전을 루브르로 옮긴 뒤부터 의회와 국왕의 중앙 집행부로 사용되었으며 1391년부터 감옥으로 썼다.

현재의 콩시에르제리.

프랑스 혁명 당시에는 단두대로 가는 대기실로 쓰였다. 바로 옆에 공개 처형을 위한 단두대가 설치되어 있었으며, 1793년부터 1795년까지 무려 이천육백여 명의 죄수들이 이곳 단두대에서 처형되었다. 루이 16세의 왕비 마리 앙투아네트, 시인 앙드레 세니에, 프랑스 혁명의 지도자인 당통을 포함한 수많은 사람들이 콩시에르제리를 거쳐 단두대의 이슬로 사라졌다. 현재 콩시에르제리는 국립 역사 기념관으로 관광객들을 맞이하고 있다.

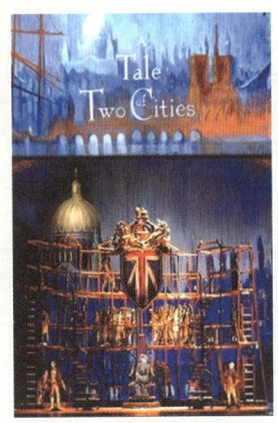

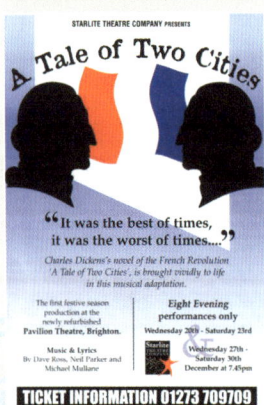

《두 도시 이야기》는 웅장하고 무게감 있는 작품의 특성상 뮤지컬로도 만들어졌다. 2006년 미국 뉴욕의 브로드웨이에서 상영된 뮤지컬 《두 도시 이야기》의 한 장면(위)과 영국 브라이턴에서 상영된 뮤지컬 〈두 도시 이야기〉 포스터(아래).

통 붉게 물들이는 포도주는 머지않아 그 거리가 붉은 피로 얼룩질 것을 예견하는 장치로 보인다. 정신없이 포도주를 마셔 대는 굶주린 사람들은 얼마 후 거리에서 함성을 지르며 혁명의 깃발을 흔드는 바로 그들이다.

작품 안에서 가장 중요한 모티브로 등장하는 드파르주 부인의 뜨개질은 과거에 대한 원한을 기록하는 의미를 지닌다. 복수해야 할 인물을 만나거나 사건이 생겼을 때 그녀는 어김없이 뜨개질을 하고 있다. 그녀는 쉼 없이 복수의 칼날을 갈 듯 언제 어디서나 뜨개질감을 놓지 않는다. 그녀에게 과거는 한시라도 잊지 않고 되새겨야 할 삶의 목적이기 때문이다.

작품 속 인물들은 파리와 런던을 오가며 새로운 사건과 삶에 휘말린다. 두 도시 사이에서 삶과 죽음, 복수와 희생, 분노와 사랑 사이를 넘나드는 것이다. 디킨스는 이 작품을 집필한 십일 개월 동안 파리에서 생활하면서 한 달에 한 번 런던으로 여행을 했다고 한다. 두 도시를 오가면서 인간과 역사의 미묘한 울림에 대해 깊이 생각하고 상상력을 발휘했던 것이다.

디킨스는 역사의 뒤편에서 사라져 버린 사람들에게 생생한 숨결을 불어넣음으로써, 그 당시에 살았을 법한 인간 군상과 사건을 현실감 있게 보여 주려 한 것이 아닐까? 말하자면, 시대적 상황이라는 어쩔 수 없는 굴레에 빠져 아무에게도 기억되지 못하고 사라져 간 인물들이 디킨스의 펜 끝에서 다시 태어난 셈이다.

비판과 풍자를 엮는 치밀한 구성

폭력에 대한 비판 의식을 바탕으로 역사의 모순을 폭로하고 바람직한 삶의 모습을 그려 내려 했던 찰스 디킨스. 그 생각을 전하기 위해 《두 도시 이야기》는 어떤 서술 방식을 취하고 있는지 살펴보기로 하자.

가장 눈에 띄는 것은 탄탄하고 정교한 구성 방식이다. 런던을 출발해 파리로 향하는 역마차에서 시작하여, 파리에서 런던으로 이동하는 역마차로 끝나는 설정은 작품 전체에 안정감을 불어넣는 장치로 작용한다.

격동적인 혁명을 배경으로 펼쳐지는 찰스와 루시의 사랑, 딸을 향한 마네트 박사의 사랑, 그리고 루시의 행복을 위해 자신을 희생하는 시드니의 사랑 역시 씨실과 날실이 엮여 가듯 짜임새 있게 전개된다. 사건의 고비마다 뜨개질로 원한을 기록하는 드파르주 부인의 모습도 정교한 구성 장치이다.

찰스와 닮은 꼴이어서 그가 무죄로 판결받는 데 도움을 준 시드니가 바로 그 닮은 모습 때문에 대신 죽음을 맞이하게 된다는 설정도 작품 초반과 후반의 중요한 순간에 적절하게 활용된다. 올드 베일리 재판 당시 찰스를 위험에 빠뜨렸던 존 바사드라는 인물은 사실 프로스의 동생이며, 영국 정부의 첩자 역할을 했던 인물이다. 그 역시 작품 후반에 다시 등장해 시드니를 돕는 막중한 임무를 맡는다.

마리 앙투아네트의 진실?

1789년 10월, 굶주린 파리 시민들이 베르사유 궁전으로 몰려갔다. 당시 왕비였던 마리 앙투아네트(1755~1793)는 그들이 먹을 빵이 없어 몰려왔다는 이야기를 듣고 "빵이 없다면 브리오슈를 먹으면 되지 않나?"라고 반문했다고 한다. 브리오슈는 프랑스에서 많이 먹는 빵으로, 예전에는 왕족이나 귀족만 먹던 귀한 것이었다. 따라서 이 말은 왕비로서의 무지함과 프랑스 왕실의 사치를 동시에 보여 주는 예로 지금까지 사람들의 입에 오르내리고 있다.

그러나 사실 이 말은 훗날 사람들이 지어낸 것이라는 주장이 있다. 프랑스 철학자 장 자크 루소(1712~1778)가 쓴 자서전 《고백록》에 이와 흡사한 이야기가 나온다. 루소는 빵이 없으면 와인을 마시지 못하는 성격이었다. 어느 날 그가 와인을 마시려는데 평소 먹던 빵이 없었다. 그 순간 루소는 빵이 없으면 브리오슈를 먹으면 되지 않느냐고 한 어느 고

화려한 차림을 한 마리 앙투아네트.

귀한 부인의 말을 떠올렸다. 그러고는 브리오슈와 함께 와인을 마셨다. 이 일화는 1740년경에 있었던 일이기 때문에, 1755년에 태어난 마리 앙투아네트가 그 '고귀한 부인'일 가능성은 아주 희박하다.

결국 빵 대신 과자나 고기를 먹으라는 말은 앙투아네트보다 '어느 고귀한 부인'의 일화가 앞선 것이었고, 앙투아네트가 이 말을 했다는 증거는 어디에도 없다. 오히려 앙투아네트는 알려진 것과 달리 검소했을 뿐 아니라 허례허식을 싫어했다는 주장이 있지만, 그녀를 곱지 않은 시선으로 본 당시 프랑스 사람들은 그녀를 궁지에 몰아넣을 극단적인 사건이 필요했던 것 같다.

밤마다 진흙투성이가 되는 제리의 신발에 얽힌 사연도 작품 후반에 드러난다. 에브레몽드 후작이 마차를 타고 지나갈 때 만난 도로 보수 인부는 나중에 라포르스 감옥 앞에서 루시를 감시하는 인물로 등장한다.

이렇듯 이 소설에서는 앞서 나왔던 인물과 사건이 뒤에 다시
등장하여 사건에 필연성을 부여한다. 처음에는 다양한 인물과
사건들이 마치 퍼즐 조각이 나열되듯 제각각 등장해서 자칫 혼
란스럽게 보일 수 있다. 하지만 뒤로 가면서 인물들의 운명이 결
정되고 복잡한 관계가 자연스럽게 정리되어 퍼즐은 완벽하게 맞
춰진다.

무엇보다 이 작품에서 극적 반전을 일으키는 마네트 박사의
편지를 주목할 필요가 있다. 이 편지는 찰스를 단두대로 보낼 수
있는 엄청난 증거이자 얽히고설킨 인간 관계를 푸는 실마리이
며, 마네트 박사의 투옥 원인과 에브레몽드 후작의 악행을 밝혀
독자의 궁금증을 단번에 해결해 주는 열쇠로 작용한다.

디킨스의 다른 소설에서처럼 《두 도시 이야기》에서도 풍자 정
신이 번득인다. 풍자(諷刺)란 빗대어 비판한다는 뜻이다. 특권 계
층의 행동을 높이는 듯하면서 실제로는 비난하며, 감춰진 허위
를 폭로하고, 권위를 추락시키기도 한다. 직접적으로 전달하지
않고 에둘러 표현하여 오히려 사물과 현상의 진실을 꼬집어 드
러내는 것이 풍자가 가진 재미이다.

귀족 나리는 최고위층 사람들과 어울리면서 거의 날마다 화
려한 파티를 열었고, 그렇지 않은 날엔 오페라나 연극을 관람하
면서 시간을 보냈다. 거리에서 가난한 사람들이 굶주림에 지쳐
숱하게 죽어 가는 그 순간에도, 귀족 나리는 여유롭게 산해진미
를 즐기며 "이 땅과 이 땅에 가득 차 있는 것은 모두 다 내 것이니
라."라고 떠들곤 했다.

이렇듯 특권 계층을 비꼬는 장면에서는 작가가 그들을 어떻게

우리나라 계급의 역사

쓸데없는 일로 몇 명이나 되는 하인들을 부리고 오로지 소작인들이 내는 세금에만 관심이 있는 작품 속 귀족들의 모습은 우리 나라의 역사 속에서도 쉽게 찾아볼 수 있다. 계급의 탄생은 재산을 소유하게 되는 것과 밀접한 관련이 있기 때문에, 그 기원은 벼농사의 시작으로 잉여 재산이 생겨난 고조선 시대로 거슬러 올라간다.

고조선 때에는 군장, 평민, 노비 세 계급이었고, 삼국 시대에는 귀족과 평민, 천민으로 나뉘었으며, 천민들끼리 모여 사는 향, 부곡이라는 지역이 따로 존재했다. 중세로 들어와, 고려 시대에는 귀족, 중인, 양인, 천민 네 계급으로 나뉘었다.

우리나라 역사에서 계급의 차이가 가장 뚜렷하고 신분 간 이동 역시 심하게 경직되어 있던 시기는 바로 조선 시대이다. 조선 시대에는 양반, 중인, 상민, 천민으로 신분이 구성되어 있었다. 문반과 무반을 합쳐서 양반이라 했고, 중인에는 아전이나 역관, 의관 등 주로 나라의 관리들이 속해 있었다. 상민은 대다

조선 시대 계급을 단적으로 보여 주는 김홍도(1745~1818)의 《벼 타작》. 농민들은 볏짐을 지고, 벼를 털고, 갈퀴질을 하는 반면, 양반은 그 뒤에서 술병을 앞에 놓고 긴 담뱃대를 입에 문 채 비스듬히 누워 감시를 하고 있다.

수가 농민이었으며 이 외에는 수공업자와 상인들로 구성되어 있었다. 천민은 노비와 노비가 아닌 자들로 나뉘었는데, 노비가 아닌 천민에는 백정, 무당, 광대 등이 속했다.

조선 시대 양반들은 오랫동안 권세를 누리면서 프랑스 귀족들에 버금가는 횡포를 부리기도 했다. 박지원의 《양반전》에는 이러한 양반의 모습이 적나라하게 드러나 있다.

> 방에는 기생이나 앉혀 두고, 뜰에 서 있는 나무에는 학을 친다. 궁한 선비가 되어 시골에 살아도 자기 맘대로 할 수가 있으니, 이웃집 소를 가져다가 자기 밭 먼저 갈고, 마을 사람을 불러다가 내 밭 먼저 김매게 한다. 이렇게 해도 어느 누구도 욕하지 못한다. 잡아다가 잿물을 코에 들이붓고 상투를 잡아매어 벌을 준대도 아무도 원망하지 못한다.

우리나라의 신분제 역시 근대로 접어들면서 서서히 무너져 갔다. 돈으로 양반의 관직을 살 수 있게 될 정도로 양반의 권위는 몰락하였고, 실학 사상이 보급되고 동학 농민 운동이 일어나면서 평등에 대한 의식이 고취되었다. 그러다 1894년 갑오개혁 때 공식적으로 신분제가 폐지되었다.

바라보고 있는지 짐작할 수 있다. 작품을 통해 평범한 사람들의 삶을 보여 주려 했던 디킨스는 이와 대비되는 특권 계층의 삶을 적절히 꼬집어 평민들의 고통을 더욱 부각시켰다.

조건 없는 희생, 진정한 사랑의 의미를 묻다

《두 도시 이야기》는 억울한 옥살이, 사랑, 복수라는 세 개의 소재가 독립적이면서도 긴밀하게 이어져 있다. 그리고 그 바탕에 묵직한 역사적 사건이 깔려 있다. 다른 작품에서 만날 수 있는 디킨스 특유의 유머는 다소 부족하지만 문학적 깊이와 매력을 지닌 작품임은 분명하다. 그렇다면 디킨스는 이 소설을 통해 무엇을 전하고 싶었을까?

먼저, 피와 폭력으로 벌어진 일에 또 다른 피와 폭력으로 앙갚음하는 것이 얼마나 무의미한지를 보여 주려 한 듯하다. 혁명을 일으킨 민중은 죽음에 대한 복수가 오직 죽음뿐이라고 생각한다. 그들은 자신들이 당한 그대로를 상대에게 돌려주고 싶어 한다. 드파르주 부인이 자신의 가족이 당한 방식 그대로 에브레몽드 가문을 몰살시키고 싶어 하는 것도 같은 맥락이다. 폭동을 일으켜 귀족들의 목을 아무렇지도 않게 베어 내는 드파르주 일당의 행위는, 길을 지나가던 아이가 자신의 마차에 치여 죽었는데도 전혀 개의치 않는 에브레몽드의 행

당시 파리와 런던 두 도시처럼 꼭 닮은 두 남자 찰스 다네와 시드니 카턴이 술잔을 마주하고 이야기를 나누는 장면.

동과 전혀 다를 바가 없다.

작가는 등장인물들이 서로를 죽이고 죽음을 당하는 모습을 보여 주면서, 폭력과 파괴에 무감각해진 사람들을 비판하고, 황폐하고 삭막하며 비인간적인 당시의 시대 상황을 고발하고 싶었던 것은 아닐까?

또한 작가는 혁명이라는 거대한 역사적 소용돌이 속에서 인간의 운명과 삶을 돌아보도록 유도한다. 우리는 극한 상황에 처했을 때, 사람들의 감정이 어떤 식으로 드러나는지 작품 속에서 생생하게 확인할 수 있다. 복수심과 증오심이 끓어 넘치는가 하면, 따뜻하고 순수한 애정과 사랑, 의리 등이 더욱 의미 있게 다가오기도 한다. 그리고 복수심과 증오심만 불타는 사람들의 최후는 결국 비참한 죽음으로 귀결되는 것을 볼 때, 사람과 사람 사이의 진정한 포용과 사랑이 얼마나 중요한지 깨닫게 된다.

한편 이 작품은 사랑의 여러 방식을 보여 준다. 등장인물만큼이나 다양한 빛깔의 사랑 중에서 가장 큰 것은 루시를 향한 시드니의 조건 없는 사랑이다. 그 밖에도 자비스와 프로스, 제리가 루시 가족들을 돌보는 것도 조건 없이 베푸는 사랑의 모습이다.

디킨스는 이 작품을 통해 특히 가족에 대한 사랑을 강조한다. 그는 평소에도 혼란스러운 사회를 구원할 해결책으로 정서를 중요시하는 인간 관계, 그리고 평화롭고 화목한 가정이라고 생각했다. 이 작품에서 주변 인물들이 루시의 가족을 위해 헌신하는 것, 시드니가 결국 자신의 목숨을 바쳐 희생하는 것도 하나의 가족이 온전히 유지되도록 도와주는 일이라고 할 수 있다. 부모가 자식을 대하듯, 자식이 부모를 대하듯, 그리고 형제자매가 서로를 대하듯 맺어진 인간 관계는 극심한 산업화와 도시화로 소외되는 인간성의 문제를 해결할 근본적인 방법일지 모른다.

디킨스 월드로 초대합니다

사람들과 마차로 북적이는 도로, 소란스러운 노점상과 상인들, 지저분한 뒷골목……. 복잡하면서도 활기찬 18세기 런던 거리가 책 속에서 튀어나왔다. 바로 찰스 디킨스를 소재로 한 놀이 공원 '디킨스 월드'의 모습이다.

디킨스 월드. 당시 런던 거리를 그대로 재현해 놓았다.

2007년 5월 25일, 영국 런던 근교에 문을 연 이 공원에 들어서면 빅토리아 시대의 옷을 차려입은 직원들이 곳곳에서 방문객들을 맞이한다. 넓이 일만 육천 제곱미터에 이르는 부지에는 디킨스의 여러 작품에 나오는 빅토리아 시대의 낡은 거리와 형무소가 그대로 꾸며져 있다. 《올리버 트위스트》, 《두 도시 이야기》, 《데이비드 코퍼필드》, 《크리스마스 캐럴》 등에서 보았던 장면들이 시간과 공간을 뛰어넘어 눈앞에 펼쳐지는 것이다. 그 거리에서 활약했던 장난꾸러기 꼬마와 술집의 종업원, 소매치기도 등장한다.

이 공원의 대표적인 놀이 기구는 이동 거리가 이백십 미터나 되는 '어트랙션 보트'이다. 이 기구를 타면 런던의 하수구에서 시작해서 도시 중심을 지나, 마지막으로 런던 시내 전체를 하늘에서 내려다볼 수 있다. 물론 공원 안에 조성된 가상의 런던 거리이다. 이 밖에도 스크루지 영감의 저주받은 집, 페긴의 동굴, 《니콜라스 니클비》의 두터 보이스 기숙 학교와 같은 작품 속 주요 공간을 놀이 기구로 만들어 전 세계 디킨스 독자들을 끌어들인다. 또한 3차원 입체 영상으로 디킨스의 일생과 그가 살던 시대를 보여 주며, 당시 런던 거리의 냄새까지 그대로 재현하는 치밀함까지 갖추고 있다.

시드니가 죽음을 맞이하는 마지막 장면에서 인물들을 한 명씩 떠올리며 그들의 미래를 그려 보듯이, 디킨스 역시 우리 사회의 혼란스럽고 각박한 앞날을 예견하고 그것을 이겨 낼 수 있는 힘이 무엇인지 전하려 한 것은 아니었을까? 따뜻하고 행복한 가정을 회복하는 것, 혼란스러운 시대 속에서 타인을 위해 아무 조건 없이 사랑과 희생을 베푸는 것이 가장 고귀하고 중요하다는 사실을 말이다.

찰스 디킨스의 역사 속으로

찰스 디킨스는 1812년 2월 7일, 영국 남부에 있는 포츠머스 지방에서 여섯 남매 중 둘째로 태어났다. 그의 어린 시절은 우울하고 가난했다. 아버지 존 디킨스는 해군 회계과 서기로 일했지만 정작 가정을 꾸려 나가는 일에는 무능력했다.

결국 아버지가 빚 때문에 감옥에 갇히자, 디킨스는 열두 살이라는 어린 나이에 구두약 공장에서 일을 하면서 감당하기 힘든 시간을 보냈다. 어린 디킨스에게 이 시기는 지울 수 없는 비참한 악몽으로 남게 되었다. 그는 누구에게도 이 시절의 얘기를 꺼내지 않다가 삼십 년이 지나서야 자신의 자전적 작품인《데이비드 코퍼필드》를 통해 당시의 고통을 드러냈다.

감옥에서 석방된 아버지가 디킨스를 다시 학교에 보내려 하자 어머니는 생활비가 아쉬워 아들이 계속 공장에 다니길 원했다. 이때 디킨스는 어머니에게 몹시 실망한 나머지, 이후 다른 사람들에게 자신의 어머니는 죽었다고 말했다.

디킨스는 삼 년간 웰링턴 아카데미 하우스에 다니며 기본적인 교육을 받았으나 별 도움을 얻지는 못했다. 그는 대부분의 지식을 혼자서 습득했다. 열다섯 살 때 변호사 사무실의 사환으로 사회에 첫발을 내딛은 그는 그곳에서 이 년 동안 일을 하며 법과 변호사에 대한 혐오감만 키웠다. 이후 법정과 의회 출입 기자로 일하면서도 그곳에서 일하는 사람들의 위선적인 태도와 법, 사회 제도 등에 반감을 갖게 되었다. 그렇지만 이 시기에 그가 보고 들은 일들과 마음에 담은 불신이나 비판의 감정들은 훗날 그의 작품에서 훌륭한 소재로 다시 태어났다.

1836년 《보즈의 스케치》를 발표한 후, 그는 런던 거리와 런던에서 살아가는 사람들의 삶을 담아 내는 작가로 유명해졌다. 이어 어리숙한 신사가 겪는 일을 코믹하게 묘사한 《피크위크 페이퍼스》를 연재하기 시작하면서 스물다섯의 나이에 엄청난 명성을 얻게 되었다. 당시 디킨스는 고급 주택가로 집을 옮기고 마차와 마부를 소유하였으며 사교계에 얼굴을 내밀기도 했으나, 상류층의 생활에 완전히 흡수되지는 못했다.

처음부터 굉장한 인기와 함께 주목을 받으며 작품 활동을 시작한 디킨스는 그 인기를 유지하기 위해 끊임없이 노력했다. 이런 노력으로 그는 영국을 대표하는 위대한 작가로 성장할 수 있었다.

디킨스는 자유분방하고 충동적이며 온몸에 열정이 넘쳐흘러, 쉬지 않고 작품을 쏟아내면서도 다양한 활동을 했다. 미국, 캐나다, 이탈리아, 스위스, 프랑스 등지를 여행하는 한편, 아마추어 극단에 들어가 활동하기도 했으며, 자선 활동을 펼치기도 했다. 특히 그는 잡지 편집

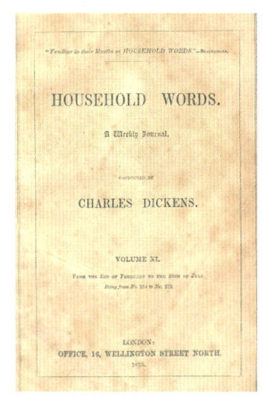

가정의 소중함을 중요하게 생각한 디킨스는 《가정 이야기》(1850~1859)라는 잡지를 발행하기도 하였다.

1860년 최초로 만들어진 연극 《두 도시 이야기》의 대본. 프로스와 드파르주 부인이 몸싸움을 벌이는 삽화 아래로, 스태프와 배우들의 이름이 적혀 있다.

작품을 위해서라면 뭔들 못할까?

넘치는 상상력과 입담으로 세상의 희망과 온기를 전하고 싶었던 찰스 디킨스. 그는 자신의 작품에 대한 애착이 유달리 강하기로 유명했다. 소설의 마지막 문장을 완성하기 위해 며칠 동안 고민에 고민을 거듭할 정도였다.

《두 도시 이야기》에서 가난한 민중들이 봉기하는 모습.

작품에 완벽을 기하려 항상 고심했던 그는 심지어 자신의 하인을 속이는 연극까지 하게 되는데…….

어느 날, 디킨스가 늘 귀가하던 시각에 누군가가 문을 두드렸다. 주인인 디킨스가 온 줄로만 여긴 하인은 들고 있던 일감을 놓고 부랴부랴 문을 열었다. 하지만 문밖에는 너덜너덜한 옷에 더러운 모자를 푹 눌러쓴 거지가 덜덜 떨면서 서 있었다.

하인은 먹을 것을 좀 달라는 거지의 부탁을 매몰차게 거절하고 재빨리 문을 닫으려고 하였다. 하지만 그 거지는 문을 닫지 못하게 떡 버티고 서서 좀처럼 물러나지 않았다.

그러자 하인은 행여 주인인 디킨스가 와서 볼까 봐 조바심이 나서 큰 소리로 화를 내며 거지를 떠밀어 버렸다. 거지는 몸을 제대로 가누지 못하고 뒤로 나동그라졌다. 그런데 곧바로 벌떡 일어나더니 옷을 툭툭 털면서 모자를 벗었다. 그 모습을 본 하인은 뒤통수를 한 대 얻어맞은 듯 벌린 입을 다물지 못했다. 그 거지는 다름 아닌 자신의 주인, 찰스 디킨스였던 것이다.

몸 둘 바를 몰라 하는 하인에게 디킨스는 고맙다고 하며 호주머니에서 금화 몇 닢을 꺼내 주었다. 당시 디킨스는 《두 도시 이야기》를 쓰고 있었는데, 작품 속에 등장하는 가난한 사람들의 심리와 분노를 느껴 보려고 이런 연극을 했던 것이다.

일에 열성적이었는데, 그가 발행했던 《가정 이야기》와 《일년 내내》라는 잡지는 사람들의 생활의 일부가 되었으며, 여럿이 둘러앉아 낭독하는 모임이 무수히 생겨날 정도로 인기를 끌었다.

사회적인 부와 명성을 동시에 누린 디킨스였지만 그가 작품에서 그토록 강조했던 가정 생활은 평탄하지 못했다. 젊은 시절 첫 사랑에 실패하고 심한 절망과 충격에 빠진 후 그는 누구에게도 마음을 열지 못했다. 그러다 1836년 캐서린 호가스와 결혼했으나 결혼 생활은 그리 행복하지 않았다. 그는 아내보다는 처제인 메리 호가스와 지적 교감을 나누었으며, 메리가 죽은 후에는 또 다른 처제인 조지나에게 의지했다.

그러다가 1857년 젊은 여배우인 엘렌 터넌과 사랑에 빠지게 되면서 결국 캐서린과는 이혼했다. 그러나 그녀와의 사랑에서도 그는 큰 위안을 얻지 못했다. 사랑에 대한 좌절로 의기소침해진 데다 부모 형제와 자식들까지 경제적인 부담을 안겨 주자, 그는 한동안 자신이 좋아하는 갯즈 힐 저택에서 은둔 생활을 했다.

하지만 워낙 활동적인 성격이었던 터라 곧 우울한 감정을 떨치고 각지를 돌아 다니며 자기 작품들의 낭독회를 열었다. 그는 한쪽 몸이 마비될 정도로 건강이 나빠진 후에도 낭독회를 그만두지 않았다.

"가면서 초조해 하는 것이 서서 초조해 하는 것보다 낫다. 인생에 휴식이 없는 사람도 있다." 라며 평생 동안 정력적인 활동을 멈추지 않았던 디킨스. 그는 결국 1870년 6월 8일, 갯즈힐 저택의 서재에서 종일 글을 쓰고 난 후 쓰러져 쉰여덟의 나이로 세상을 떠났다.

디킨스의 임종 당시 모습. 디킨스와 친분을 나눴던 화가 존 밀레이는 디킨스가 세상을 떠난 직후 그의 저택을 방문해, 숨을 거둔 디킨스를 화폭에 옮겼다.

푸 른 숲
징 검 다 리
클 래 식
0 1 6

두 도시 이야기

첫판 1쇄 펴낸날 2007년 11월 29일
24쇄 펴낸날 2025년 12월 30일

지은이 찰스 디킨스 **옮긴이** 이인규
발행인 조한나
편집 박고은 정예림 강민영
디자인 한승연 김혜은
마케팅 문창운 김인진 김은희
회계 양여진 김주연

펴낸곳 (주)도서출판 푸른숲
출판등록 2003년 12월 17일 제2003-000032호
주소 서울특별시 마포구 토정로 35-1 2층, 우편번호 04083
전화 02) 6392-7871~7874 **팩스** 02) 6392-7875
이메일 psoopjr@prunsoop.co.kr **인스타그램** @psoopjr
홈페이지 www.prunsoop.co.kr

ⓒ 푸른숲주니어, 2007
ISBN 978-89-7184-756-5 44840
        978-89-7184-464-9 (세트)